# 光禄坊三号

陈永和 著

江苏凤凰文艺出版社
JIANGSU PHOENIX LITERATURE AND ART PUBLISHING, LTD

**图书在版编目（CIP）数据**

光禄坊三号 / 陈永和著. — 南京：江苏凤凰文艺出版社，2018.1
ISBN 978-7-5594-0464-0

Ⅰ. ①光… Ⅱ. ①陈… Ⅲ. ①长篇小说－中国－当代 Ⅳ. ①I247.5

中国版本图书馆 CIP 数据核字(2017)第 114283 号

| 书　　名 | 光禄坊三号 |
|---|---|
| 著　　者 | 陈永和 |
| 责任编辑 | 汪　旭 |
| 出版发行 | 江苏凤凰文艺出版社 |
| 出版社地址 | 南京市中央路 165 号，邮编：210009 |
| 出版社网址 | http://www.jswenyi.com |
| 印　　刷 | 南京新洲印刷有限公司 |
| 开　　本 | 880×1230 毫米 1/32 |
| 印　　张 | 8.5 |
| 字　　数 | 201 千字 |
| 版　　次 | 2018 年 1 月第 1 版　2018 年 1 月第 1 次印刷 |
| 标准书号 | ISBN 978-7-5594-0464-0 |
| 定　　价 | 36.00 元 |

谨以此书献给王咸

感谢他所做的一切

# 目 录

**第二部**

第三部

# 第一部

## 奇特的遗嘱

谁都想当有钱人，可当了以后才知道，有钱人的脸个个苦瓜似的。为什么？愁多呗。英国有个叫 Juhn 什么的，十九世纪人，绅士，写过许多醒人耳目的文字，据说是法国蒙田级别。他说愁乃雾霾（伦敦雾都），从天而降，人人有份，不分等级，绝对平等；又说愁分三种：实愁、虚愁和冥愁。套今天的话，实愁为生存愁，百姓的柴米油盐，今天想着明天的饭在哪里；虚愁为欲望愁，中产阶级的好车好房好工作，有了还要再有，碗里想着盆里，盆里想着锅里；冥愁为死愁，富豪级别。富豪个个都是睁着眼睛死去，俗话说的“死不瞑目”。没钱人死得无牵无挂，两脚一伸，脚底朝天，嘶嘶就往地底去了。有钱人不一样，头朝天死，头上吊着好几根线，提线木偶似的被线牵着走。牵挂太多，死得不干不净。所以《圣经》上才说，有钱人死后进不了天堂，跟骆驼穿过针眼似的。

改革开放以后，沿海一带先富，唰唰长出一排有钱人来，根肥茎粗，能吸到别人秧田里的水。单说福建福州，福建有钱人比不上广东多，福州比不上闽南多，但薅过去一把还是有的。有个叫沈一义的，就是其中之一，六十三岁，脚一伸，死不透。业务一摊子事，拜托给张竞料理。也不是说放心张竞，张竞跟随沈一义出山，几十年沈一义几起几落，张竞赤胆忠心，一步不离，那是关公、张飞跟刘备的关系。但这些都还不够，能让沈一义安心的是张竞是孤儿，天生阳痿，无妻无子，明妻暗妻明子暗子都没有，光棍一个，太监似的。还有比断子绝孙的人更可靠的吗？但家里一摊子事张竞就管不到了。妻子冬梅带一女沈芯、一男沈申过，长子沈卓跟前妻林芬过，刀光剑影似的。让沈一义死不干净的正是这一点。沈一义一共立了三份遗嘱，公证后交给律师钟正明执行。第一份遗嘱是在沈一义死后第二天宣读的。

内容简单明了，主要两点：一，葬礼与骨灰入土仪式从简，但沈卓必须到场；二，骨灰不入土，律师就不得宣读第二份遗嘱。

遗嘱装在一个精致的脱胎盒里。四方黑盒，盒面上贴着银色花纹的贝壳。遗嘱写在绢帕上，墨迹，工整的小楷。明眼人一眼就可以看出是沈一义的笔迹。但冬梅根本没有精力去留意这些细节，她整个心思都被遗嘱的内容占去了。为什么沈一义要留下三份遗嘱？这是什么意思？第二份遗嘱里写着什么？

冬梅迫切想知道第二份遗嘱的内容，这可以理解。谁不想知道老公留下的几个钱要进谁的口袋？墓一造好，选中一黄道吉日，冬梅就急急地想把沈一义的骨灰入土。入土为安嘛。这个“安”当然不光为死人，更为活人。活人不安死人能安吗？令富孀们最头痛的是非亲生子问题。非亲生子是天敌。冬梅的天敌在她婚前出生，叫作“与生俱来”，完全没招。沈卓长得很像沈一义，一看就是一个种的，国字脸，两道浓眉，一张大嘴。性格也像，话不多，平日凡事通情达理，但一倔起来就没边没沿，一条道走到黑，留下一条缝把人夹得扁扁的。

冬梅领教过少年的沈卓。刚嫁过去不久，沈一义把小学二三年级的沈卓领回家。冬梅冰雪聪明，一看父子两个长得像两滴水，就称出小子在老子心里的重量。她做出一副慈母样，千方百计讨好沈卓。这不光是做给老公看的。可恨那小子不买她的账，嘴上了锁，“阿姨”不叫不说，她拿出来的糖果糕点碰都不碰一下，弄得冬梅很尴尬，面对定时炸弹似的：躲，躲不开，粘，粘不上，一脸的笑就僵死在那里，收不回去也放不出来。半小时后沈一义把沈卓带走了。冬梅松了一口气，心想这后妈真是不好当呀，才半个小时心就累成这样，近乎挂上了三十把秤砣。那小子眼里有地雷，躲着点吧。好在从此沈一义再没把沈卓带回家。可人也怪，看得见的定时炸弹怕，看不见的地雷就更怕。久而久之冬梅就感觉事情不对，老公能不见沈卓？偷着躲着一定在哪里见，弄不好这房子公司将来都会被那沈卓一锅端？这想法一产生，就像精子让冬梅怀上鬼胎了。鬼胎看不见，生不下来流不掉，只会长，十月、十年地长，在肚里就长成个大瘤子了，压得冬梅好苦。但这苦叫做闷苦，不能对老公说的。说了怕在老公心里破相。破了相，弄不好连老公也保不住。道理很简单，有钱人最怕人盯他钱看。老婆也一样，花可以，尽管花，但不能盯数。就跟那句俗语——不怕贼偷，就怕贼盯——一个理。这样，冬梅的日子过的就跟外面人看的大不一样了。外面看锦花金絮的，哪一个不羡慕；里面看，就吊着个瘤子，心惊胆战的，什么时候爆炸都不知道。不如让沈卓来家走动算了。冬梅起了这个念头。沈一义过五十五岁生日时，冬梅就建议说："把沈卓也叫来吧。"没想到被沈一义一口拒绝，态度铁嘴铜牙的。这就让冬梅疑心更重了。她让沈卓进门，照理沈一义应当高兴。难道当那半小时的后妈就使沈一义对她彻底绝望了？

沈一义病危住院后，很多事情才算露出端倪来。张竞给沈卓打电话，叫他来医院。但沈卓一会说在上海出差，一会说在北京办事，就是不露面。到最后医生宣告病人过不了夜了，张竞冲着手机对沈卓大骂"王八蛋"。沈卓倒不硬顶，只软软地说："我现在在香港。"张竞说："你爬也要给我爬来。"话在话筒里都炸了。冬梅从未见过张竞发火，倒想看看沈卓会如何反应。结果那天沈卓晚上还是没有出现。倒是第二天沈一义没死。沈一义全身冰凉，脉搏几乎没了，就剩下嘴里一丝气。也奇了，这一丝气就像点上天灯，把沈一义牵在世上，撑过一天，又撑过一天。等他死的人死不了，大家怪难受的，医生眼睛都瞪圆了，隔三岔五让护士过来摸一摸脉搏。护士一来，大家全围上前期待着下文。“还没呢。”护士抬起头说。于是大家略略失望又散开去。“在等人呢。”一个老亲戚到底是过来人，终于想通了。有了这个说法大家安心了。等谁大家心中都有数。张竞跑出去找沈卓。终于在第三天中午，押犯人似的把沈卓押到病房来了。病房里挤满了人。沈卓一张脸绷着，上刑场似的，谁也不看。张竞把沈卓推往病床。沈卓站在病床前，傻子样看着父亲。沈一义只剩下个骷髅了，手上插着几只针管。张竞推了沈卓一下，又推一下，悄声说：“叫呀。快叫。”所有人都大眼瞪小眼看着沈卓，等了很久，他们就等着受感动，看这一刻。沈卓嘴动了动，叫了声：“爸，我来了。”声音不大，但大家都听见了。奇迹般的，沈一义右眼角慢慢渗出一点泪水，扁扁的，不成粒，但沈卓冬梅张竞都看到了。医生就等在旁边，赶快冲上前去摸了一下脉搏，很笃定地说：“断气了。”大家都很满意，松了一口气，天灯总算灭了，于是才开始哭泣。有感动小的，有悲哀老的，有受病房气氛感染的，总之，进入正常悲伤状态。

这件事使冬梅很受震动。她一下子明白了许多事。首先，称出了沈卓在沈一义心里的重量。三对一。冬梅想，沈芯、沈申和她三个加起来对一个沈卓，甚至还不如。其次，弄懂了沈一义拒绝她让沈卓来家的原因。不是沈一义不想，而是沈卓根本不来。沈卓那张脸，明摆着写满“仇恨”两字，大概写了十几年，也成铜墙铁壁了，才会让张竞一而再再而三请不动。这堵铜墙铁壁沈一义一定撞过，撞得头破血流。所以遗嘱才有非要沈卓到场的交代。这就讨厌了。这一二点加起来对冬梅很不利。俗话说欠钱还钱，欠情还情。老公会算这一屁股的情债吧。算好以后怎么还？人都死了，老公除了钱还有什么！那份还没公开的遗嘱，弄不好就是一颗定时炸弹。十几年前她担心的那颗炸弹，引爆的时间就在眼前了。

## 龚心吕收到沈一义短信

龚心吕在五四路的青春运动馆上了瑜伽课，冲完澡，和比她年轻二十多岁的小桑边说话边打开橱柜，拿出衣服换上时，发现手机里有一条未读短信。黄昏五点多，运动馆一天最热闹的时候，进进出出都是人，周围闹哄哄的。她走出大厅朝电梯走去，一边打开手机看短信，刚一瞥，就轻轻“呵”了一声。

“阿吕！我是阿义。”

她伸出手捂住嘴巴。阿吕！天方夜谭？锈了四十多年的称呼，除了家人，只有沈一义一个人曾经这样叫过她。

她重重呼了一口气，继续往下看。

“阿吕！我是阿义。希望这些文字不要吓到你。自从上次在少体校武术班聚会上见到你，又是三年多过去了。我一直很想跟你联系，但总是有许多事情妨碍了我。

“有件事，除了你我无人可托。会很棘手很让你为难。

“你能不能在本月某日下午两点到五四路 163 号信融大厦五楼，找一个叫钟正明的律师，具体的事情他会跟你说。

“拜托了。

“等着跟你在天上见。”

“天上”?！又是两个让龚心吕眼睛发热的字眼。是，沈一义已经死了，这个念头轻轻在龚心吕的脑海划了一下，像流星，消失了。龚心吕的注意力被吸引在信上，看了一遍，又看一遍。电梯来了，周围聚集的几个人一哄而进。龚心吕定了定神，啪地把手机关上。一瞬间，看天地都金晃晃的，亮了。

这是龚心吕收到沈一义的第一封情书，迟到了几十年。他们早过了恋爱时期，没有现在，更没有将来。但龚心吕看到信，心还是像上了船，荡到千里之外去了。五十八的女人还是女人，脸长岁数心不长。心留在十八，动起来依然甜酸苦辣，天地都要变色，比少女时期没聪明一分。

龚心吕跟沈一义是在福州市少年体育学校业余武术班认识的。武术班一共有二十来个人，从全市各个小学选拔而来，只有一个女的，就是龚心吕。她谁也不理，独来独往的。上课的时候，她就把长长的辫子盘在头上，双手往腰上一叉，威风凛凛地站在那里。许多男生都被她吸引住了，经常在背后悄悄议论她，但沈一义从来不掺和进去。他那时一心只在练武上，想将来成为万籁声那样的武术家。

有一天在练习时，不知怎么盘在头上的辫子掉了下来，她头一甩，辫子尾巴刚好轻轻从旁边的沈一义脸上滑过。扎扎的，细微舒服的感觉，他闻到一股好闻的香味，深深吸了一口气。

香味是从她头发里发出来的，于是他看了她一眼。她刚好也正看着他。马上，他们同时都把目光调开了。

少体校院子里有一棵白玉兰树，高大挺拔，早春开花时节，飘出一阵阵浓郁的香味。一天傍晚，上完课，沈一义准备离开时，发现龚心吕一个人蹲在白玉兰树下捡什么的样子。他悄悄走上前去看。

地上铺着一条花手帕，她从草丛中捡起一朵白玉兰花，举起来轻轻抖几下，用手去掉上面的土，小心放进手帕里。他忽然起了个念头，丢下书包，唰唰两下爬上树，坐在树杈上摘了几朵白玉兰花往下丢。

她抬头看他，就只是看，一句话也不说。他脸一热，也不说话，光用手拼命摘花。

后来，她把花拢到一起包在手帕里。他滑下树，站在她面前。她双手抱着手帕，脸红红的。香味，好像不是从花，而是从她身上发出来的。

以后每次训练结束，沈一义都会在少体校门口，等龚心吕出门，跟她一起走，把她送回家。这样一直走到他们小学五年级。沈一义以为一直可以走下去的路，走不下去了。一九六六年七月，“文化大革命”开始。恋爱遭遇革命，公主遭遇猛兽，结果有张爱玲式的，有王小波式的，也有……龚心吕与沈一义式的，总之他们走散了。相遇之时两人已过不惑之年。沈一义有了林芬跟沈卓。龚心吕有过翁天星又没了。

他们分别前最后见面的那个夜晚，在龚心吕家，沈一义拿出一张揉得稀巴烂的世界地图，两个少男少女趴在地板上，在昏暗的灯光下把他们知道的国家一个个找过去。

“我要能把这些国家都走遍，跟你一起，死都可以。”沈一义抬头对龚心吕说。他的眼睛闪闪发亮，像黑夜大海灯塔上光芒四射的灯光一样。他们那时候十五岁，什么都懂又什么都不懂。那是一个非常特殊的夜晚，龚心吕没跟他说，第二天上午，她们一家就将被迫离开福州，跟“反革命”的爸爸一起被赶到乡下去。沈一义一无所知，等听母亲说龚家被赶出了福州城，他冲到龚心吕家去时，龚家已经空了。那是心被挖掉一块的感觉，他茫然站在龚家空荡荡的房间里，不知道该干些什么好，拼命把头往墙上磕，磕到头昏脑涨，脸肿出血，最后在地板上躺了一夜，在黑暗中他头脑里只有一句话：她为什么不告诉我……她为什么不告诉我……这个问题——被沈一义带到棺材里去了。

龚心吕拿英国护照，名义上是英国人，但这只有在出入海关，她出示那本英国护照时才体现出来，其余时候，无论在英国还是在中国，没有一个人包括她自己当她是英国人。这没办法，谁叫她长着一张中国脸，就像锅贴，就算是装在英国伟基武德瓷盘里端出来，也没有人把它当作英国菜一样。

怎么从英国回来了？许多人问过她。龚心吕每每不置可否，微微一笑，说：过腻了。

这“过腻了”准确是什么意思谁也没弄明白过，是对英国人还是对英国菜还是对英国风景腻了，还是对所有外国都腻了，只有对中国甚至只有对福州不腻？但是，没有人往下问。大家好像也都明白了。腻了不就是腻了？是腻就可以。总之回来了，回福州了。

闺蜜们都很高兴。

从英国回来四年，龚心吕一个人住一处两套间的公寓，虽然没去工作没玩股票，但她每天过得非常有条理，说忙也不忙，说不忙也忙，每天日程表也都排得满满的：下午散逛福州，大街小巷满城信步，跟碰到的各种各样的老人聊天，然后到五四路的青春运动馆上一个小时的瑜伽课回家；第二天上午，她会静静坐在书桌前一两个钟头，把前一天看到听到的感受慢慢在身体里消化后用笔记录下来。一年一本笔记本。四年下来，已经记了四大本笔记了。笔记本很厚，看上去跟书一样。她把它们摆在书架上，跟书站在一起。感受是零碎的，就像那些生命支离破碎的老人，也像这座古老而又正在锐变的城市。她想写一些父母辈类似家族回忆录的文字。但材料太零散，老辈的人几乎都死了，只剩下一个九十多岁的远房姨婆曼丽，住在仓山公园路原九中附近。可是曼丽姨婆从不出门也不接待访客，龚心吕不知道该怎样接近她。这使她有点郁闷。

龚心吕目前生活中的一个亮点就是跟闺蜜们出去吃饭。总有闺蜜来诱惑她。没有人把她的写作当作一件正经事来看，包括她最亲近的朋友。不就是在电脑上敲敲字吗？业余兴趣，点缀消遣，打发时间……怎么说都可以，但就不是正经事。不赚钱的事，能算正经事？还不如她们养宠物唱卡拉 OK 呢。这都是一个人生活，孤独、太闲惹出来的，所以闺蜜们动辄拉她下馆子做伴。龚心吕知道她们的想法，却不解释。闺蜜嘛，不就是那种自以为比她自己还了解她而又能让她带着微笑接受她们的人嘛。再说，她也受不了诱惑。她当然懂得，对现在的自己来说，每天需要的营养量只是一片肉或加一片鱼或一粒蛋，吃多是毒。但她好吃，视吃如命。她下了无数次决心减少外出吃饭次数，可一听有人叫吃饭，野火就在她心里燃烧起来。少吃一点不就行了，她对自己说。可进了饭馆，看到饭桌上丰盛的菜肴，她总似鱼入水，再也不愿上岸。是人嘛，谁没有一点可爱的小缺点，她已经快对自己的贪吃绝望了。

绝望了就好了，就跟自己和解了。

但好在不外出吃饭时候她非常理性。早餐吃床后先喝一杯姜蜜水，歇会后再喝一杯红萝卜加苹果汁，中午吃一顿正餐，一点米饭，一炖罐鸭子汤或排骨汤，一盘青菜，不外出的晚上她就在家里做“掺和面”吃。她喜欢把紫米小米小麦玉米红枣混在一起熬成稀粥，再撒上芝麻核桃磨成的粉，泡出一碗“掺和面”来。动脑时多放点核桃，累了就放几片人参，秋天多点红枣莲子，冬天多点当归党参。根据身体状况调整。多点什么，少点什么，有时就整个不要。一切东西，不买现成品，现煮现磨现喝。其余东西基本不吃。

既复杂又简单。这是她的食法，也是她的处世原则。

煮粥和喝粥时间外面常常有电话打进来。她就把电话夹在下颚上，边说话边干活或边喝粥，一点不碍事。如果电话没响，她就打开音响，把声量放到很大。她喜欢听巴赫的平均律。老公生前最喜欢的乐曲。她本来喜欢肖邦，不那么喜欢巴赫，但老公喜欢。老公说从巴赫的音乐里可以看到数字，感受到数字的美，由数字之美进而感受到金字塔尖的神。老公通过巴赫创造出一个她永远进不去的世界。从理论上，她知道他说得对，巴赫的终极是美是神，但她做不到。老公死后她差不多天天听巴赫，但终归没有听出个所以然来。正因此，她越来越从心里佩服老公。理论没用。理论永远不会把她带到美和神那里。她知道她这一辈子都不能看到终极之光了。她把巴赫认定是老公留给她的最珍贵遗产。

真正属于她个人的时间是晚上十点后。她有个习惯，到点就把手机电话关闭。她睡眠不好，有两件事非做不可：一，睡前要有三十来分钟的准备阶段；二，睡后不能有一丁点响声。进入睡眠准备阶段后，她就把自己舒服地安顿在沙发上，双脚搭在矮凳上，从腰身到脚用红花小毯盖上。在柱灯柔和的黄光下，小圆桌上放杯自泡的鸡尾酒（跟“掺和面”一样，材料复杂，做法简单）伸手就能拿到，边喝边漫无边际地想着什么，或什么也不想。电视开着，画面闪动，保留极小的一丝声音，偶尔瞥上一眼。似听非听，似看非看，似想非想，似睡非睡。一切都在朦胧之中。这是她一天中最惬意的时刻。

阿义过世的那几天，她跟闺蜜枫一起在菲律宾旅游。回到福州机场，刚打开手机就接到报丧的电话。很长一段时间她都把它当作假的。她庆幸自己能躲过葬礼。不见阿义最后一面是对的。见后记忆里的他就无法栩栩如生了。她避开一年一度的少年武术班群聚会，只要有人谈论沈一义就躲得远远的。许多东西界限本来就模糊。她要想办法让它们更加模糊起来。

阿义想拜托她什么事呢？

武术班的事？阿义是会长，每次聚会就是来不了他也出最大的份。有时他还会给同学们带来一个惊喜。比如上次，他把大家载到鼓岭去吃真土鸡，从小放养在山上的。鸡越土肉越硬，清炖，只放盐，啃起来跟木柴一样硬的鸡，就土到底了，一撕，肉一条条的，汤黄。据说极好吃，但她没吃过，那天她有事去不了。

难道要她接着做会长？不会吧。再说这事也不会让她那么为难的。

要不就是他资助的几个穷困生，需要她出面帮什么忙？

她打开短信，再次读了一遍，然后拿出记事本，在上面写了几个字：某日下午，五四路信融大厦，钟正明，又抬头看了一眼日历——某日，是下星期一。最后，她拍了拍手，站起来准备睡觉。想了没用的事就不去想。今天承受不起明天的事。明天的事就留给明天。明天有时会承受不起。这是她父亲经常对她母亲说过的话。那一代人经典的智慧，后来她经常想起，把它当作生活的座右铭。

她决定下星期一穿黑色衣服去见钟正明。她喜欢把所有细节都想清楚后再开始做一件事，包括衣服。

躺下去没多久，她就安安稳稳地睡着了。事后她多次感觉奇怪，那一整天，她怎么一次也没想过，阿义已经死了，他不可能发短信给她。她把这么重要的事情疏忽了。

人总料想不到自己会疏忽掉什么事情。

## 林芬接到钟律师电话

电话铃响时林芬正在走廊上晒衣服。天气不好，天空压着厚厚的乌云，阴沉沉的，似乎快要掉下来的样子，但林芬洗衣服不看天气。对一个每天都要洗衣服的人来说，天气就不是那么重要了。从结婚开始，就算再忙的日子，林芬也没有停止过洗衣服。那时怀沈卓，她在工厂上班，每天上午六点半要出门挤公交车，她宁可提早半小时，五点起床，洗了衣服晾上竹竿后才出门。沈卓出生后她起床更早了，做饭拖地板洗衣服尿布，送孩子上托儿所，上班。她从来不让沈一义动手帮忙做家务。沈一义一进家门就成了老爷，所以沈一义年轻时常说：男人嘛，讨老婆得讨对地方。讨莆田女人，在家就可以跷脚做老爷；讨福州女人，就等于给家里讨回个老爷。

有洗衣机后林芬还是习惯用手洗衣服，除非洗被子等大件衣服甩干时她才用机器。“手洗干净。”她对沈一义说。沈一义信以为真，家境更好时就请了家政妇到家，想解放林芬。可林芬坚持不被解放，还是亲自动手洗衣服。林芬有她的道理，“她们洗得不用心”，“反正习惯了”等等。于是沈一义明白了，跟女人不好说理。女人的道理跟男人的道理不一样，源头不一样，一个是水，一个是油，就算混在一起，也是一点一滴各归各的。

电话是一个叫钟正明的律师打来的，很陌生的声音，说是有关沈一义的遗嘱，希望林芬能在某日下午三点，到五四路 163 号信融大厦五楼找他。

请您一定准时到场，这是沈一义先生的遗愿。钟律师强调说，又交代了几句怎样走一类的话才把电话挂上了。

放下电话后，林芬回到走廊上去晒衣服。她晒衣服很花时间，所有衣服都要从上到下横拉一遍，竖拉一遍，拉到平平整整为止。没时间烫衣服时候养成的习惯。拉直后晒干的衣服不用烫也几乎不显皱。她看不来沈一义穿打皱的衣服。

沈一义离开她之后，沈卓又去英国留学的那几年，家里只剩下她一个人，没什么衣服可洗，她就把他们留下来的旧衣服，隔三岔五地从衣柜里清出来，重新洗过。她舍不得丢东西。几十年前丈夫结婚时穿过的衬衫不用说，甚至连儿子婴儿时期用过的尿布都还留着。她先把这些衣服一件一件张开，仔细看过，破了个小洞或丢了颗纽扣什么的，都一一补好。每一件东西她都可以讲出一段故事，有伤心的，有高兴的。她良久沉浸在过去的回忆中，钩出好些忘却了的场景画面，好像自己又从年轻时期开始活过了一遍似的。洗这些旧衣服时，她小心翼翼，生怕把它们弄坏了，用手轻轻在水里搓，晾上竹竿时也不敢用力拉，最后整整齐齐把它们叠好，收回原来的地方。人生，总会留下点什么。在其他人，可能是金，可能是银，但在林芬，就是这些从过去油盐酱醋中挤出记忆的衣服了。

沈一义离开家时把他们住的房子留给林芬跟沈卓了，这些年又给他们母子买了两处新房。一是单元楼，带电梯的，在温泉路。二在闽都大庄园，是别墅。装修好以后她一次也没去住过，但每星期她一定会去两处房子走一次，开窗换换空气，扫扫地板，擦擦玻璃，忙乎上一阵。走一趟，一天时间差不多也就过去了。

林芬不想搬家。她是猫型女人，恋家（狗型女人，恋人。俗话叫嫁鸡随鸡嫁鸡型）。她不想离开丽文坊。至今为止林芬只搬过一次家。她开头住奶奶家，后来住父亲单位宿舍，都在丽文坊。虽然上世纪八十年代盖的宿舍又小又不方便，两间一小厅，在五层，没有电梯。但这是她闭着眼睛就能摸到东西的房子，每一道缝里都刻着太多的记忆。结婚生儿育儿，给父亲母亲送终都在这里。她觉得自己应该死在这里。

沈卓从英国回来后，林芬带他去看两处新房，说这是父亲买给他的房子，他想住，可以自己搬过去住。沈卓绷着脸没回答，但林芬从他眉宇的顿扬中感觉到儿子内心的喜欢。林芬是那种以为天下哪有母亲不懂儿子类型的母亲。林芬把这理解为儿子一时无法坦然接受离开多年父亲的礼物。有些事情需要时间的磨砺。林芬看得远。她想，以后儿子有了女朋友，这种想法就会改变的。

张竞通知林芬沈一义过世时，林芬正在厨房忙乎。听完电话后林芬就哭了，要说多伤心也未必，但就是一整天眼泪像梅雨天的雨，滴滴答答地淌个不停。谁都说林芬傻。照理说抛弃她，跑去跟另一个女人结婚的男人，值得她掉泪吗？可林芬就是恨不起沈一义来。林芬不懂得恨。有一次，儿子气极了，责问她："就那样的人，还值得你爱吗？"爱？林芬以后一直问自己，她爱沈一义吗？不知道。她不知道自己到底是不是爱沈一义。但没有沈一义的世界空荡荡的。沈一义可以不在她身边，但不可以不在这世上。沈卓不懂这个。谁都不懂她。当然也不需要别人懂，但沈一义懂。她自己这样想，她觉得他懂她的心。

所以当张竞来劝沈卓去医院看父亲时，她对儿子把话说死了："你得去，不去就不是我儿子。"她知道儿子孝顺。只要她把话说死，再不愿意的事他也会去做的。

接到钟律师电话的那天下午，林芬坐公交车到五四路去了一趟，找到信融大厦。在一层大厅墙上看到钟正明律师事务所的牌子，才安心地回去了。她计算了一下，从家出门到公交站到坐公交车到五四路信融大厦，大约三十分钟。比约定时间提早一个钟头出门就可以了。上了几十年班，她从来没有迟到过。林芬总是把时间算得很宽裕，宁可提早出门。她就是这样的人，宁可自己吃亏，也不要麻烦着别人。

至于钟律师有什么话要说，她就不去想了。这件事跟她没关系，她只是儿子的保管员。就像前些年，沈一义用她的名字在兴业银行开了个户头，把账本寄到丽文坊家里。林芬至今没去看过户头上有多少钱。钱和房子都是儿子的。至于她，还需要多少钱呢？能吃多少花多少？退休金就已经足够她用了。

## 冬梅与钟律师的文雅交谈

从庙峰陵园回来后，冬梅几乎不敢出门，一直老老实实坐在家里等钟律师的电话。从闽都大庄园开车进城有一段路，附近信号很糟糕，手机常常听不到声音。本来接不到电话也没关系，钟律师敢不再打来吗？但一到关键时刻冬梅就相信预兆了。她觉得错过电话会有什么不祥的事情发生，诸如念错遗嘱之类。再说，钟律师不是沈一义部下，他那张貌似客气实则严肃的脸上有一种让冬梅畏惧的东西。比如，冬梅会这样想：电话打到家里时，她要不在，钟律师可能会想，这个女人，怎么丈夫一死就天天往外跑？她跑不跑跟钟律师有什么关系？但冬梅就是不愿意钟律师这样想，至于为什么，冬梅不去深究。钟律师是个男人，这不就够了。徐娘半老的寡妇，见了好男人多少有点晕也不奇怪的。

等了两天没有电话来。到第三天，清晨醒来后冬梅觉得头痛，吃了一片止痛片，不见好，忍到下午完全不行了，整个头一阵阵像要裂开似的。无奈，她只好开车去交通路医大附属医院找李医生拿药。出门前，冬梅再三交代阿惠，如果钟律师有电话来，就说她头痛到医院看病去了。

匆匆拿了药回家，冬梅进门第一件事就是查看电话机里的留号，真有运气那么坏的事，显示板里就留着钟律师的电话号码。

冬梅冲进厨房问阿惠："你对钟律师说了我去看病的事吗?"

"我在二楼洗厕所，听到电话铃响，跑下来时电话已经挂断了。"阿惠回答。

"你这是怎么搞的嘛，我再三交代……"冬梅生气了。

冬梅把手上的包重重摔到桌上，回到客厅，坐下来，又站起来，啪地打开电视。正在演韩剧，媳妇跟婆婆闹矛盾，吵嘴。闹哄哄的，真烦。啪地又把电视机关上。

大玻璃框里映出一张横眉怒目难看的脸。冬梅突然泄气了。

这是怎么啦?

老公走后，冬梅脾气变得很坏，动辄发火。上次对阿芯，今天对阿姨，好像谁都在跟她找茬似的。说到底就是那个遗嘱搅得她不安。冬梅想不通老公为什么不在死前把财产安排清楚。跟他结婚十几年了，冬梅对老公公司的经营情况、财产分布还是搞不清楚。老公不让亲属包括冬梅参与公司的任何事情，在家从不谈工作。家里总是冬梅在说些鸡毛蒜皮的事：申多吃了半碗饭，芯赌气了，阿姨又偷吃东西了等等。老公耐心地听，不时还会给她点小建议。老公把她当作孩子，冬梅觉得，一会儿像严厉的父亲，一会儿像慈爱的母亲。什么都瞒不过他的眼睛，他一眼就可以看穿她的雕虫小技。内心深处，她怕他，越来越怕，但也越来越依赖离不开他。冬梅不敢不听老公的话。不听话冬梅就会失去安全感，莫名其妙地感觉前面有什么惩罚在等着她似的。

冬梅太相信老公了，想他会为她和孩子安排好一切。那么一个精明透顶的人，就不怕她跟沈卓为遗产闹翻天吗？但看来她错了。早知道这样，她怎么也要想办法抢先知道遗嘱内容，可以找钟律师或者张竞，总会有办法的。

终于跟钟律师通上电话了。钟律师在电话里很客气，称呼冬梅为“沈太太”、“您”，叫她某日下午三点到五四路 163 号信融大厦五楼。“有关您先生的遗嘱。”钟律师说。

“能听到遗嘱了吗？”冬梅不觉提高了声音。

“是的。沈太太。”

“我一定准时到。钟先生。”冬梅又降低了声音，委婉地回答，称呼钟律师为“先生”，还为没有接到他电话道歉，从昨天上午头疼开始说起，说到下午上医院拿药，总之，一切匆匆，不得已为之，就怕错过了他的电话。

钟律师很耐心地听冬梅把话说完，才接下去说，要道歉的是他，他早应该问清楚她的手机号码。

不对不对。冬梅赶紧说，应该道歉的还是她。前不久她的手机掉进厕所，泡水后无法使用，换了台新手机。她把这事给忘记了。

“沈太太，您太客气了。您是客人。服务不周，应该道歉的是我。”

“不对不对……”

两个人又轮流客气了一番。一直客气到门铃响，阿惠出去买东西回来，冬梅才把电话放下了。

吃晚饭的时候她心情很好。冬梅心情好的时候就要夸芯几句。芯的模样像老公，特别是那双眼睛，在黑暗中盯冬梅看时，特别让冬梅不自在。十五岁的芯长得比冬梅还高。芯跟老公亲，跟老公话多，跟冬梅没话，母女俩中间像隔了一层透明玻璃似的，老凑不到一块去。从小就这样，不论冬梅骂或打芯，芯从来不哭，只用眼睛盯冬梅。但这眼睛比刀子还厉害，盯得冬梅心慌慌的。冬梅有时候觉得纳闷，同样是自己生的，女儿跟儿子怎么差别这样大。她敢骂儿子，儿子也任她骂，怎么骂都骂不走。老公死了以后，女儿跟冬梅就更没话了。很多时候冬梅不知道该怎样对待女儿才好。所以心情好的时候，冬梅就会讨好女儿，夸女儿几句。冬梅轻易不敢骂女儿，可那天在庙峰陵园沈一义下葬时她对女儿发火了。芯把红花做成的花带挂在沈一义墓碑上。这太不吉利了。八十岁以上死掉的人才能挂红的。冬梅讲了几次，让芯把红花带摘掉，可女儿就是不听，硬说父亲喜欢红色。当着沈卓的面，冬梅下不来台，骂了女儿几句，上前把红花带扯掉了。女儿哭了，回家以后几天不理冬梅。冬梅开头忍着，但渐渐也有些火了，想女儿也太过分，什么时候要狠狠骂她一下，要不以后这日子还怎么过。但冬梅跟钟律师有了一次那么文雅的谈话以后，情况发生了点变化。

真有意思，这种文雅谈话，到底是知识精英，连讲话方式都不一样。晚上躺到床上，冬梅还在细细回味他们在电话里的对话。文绉绉的，但到底讲了什么话呢？冬梅想了半天没想起来。只记得自己一个劲地在说“不对不对”。对方一个劲说“道歉道歉”。原来这就是文雅对话呀。这她会。女儿不是一直嫌她教养不够嘛，其实，冬梅还是满文雅的，像今天，她不就说得挺好的？

冬梅莫名其妙笑了起来，接着，很快就进入了梦乡。一直困扰着冬梅的遗嘱问题，居然被这几句文雅对话淡化下去了。

## 娄开放犹豫要不要去参加遗嘱宣读

娄开放是在福州去绍兴的动车上听到沈一义噩耗的。

娄开放坐在座位上跟邻座的男子闲聊，手机响了，看是旧同事小周。娄开放先笑骂了一句："笨蛋！我在动车上。"无答，手机空洞洞的。"呃，你怎么啦？"她突然觉得不对，接着就听到了那个消息。

不相信！怎么会有这种事？他不在了？再也见不到他了……娄开放咬着嘴唇，脸朝窗外，一只肘撑在窗台上，就保持这个姿势一直坐到绍兴，下了车，也不出站，买了一张回福州的车票，又坐回去。娄开放不知道回去干什么。葬礼已经结束，见不到他最后一面了，但绍兴是去不成了。那么个陌生地方，哭都哭不出味道。

娄开放在沈一义公司上班时，公开对人说过，这世上她就崇拜两个人，一个鲁迅，一个沈一义。别人说崇拜是崇拜，可娄开放说的崇拜里包含爱。她也并不隐瞒这一点。"要不，我能辞职到这里来上班吗？"娄开放骄傲地说。

娄开放是在采访时认识沈一义的。她当时是闽都报社记者，负责经济版面。那次采访，本是另一记者的差事，但他因公外出，部主任临时决定派娄开放去顶差。"不难，只要千把字就行，个把钟头就完了。"部主任怕娄开放有负担，把话说得很轻松。

结果可好，谈话从下午三点一直谈到晚上九点。被采访人那天谈兴很高，由于年轻女记者的悟性，几次谈话快陷入僵局时总能轻松地扭转回来，沈一义甚至带娄开放去参观了工厂。厂区在郊外，到吃饭时间附近没有餐馆，他们只好将就在食堂吃了。

"不好意思。"被采访人再三道歉，"这么简陋的晚餐，委屈你了，下次一定补偿。"

娄开放无所谓饭食，就喜欢听沈一义说话。上市公司的董事长，他的创业过程，现有的苦恼，以及对将来的展望。娄开放看过沈一义的资料，但对那些数字不感兴趣，她感兴趣的是沈一义这个人。沈一义符合娄开放对成功企业家的三条界定标准：一，肚子不挺（娄开放最讨厌大腹便便的男人）；二，不穿名牌；三，说话真实不夸张。最要紧的是，沈一义还很绅士。这从许多细节可以看出来，比如给娄开放开车门、让她先进电梯等等。娄开放见的企业家多了，但可以称为绅士的极少。

回去后，娄开放写了一篇很长的报道，远超过部主任规定的字数。部主任很满意，认为这是今年部里写得最扎实的一篇报道。

娄开放内心里把沈一义定位为福州绅士。这表现在：第一，他不仅穿西装也穿对襟连袖汗衫。第二，办公室里摆的全是福州工艺品，窗台上的软木画船、矮柜上的脱胎花瓶、墙上挂着的绢帘，等等。娄开放本来对福州工艺品不以为然，但奇怪，这些东西摆在沈一义办公室里就是感觉不一样。或许因为里面藏着他的眼光吧，娄开放想。

其中最出乎娄开放意料的是，绢帘上密密麻麻的《金刚经》小楷居然是沈一义亲笔。这给她留下了深刻的印象。

这些，都使娄开放对沈一义高看一眼。

本来这事到这里就结束了，但娄开放记住了沈一义答应补偿她晚餐的话，过几天打电话去讨饭吃。沈一义回答说他现在在上海，等回福州了再联系她。

娄开放以为沈一义在回避，没想到一个星期后电话真来了。沈一义请娄开放到当时最好的餐馆吃饭，说他看过报纸了，很满意娄开放对他的阐释。他们愉快地度过了几个小时。娄开放看得出沈一义对她印象也不错，而且跟色毫无关系。沈一义眼睛里没一丝邪意，每一个动作都显得礼貌周到，比报社那些年轻人看上去有魅力多了。

娄开放查阅了可能找到的沈一义公司的所有资料。过了一个月，她打电话给沈一义，说有事想找他谈一谈。他答应了，让她到他的公司。

"我想辞职到你这里来上班。我想你会要我的。"一进沈一义的办公室，她坐下就说。

沈一义看了她一会，问："凭什么觉得我会要你?"

娄开放从包里掏出一沓纸，放到沈一义面前说："我可以帮助你克服一个小问题，这是你公司长期没有解决的。"娄开放充满热情说了足足十分钟。

"我考虑考虑，一个月后给你回话。"沈一义说。

其实在娄开放说第一句话时他就已经决定了。这一个月，是给娄开放的，她需要排除一时冲动。

一个月后沈一义给娄开放打电话，第一句就问："上次你说过的话是不是现在还算数?"

娄开放说算。于是娄开放就到沈一义公司上班了。她从不掩饰对沈一义的崇拜。其实他们只在公司见面，再没有出去吃过饭。可话传到冬梅耳朵里时就有了暗示意义。冬梅越想越夸张，越想越失去安全感。冬梅从别人手里要到娄开放电话号码，打电话约娄开放出来见面，叫娄开放不要死皮赖脸缠住沈一义。

娄开放听了冬梅的话哈哈大笑，觉得这女人疯了。娄开放很严肃地对这个自以为受伤的女人说，她跟沈一义只是工作关系，她是崇拜他，但那是她的私事，跟冬梅跟沈一义都没有任何关系，但冬梅坚持说有关系，娄开放一定得离开沈一义，否则她要找上娄开放的家门去。“你找好了。”娄开放甩下这话站起来就走了。

这个女人实在太狂妄。冬梅气得浑身发抖。“你会遭报应的。”冬梅朝娄开放的背影大叫。

第二天一上班，娄开放就冲进沈一义办公室。沈一义不在。她打电话给沈一义。关机。女秘书告诉她沈一义到欧洲出差去了。

到底是沈一义妻子趁沈一义不在的时候找她发威，还是知道妻子找她发威沈一义找借口躲开呢？想了几天娄开放没有答案。

过了一个星期沈一义才回来。但那时娄开放已经没有找他发火的心情了。又过了两天，人事科长找娄开放，说董事会决定委派她担任厦门分公司副经理。

娄开放白了人事科长一眼，话也不说扭头就走，直接上沈一义办公室。娄开放直觉这件事跟冬梅找她的事有关系。

“你是想把我赶走吧?”娄开放问沈一义。

沈一义沉默。

“我不去厦门。你这样决定不是妥协吗？我们什么也没有，光明正大。凭什么我要走人，那不就等于承认有吗?”娄开放的声音越来越大。

“还是去吧。”沈一义静静地听娄开放说，两只手交叉着，放在大腿上，没有做任何解释。

“那我马上辞职。”娄开放丢下这一句话就出去了。

娄开放真的离开了沈一义的公司。她以为沈一义或谁会来挽留她，但没有，除了几个密友，什么人也没来。娄开放感到委屈无力绝望，原来沈一义竟是这样一个胆小鬼，没有原则立场，根本不值得她崇拜。娄开放把自己关在家里。美国的父母打电话来让她去，她不去。后来娄开放就独自出门旅游了，浪迹大江南北，走了云南、新疆、敦煌、柬埔寨、老挝、越南、尼泊尔等地。途中遇到几个有经验的女人，听了她的故事，都表示对沈一义的理解。

“我就是想不通。”娄开放固执地说。

“没关系，有些事，你长大了就会理解的。其实他是为你好。”她们都说。

“还没长大吗？我已经二十七岁了。”娄开放说。

“还没有。你没有失败过。人要失败了才会长大。”她们说。

这句话不知为什么，像钉子一样钉进娄开放心里去了。

颠簸了将近两年，很奇妙，破碎的沈一义在娄开放心里慢慢地又聚拢了，恢复了光彩，她觉得自己可以原谅他，又可以再见他了，没想到就在这时听到了沈一义的噩耗。

娄开放接到钟律师电话时非常吃惊：“你弄错了吧？我跟沈一义没有任何亲属关系。”

“我们知道，但沈先生交代得很清楚，这份遗嘱在宣读时必须请你到场。”钟律师说。

“他没有跟你解释原因吗？”娄开放问。

“当事人不需要解释原因。”

“那还有谁会去呢？”

“到时候你会知道的。娄女士，能请你来吗？”钟律师说得非常客气。

“我不去。”娄开放坚决地说。

“请你考虑一下死者的心情吧。”钟律师在电话里沉默了一会，最后说。

离某日还有五天。这五天里娄开放愁死了。去，不去，去，不去……她头脑里一直在打架。记者本能的好奇心强烈，但去干什么？死者心情？她不理解，不就是宣读遗嘱吗？跟她有什么关系。她不想再见那女人。什么东西？丢尽沈一义的脸，趴在男人身上的蝗虫。蝗虫！就他妈的一只蝗虫。

娄开放想起那只蝗虫。如果冬梅看到她，脸上可能出现的表情。精彩！痛快！娄开放不由地笑了。

## 冬梅与林芬

冬梅开车在信融大厦附近兜了好几圈才找到停车地方，但她不急，这些天心情好得像地下室开了天窗，亮堂堂的。一星期来冬梅把更衣室的衣服全部改朝换代了。整个更衣室的衣服都是按照沈一义的趣味挑选的。沈一义喜欢素色，特别是黑色，不喜欢冬梅穿裤子，喜欢她穿裙子。两者冬梅都不喜欢。冬梅喜欢亮丽色彩的衣服，喜欢穿裤子。但这些年来，冬梅已经习惯了穿沈一义喜欢的黑灰或蓝棕等素色裙装，连睡衣也是。沈一义最中意的衣服是他从法国给冬梅带回来的那件黑色绸套裙，所以葬礼那天冬梅就这么穿。到二月沈一义骨灰入土那天冬梅还这么穿。在山上墓地冬梅冻得手脚冰冷，但她觉得，这样穿是她对死者忠诚的最高表达。除了为丈夫穿他喜欢的衣服，冬梅不知道还有什么更能表达自己对丈夫的爱了。女人能阉割自己对衣服的趣味来迎合丈夫，这不是最高的爱是什么！所以冬梅特别听不得人说她是为了钱才嫁给比她大两轮的沈一义的。要为了钱，她能这么牺牲自己来成全丈夫吗？女人跟衣服的关系就像脚跟鞋子的关系。二月穿绸裙是什么滋味有谁知道？

但老公的眼睛跟他的生命一起结束，冬梅自由了。冬梅把珍藏在储藏间里的旧衣服拿出来，站在穿衣镜前试穿。真棒！身材依旧苗条，衣服还塞得进去，但就是色彩款式布料全都感觉不对了。也难怪，青春扔掉十几年，这些衣服的寿命也早该到了。

算了，全扔了吧，来一个新时代。冬梅叫阿姨把那些衣服全部重新装箱收进储藏间，开始疯狂购物，大洋百货东街口百货津泰路的高档店逛了个遍，上街第一天就买下七八套衣服。这种兴奋，跟少女第一次约会有得比。

天黑了冬梅才返回家，穿着新衣服出现在客厅门口。申一看到她就叫起来："妈妈今天真漂亮。"阿惠也从饭厅赶出来，恭维冬梅说："太太，你看起来起码年轻了五岁。"只有芯盯了冬梅一眼什么话也不说。冬梅心里怏怏的，但吃完饭一转眼，她就把这事忘记了。这几天，她头脑里被两件重要事情塞得满满的，一是到那天她要穿哪件衣服去见钟律师，太花哨的不行，守丧期间过于张扬终归不好，但太素的她也不愿意。别让钟律师看低了，以为她还是个封建脑瓜。现代的女性就得有个现代的样子。二是见到钟律师时第一句话该说什么？冬梅想来个文雅的。"对不起，让你久等了。"或是"你好，这些日子让你费心了……"等等。这些话都是从电视里学来的，冬梅每天都要在心里预习好几遍，但就是不知道哪一句在钟律师耳朵里会显得更加文雅。

最终冬梅穿了一件灰色长袖抽纱暗花连衣裙，长筒靴，手里挎着一个小巧玲珑的 LV 包，昂着头目不斜视地走进了信融大厦。

一下电梯就看到律师事务所的玻璃门，冬梅在门口停了停，用手梳理了一下头发。昨天到美容院刚做的头发，晚上睡前她还特地戴了睡帽，怕把头发的样子弄坏了。进了事务所，冬梅看见一个女人坐在靠右边的沙发上，两只手紧紧抓住一个布包，端正地放在膝盖上。冬梅进门时，那女人抬头朝这边望了一眼，她们的视线刚好碰到一起。林芬。她是林芬。一股寒气从脚吹到头上，冬梅脸上的肌肉僵住了，准备好的笑容不知掉到哪里去了。林芬低下头去，仿佛没看到冬梅脸上的表情。

“您来啦。”钟律师的声音迎上来。

辛辛苦苦预习的话全忘了，冬梅冒出的第一句话是：“她怎么会在这里?”

“沈太太，对不起，这是按照沈先生的意思安排的。”钟律师彬彬有礼地说。“您请坐。”钟律师把冬梅带到右边的沙发边说，“时间还没到，您再耐心等一会。”

冬梅突然想起要说句文雅的话，但想不起说什么，看钟律师转身要走，急了，说：“请留步。”这一句不是预备好的，但脱口而出了。

钟律师停了下来，看着冬梅问：“沈太太，您需要什么帮助吗?”

冬梅其实不知道自己要说什么，看到旁边桌子上的咖啡杯，急中生智说：“我想要一杯咖啡。”

“没问题。沈太太。马上就给您准备。”钟律师说完，转身走了。

冬梅沮丧地把包往沙发上一扔，坐了下来。真晦气，一来就碰到这女人。

多年前冬梅见过林芬一次。沈芯过十岁生日，她跟沈一义的表姐到南门兜的西营里市场买鸡，刚走近鸡摊，迎面就碰到林芬。林芬手里提的塑料袋里装着一只刚杀好的鸡。

“来买鸡呀。”表姐有点不自然地问。

“嗯。沈卓今天考完试了，熬点鸡汤让他补一补。”林芬平静地说。

冬梅突然明白眼前这个女人是谁了。冬梅在沈一义旧相簿里见过林芬。全家福，林芬手上抱着沈卓，婆婆在中间，沈一义坐在婆婆边上。

蛮漂亮的，瓜子脸，长得有点像山口百惠。冬梅心里挺醋的。这女人不声不哈的，但什么都少不了她。冬梅虽然不清楚，但她认定沈一义一定给了林芬什么，而且给得不少，要不林芬怎么从来也不来找他呢。乖到精了，用这种不闹不吭的方式要。

懂咖啡吗？那乡巴佬。冬梅瞥了旁边一眼，果然，桌上的咖啡一点没动。看她手上那包，也不懂有多土……头发像什么？鸡窝……冬梅在心里痛快地把邻座骂了个够，拿起咖啡杯，抿了一小口，挺直腰，保持一种优雅姿势坐着。

壁钟敲了三点，钟律师又出现了，“对不起，还有一个人没来，打电话催了，马上就到。请两位女士再辛苦一会。”

还有一个人？冬梅一愣，一想，明白了，嗯，沈卓。这种时候那小子能不来吗？

## 娄开放赤脚到了律师事务所

一直到某日的前一晚上，娄开放打电话给闺蜜娟时，还决定不了第二天去不去五四路的信融大厦。

“去！为什么不去？”娟话没听完就叫起来，“那种蝗虫，给她点颜色看看，替天下正经女人出口气，别以为把别人老公抢到手，就天下太平了。”

“你有没搞错，我说的是宣读遗嘱。”娄开放以为娟理解错了。

“我说的就是遗嘱。谁懂会发生什么事？再说，你想想那蝗虫看到你会是什么表情。你不去我替你去了呵。”娟开玩笑说。

不会发生什么事，娄开放太了解沈一义了。唯一的问题是她值不值得去捅那个马蜂窝。蝗虫！铺天盖地飞过来时也够呛。娄开放想起普希金的诗，小时候外公念给她听的：

蝗虫飞呀飞
飞了就落下
落下一切都吃光
从此飞走无音信

这天上午，外婆出门买菜还没有回来娄开放就出门了。十点钟外婆电话追过来，叫娄开放中午一定回家吃饭，说有客人要来。

“我下午有要紧事。一个律师约我谈话。”娄开放堵了过去。

“律师？发生什么事啦？”外婆有点紧张了。

“不知道。”娄开放又怕外婆担心，补充了一句，“没什么了不起的大事。”

“哎呀，真不凑巧。好了好了，你去吧，我跟客人说一声。”外婆终于把电话放下了。

娄开放松了一口气。外婆说的客人她见过两次了。一个憨头憨脑的小年轻，人倒长得很帅气，但一张口说话就变成烦透了的家伙。娄开放上次瞒着外婆告诉他过，叫他以后别来了，说她是鸭子，配不上他这只凤凰。外婆希望娄开放早日结婚。结婚嘛，娄开放也不是不想，但得有人呀。这个电话搞得娄开放心里乱乱的，吃中饭时她突然想，就去吧。为什么不去？调节一下心情也好。事情莫名其妙就这么定了。

娄开放两点钟离开师大朋友家，在万里路口拦到一部“的士”，过五一路的阿波罗酒店时车开始堵，走一个红绿灯得花十来分钟，到五四路口车就完全不动了。

“好像前面发生了什么事故。”小司机说。

娄开放看了看表，差三分钟三点。不如下车走过去。她赶快付了钱，跳下车，绕过旁边的桑塔纳，上了人行道。刚走几步，突然右脚一歪，踉跄一下，差点跌倒。一看，高跟鞋的鞋跟断了。几百块买来的新鞋，见鬼，才穿了几天。她一瘸一拐又勉强走了几步，不行，根本拖不动，一急，干脆把两边鞋子都脱掉，就穿袜子在地上走。有几个行人回头看她，她也不理。到了信融大厦门口，娄开放踌躇了一下，干脆把袜子也脱掉了。就这样，娄开放手提着断了跟的高跟鞋，赤脚推开了律师事务所的玻璃门。

三个人，林芬、冬梅、钟律师的眼光一起集中到娄开放脚上。娄开放一下认出蝗虫，马上调开头，另一个女人娄开放没见过。娄开放觉得陌生女人对她微笑了一下，很善意的微笑。娄开放回了她一个微笑。

“对不起，路上堵车，我迟到了。”娄开放对钟律师说。

“这时间段五四路经常堵车。娄女士，大家都在等你。”钟律师从沙发上站了起来。

“钟律师，”冬梅声音有点变了，“我们等的就是这个女人吗？”

“对。”钟律师点了点头。

“这个女人是贱货。”冬梅尖叫起来。

钟律师说：“沈太太，您冷静一点。我们坐下来谈。”

冬梅指着娄开放骂道：“你来干什么？不要脸的东西。钟律师，你弄错了。我老公不认识这个女人。”

娄开放冷冷地看着蝗虫说：“我不认识你。你是谁？”

“我不跟这种女人坐在一起。”冬梅气呼呼地说，“钟律师，你听好。你要她还是要我。她在我就走。”

“你走好了。”娄开放说。

“太放肆了。我要撕烂你这张嘴。”冬梅想往前冲，被钟律师挡住了。

娄开放冷静地看着眼前这个疯狂的女人，突然觉得很无聊，沈一义怎么会找一个这么没有水平的女人呢？俗话说：看这一半就知道那一半。看来沈一义到底不过是一个俗物罢了。

“对不起。钟律师，我没有兴趣陪下去了。我退场。”娄开放说着，打开门就往外走去。

“沈太太。你不懂这事有多严重。她要走掉你会后悔的。”钟律师急了，对冬梅说，一边叫“娄女士，你不能走”，一边跳起来往门外追去。

“后悔？哼！谁后悔！”冬梅嘟囔了一句，但显然心里开始发毛。冬梅捉摸不透老公在玩什么把戏。冬梅从来就不懂老公在想什么。

一会儿，钟律师回来了，脸色不太好看，说：“娄女士在楼下咖啡店不肯上来。沈太太，如果你肯赏脸下去——”钟律师吞吞吐吐地说。

“我不去。为什么要我去！”冬梅大叫起来。“这就难办了。”钟律师很为难地说，“娄女士如果不肯上来，这遗嘱就没法宣读了。”

冬梅突然呜呜哭起来，她觉得委屈极了，“为什么我要去求那贱货。我不去。”

钟律师无可奈何地看着冬梅，不知该怎么说才好。

“我去试试看吧。”林芬突然站起来说。凭刚才娄开放对她的那一笑，林芬觉得那女子不是个坏孩子。

“那就太感谢了。”钟律师高兴地说。

## 第二份遗嘱

咖啡店里闹哄哄的，林芬看了半天才发现坐在角落里的娄开放。娄开放一只手托在下巴上，眼睛呆呆地看着外面的街道。

“孩子，我能坐这里吗?”林芬问。

娄开放抬头看到是林芬，很寂寞地笑了笑说：“你请坐。”

“我是沈一义的前妻。林芬。”林芬自我介绍说。

娄开放有点吃惊地看了看林芬，目光变得很柔和。她喜欢眼前这个女人，她身上散发着一种慈爱，能包容周围的一切似的。

“钟律师刚才说要是你不上去，就无法宣读老沈的遗嘱了。我听了很吃惊，所以想下来看看你是怎样一个了不起的姑娘，能使老沈做出这个决定。”

娄开放苦笑了一下说：“你都看见了，我是怎样被骂得狗血喷头的……”

“她其实不是在骂你。她是怕你。”林芬说。

“你为什么这么说?”娄开放略微吃惊地问。

“你年轻又漂亮。”林芬说，“看得出来，也很有学问。你只要坐在那里，要换作了妻子，我也会怕的。”

娄开放跟着林芬一起走进律师事务所玻璃门时，冬梅还在哭。

钟律师苦着脸坐在她旁边。钟律师已经劝了冬梅大半天了，可冬梅还是哭哭啼啼的。但这早就不是悲伤的哭泣了，而是喜哭。冬梅喜欢钟律师坐在身边唠唠叨叨安慰她的这种感觉，所以前半场她是真哭，下半场就是做哭了。女人的眼泪热乎乎的时候，男人就危险了。好在钟律师太专注法律，比较迟钝。他认认真真地以为沈太太是伤心了。

“钟律师，让你等久了。”林芬说。

“太好了太好了。沈太太，她们回来了。我们准备开始吧。”钟律师说。

冬梅不理他，依然低着头，发出呜呜的哭声。林芬跟娄开放在右边的沙发上坐下来。没有人说话，大家似乎都在等着冬梅平静下来。但冬梅固执地哭着，就是不肯抬起头来。林芬她们进来后，她的心情又变了，做哭又变成真哭了。

这时，手机响了。

“沈太太，你的电话。”大家都在看是谁的手机响时，钟律师第一个说。

冬梅从包里掏出手机，看了一眼，手开始发抖。是短信，沈一义发来的。

“阿梅。你可能在生我的气。有些做法，不是一句两句话，需要时间，三五年或更长久，你的眼睛才能看出结果。这么多年的夫妻了，我知道你一直忠心耿耿跟我过，我说的话你总是听的。现在再听一次。也就这一次了。老公。”

“我的天！”冬梅越看脸色越苍白，最后叫了一声，身体一晃，倒在沙发上，晕过去了。

“沈太太沈太太！”钟律师大叫，“来人呀。沈太太晕倒了。”他没想到女人除了哭还会昏倒，头脑里浮现出许多法律条文，但找不到一条能对付的。

里面办公室冲出来几个人，走在最前头的，是穿着黑衣的龚心吕。

“我看看。让我来。”龚心吕蹲下来，用手摸了摸冬梅的额头，把冬梅抱上沙发，把她平放在沙发上面。

“没关系，只是一时紧张，给我一杯水。”谁递给龚心吕一杯水。她吸了一口，把水朝冬梅脸上喷去。

一会儿，冬梅渐渐醒过来了。

“没事了没事了。”大家都松了一口气。

龚心吕对冬梅说，“你把我们大家都吓了一跳。好了，你要喝水吗?”

冬梅摇了摇头，慢慢坐了起来。

“龚女士，太感谢你了。幸亏有你在，我们都不知道该怎么办好了。”钟律师说。

“给我一根烟。”冬梅说。谁递上一根烟，钟律师拿出打火机帮她点上。她久久吸了一口，吐了一口长气，站起来说，“我想去趟洗手间。”众人散开。从洗手间回来时，冬梅已经完全恢复正常了。

“这是龚心吕女士。她也是沈先生请来的遗嘱执行者。”钟律师介绍说。

龚心吕朝她们点了点头。谁也不认得龚心吕。三个女人一起把目光对准她。冬梅吃惊地把眼睛瞪大了，林芬朝龚心吕微笑了一下，娄开放幸灾乐祸地想，这下热闹了。

龚心吕穿着黑色紧身衬衣，黑裤子，肩上披着一条垂到腰下黑绸嵌着金丝的丝巾。高高的个子，皮肤很白，淡妆。头发烫过。高雅。

身上有一种压倒众人的气势。

“总算可以坐下来了。”钟律师开始说，“今天把大家请来，是为了一件事……请大家到里面房间先看一个东西。”

钟律师站起来，做了个请的手势。大家跟着他一起到了隔壁房间。

一张大台子，上面盖了一层布。钟律师和一个助手一点点把布卷开，出现了一座福州两进宅院模型，罩在硬塑膜框里。

宅院分三个部分，进门正面对着两扇插屏门，绕过去是个小天井，接着一进大厅，左右两边各一个套间，一进厅与二进厅间隔一扇大门，进去又一大厅，两边各一套间，结构与一进厅完全一样。两个厅各有一扇小门可以通往旁边庭院，庭院里分布有花树小亭假山等等。

“这是一个大宅院的建筑模型。现在可以在光禄坊三号找到跟它一模一样的房子，请大家好好看看。”钟律师说。

娄开放只看了两三眼就没有兴趣了，又不好随便走开，眼睛转到窗外去。林芬看得很仔细，还问了几个问题，这是什么？那是什么？好像她是第一次看到这种建筑模型似的。龚心吕从一开头就站得远远的，似乎保持着一种局外人身份。冬梅绕着模型走了一遍，焦急地问：“干啥叫我们看这个模型呢？这跟遗嘱有什么关系？”

“沈太太，您不要焦急。”钟律师微笑着说，“看完了就请大家回到厅里坐。”

四个女人回到座位上，林芬跟娄开放坐右边沙发，龚心吕跟冬梅坐左边沙发。钟律师从里面房间拿出一个黑色面撒金粉的脱胎四方盒，比第一个盒子更显趣味高雅，让她们看过后，打开盒盖，露出面上的一张白纸，用毛笔写着“沈一义遗嘱之二”几个字，翻到背面，有两行小字：此遗嘱须陈冬梅、林芬、龚心吕、娄开放四者同时在场方能开启。

冬梅呵了一口气。

“我现在要当着四位的面打开遗嘱了。”钟律师说，拿开白纸条，下面是一个信封，里面装着一块折叠得方方正正的乳白色绢帕。

绢帕上面的字是用群青写的，工工整整的小楷。龚心吕马上认出这是沈一义的字。

“我现在宣读沈一义先生的第二份遗嘱：我请求妻子陈冬梅跟曾经是我妻子的林芬住进光禄坊三号宅院，并邀请龚心吕女士跟娄开放女士同住。宣读我第三份遗嘱的条件是四人共同住进光禄坊三号宅院一年。”钟律师的声音散发在空气里，硝烟弥漫。

谁也不说话。太意外了！

钟律师好像知道大家会有这样的反应，说：“大家可以慢慢考虑，不用焦急回答。”

冬梅已经顾不上文雅了，第一个叫起来：“我不要考虑，马上就可以回答。我不住。这太叫人受不了了。”

娄开放接着说：“我本来不想住，但看在死者的面上，我住。”

林芬只呆呆的，走了神似的。

“对不起，钟律师，我可以走了吗？”龚心吕说着，站了起来，口气冷淡，跟遗嘱没关系似的，长长的丝围巾往边上一撩。

钟律师恭敬地跟在龚心吕后面说：“搬家是件大事，不急，您慢慢考虑。”

龚心吕不回答，走到门口，回头跟大家点了点头，就出去了。

# 龚心吕到了光禄坊

龚心吕明白阿义短信里“会很棘手，很让你为难”那句话的含义了。何止为难棘手。四个女人同居，那不等于锅碗瓢盆的战场吗？龚心吕小时候就住大杂院。大杂院没别的，就声音多。别人家一天从天亮开始，大杂院天没亮一天就开始了。被公鸡叫的。那年头城市人除了忙革命，就是忙吃。没人养狗。狗一不下蛋二要吃屎。哪有那么多屎让它吃？鸡不同，母鸡能下蛋还能吃。人人争养母鸡。但，谁能保证一群小鸡全母，总有公的混进来，只好养。阉猪阉狗的有，阉鸡的没听说。公鸡不阉就要叫。龚心吕家的院子里就搭着四个鸡棚。这家公鸡不叫那家叫，总之一年四季总有公鸡在叫。声音又大，拖得长长的，里外三里都听得到。公鸡叫也就罢了。反正它叫什么谁也听不懂，醒了再睡就是。女人可比公鸡厉害多了。大家饭桌都摆在一个大厅里，这家女人骂孩子，那家女人骂老公，冷嘲热讽，明枪暗箭，隔三岔五的，什么花样都有。说的跟你是一种话，听得懂躲不过，唰唰就冲进耳朵来了。这些年好不容易逃脱大杂院，营造了一个窝，像伍尔芙说的，女人有了一个属于自己的房间，过了几天舒心日子，叫她再回去听那些声音？她才不干。虽然一个人住，说毫不寂寞那是假话，但时间是消耗品，一天不就二十四小时吗？她消耗得起，寂寞得起。龚心吕有点生阿义的气了。

气归气，但一下子见到沈一义的三个女人，龚心吕的好奇心还是被吊起来了。她坐在里面办公室，像看戏似的把三个女人细细过了一遍。比如林芬，一看就是个贤妻良母，老实善良，看她穿的那双布鞋，二十年前的老样式了，走遍福州城也难找到第二个人穿……冬梅比阿义小二十几岁吧，漂亮是漂亮，但多少小家子气，跟林芬不是一个世界里的人。娄开放更是从天上放下来一颗卫星，漂亮聪明，自信大胆，说她狂妄自大也不为过。

夜晚，龚心吕照例蜷在沙发里发呆。她越想越觉得有趣。这个阿义喜欢的女人怎么土豆黄鱼牛排都有呀。三个女人三种类型，差异太大了。阿义到底想干什么？什么意思？叫我跟她们一起住？把土豆黄鱼和牛排混合做一道菜吗？掺沙子？龚心吕越想越觉得奇怪，也心烦，想不想了，却办不到，躺到床上，翻来覆去睡不着，心底里，还是喜欢的。钟律师说得很明白，沈先生特地交代，非请到龚心吕女士不可。很明显，阿义需要她。四个女人中，恐怕阿义最信得过的，就是她。这一想，心变甜了，气消了大半。

两天没动静，龚心吕照常上瑜伽课喝“掺和面”，只是心里含了沙子似的，砾砾的。第三天龚心吕接到钟律师寄来的一包快递，里面是两把钥匙和一封信。信上写着：“尊敬的龚心吕先生：您好！这两把钥匙，一把是光禄坊三号宅院大门的钥匙，一把是进门后厅靠左边您厢房的钥匙。光禄坊的门牌号变动过几次。三号就是原来的七十一号，您小时候住过的房子。沈一义先生是按照他的记忆复原起来的。不管住不住，您可以抽空去看一看。祝安好。钟正明敬上”

她当然不会去看房子。龚心吕把信和钥匙丢在小茶几上，不去理会它。但其实，要是她真不想看，很简单，钥匙寄还钟正明，这件事就算了结了。但，钟律师信上那句话，像一根鱼钩，钩到她心灵最深处，拉出种种淡忘了的甜酸苦辣，搅和她，心神不宁。旧家的影子像旗子一样老在眼前晃动。龚心吕越来越心动。阿义居然把她住过的房子买下来了。这岂不是一种缘分？说明她跟房子的缘分没断。女人总愿意把事情往情上面拉。龚心吕也一样。她把这解释为沈一义的用心良苦，及对她的一片深情。于是很感动，就觉得愧了。不住至少也该去看看。要不怎么对得起买房的人？夜晚，坐在沙发上享受的时间变得很局促，那两把钥匙勾魂似的看着龚心吕，躲了几天终于躲不过去。人总有办法说服自己的，就去看吧。光看，反正谁也没法强迫她住。

光禄坊面目全非了，旧房子几乎被拆掉，街道翻修了，人行道边的树长大了，枝叶几乎覆盖住整个路面，路两侧全是新建的楼房。楼房底层是连排的商店，汽车声、人声、熙熙攘攘地跟阳光混在一起，沸腾着。二十多年没来过，光禄坊景致像万花筒转了一个角度似的全变了。龚心吕随着人行道慢慢走，一座座房子仔细看过去，终于，看见了那棵凹在两堵高墙之间的大樟树了，居然枝叶茂盛，还活着。樟树底下有个小石墩，也还在，光溜溜的，小时候龚心吕上下学经过的时候经常用手去摸它，再过去就是记忆中的那扇大门。两扇门嵌在一面灰色的砖墙里，跟三坊七巷一带大户雕木的六扇大门比起来规模气派都要小得多，朴素得像一棵长在丛林中的小树。

房子是曾祖退位回乡时盖的，奶奶说曾祖留下条古训：门不宜大不宜显，宜厚宜重，言多必失，沉默是金。

龚心吕停在路边，久久地看着大门，脚像铅一样重，迈不出去。自从被迫离开这座房子，她几乎一次也没有回想过它。不是她有意不想，是头脑选择不想，仿佛房子连同那些不堪的记忆被埋葬在她身体的坟墓里了。

其实每个人身体里都有一座看不见的坟墓，埋葬着被我们卸掉的记忆。但这一刻，墓门被打开，许多似乎早就忘却了的记忆纷至沓来，诸如花厅里的那座假山的太湖石，是从无锡那边运回来的。曾祖有个朋友是某大员的亲戚，知道曾祖还乡盖房专程从无锡运回来送他的；院子里摆的那两个大鱼缸，是曾祖从文儒坊某某家人那里买来的；大门的木料是山区从闽江放木排下来的大料，泡在水里两年，又在人家里放了十年，原来是安民巷某某家人准备拿来做棺材板的，大家都说用来做门料可惜了，但曾祖说门料必须用最好的，房料其次，棺材料最次即可……

奶奶最爱说的就是房子，一直到一九四九年初期为止，龚家每年预算里总要留出一份钱来维修房子。奶奶给龚心吕看过一本修房明细账，里面详详细细记载着每一次修房的具体细目，比如，哪一年屋檐上的滴水坏了，工匠是谁，花了多少钱修。哪一年厨房的烟囱堵了，哪一年该粉刷墙壁了，哪一年某某房间的地板发出响声了……诸如此类，所有这些事在奶奶头脑里像地图一样，可以索引可以修正。

但这一切在一九五六年戛然而止。

龚心吕深深叹了一口气，终于，她可以移动脚步了。

打开门，走了进去，门发出“嘎——”长长的一声，关上了。瞬间，所有声音都被挡在了墙外，一个静得听不到一丝声音的空间展示在龚心吕面前。

房子似曾相识，天井厅堂房间，一切样子都在，但是崭崭新新，干干净净。她贪婪地看着，渐渐产生了一种异样感觉，整个院落都在对她诉说却又不发出声音，但龚心吕听得见。这是最让她心动的。不是记忆中的屋子。记忆中的房子很破烂。一进门两边低矮搭盖的厨房，天井里站着晾衣服的竹竿的架子……这是记忆中奶奶讲过的房子。他们家原来的房子，应该就像这样！干净清爽，安安静静，除非大事，平日里大门都是关着。人进出只走小门。大杂院是后来的事。

一九五六年房子被改造后，突然搬进来许多莫名其妙的人家。这些人要走大门。于是大门敞开了，带来许多声音，终日吵吵闹闹。

又变回来了！龚心吕心堵得满满的，这不就是她小时候向往的家吗？阿义阿义你在干什么？你不是在诱惑我吗？龚心吕心里念叨着，正准备往后厅走，突然从里面传来一点响声。奇怪？这里有人吗？龚心吕顺着声音拐进花厅，走近园门，突然，一个男孩从里面冲出来，眼看就要撞到龚心吕身上了。龚心吕伸出双手一接，抓住男孩的两只胳膊，把他身体往上一提，转了半个圈，咚地放在地上。男孩瞪了龚心吕一眼，突然一拳朝她打去。龚心吕伸出一掌，啪地接住男孩的拳，一拉一扭，男孩倒在了地上。

园门里面传出女人的叫声："阿申，阿申。你在哪里？"

男孩一骨碌从地上跳起来，没事似的躲在龚心吕身后。龚心吕回头一看，一惊，这不是沈一义的妻子冬梅吗？

冬梅也看到龚心吕了。她放慢了脚步，脸上表情有点不自然地对龚心吕点了点头。

"你好。"龚心吕尽量自然地微微一笑，打了一声招呼，但立刻感觉出自己声音的僵硬，

"你好。"冬梅不由地也跟着笑了一笑，但声音还是有点迟疑。

空气重了起来，两个人都显得有点尴尬，不知道话往哪里接。

"这是你的孩子？"还是龚心吕先说话了。

冬梅点点头，好像突然才想起似的，对沈申说："阿申，快叫阿姨。"

沈申看着龚心吕说："我不叫。她不是阿姨。"

冬梅越发尴尬，脸都红了，"这孩子，真没有礼貌，快叫。"

沈申说："她就不是阿姨。她是奥特曼。"说完，抬腿就往外跑。

冬梅不知道要说什么，停了一下，赶紧追了出去。一会，听见砰的一声关门的声音。

一切又恢复安静。

听到冬梅关门的声音后，龚心吕摇了摇头，才离开花厅。还是不习惯跟冬梅说话，那么，她怎么能想象跟她在一个屋檐下生活呢？

龚心吕扭开左厢房的锁，一推，门吱地开了，第一眼就看见墙上挂着一张她全家人的照片。奶奶戴着顶帽子，坐在中间，她在左边，弟弟在右边，爸爸和妈妈站在后排。阿义哪里找来的这张照片？不可能！龚心吕相簿里没有这张照片。她那时六七岁吧？扎着两条辫子，样子又土又蠢，还紧张，脸绷着。其他人都在笑，很幸福的样子。龚心吕想起来了，照相馆戴眼镜的师傅咧着嘴做出笑的样子，一边喊“笑，笑”，手上抓着快门，准备等他们一笑就按下去。没什么值得笑的事，但大家似乎都知道照相时非笑不可，不幸福不行，照片上连爸爸都在笑。龚心吕记忆中的爸爸几乎不笑。爸爸是“反革命”，一九四九年后就不会笑了。照片上的爸爸比记忆中的爸爸贴人。龚心吕愿意看照片上的爸爸。谁知道，也许爸爸在那一瞬间，是有意留下这幸福的样子让她几十年以后看呢。龚心吕心酸酸的，有些东西爬上来，眼眶湿了。

靠右边墙摆着一张大木床，几乎同当年她跟奶奶睡的床一模一样，但龚心吕知道不是。原来的床架上方有一层抽屉。左边墙正中间的柜子也像，楠木的，同样也摆着一个花瓶，空的，不插花。奶奶柜子上的花瓶永远不插花。她小时候以为花瓶就是用来摆样子，不是插花的。奶奶小时候生活里经常有花，但爸爸成了“反革命”以后家里花就消失了，一直到她死都没有。龚心吕突然有了一种冲动，要是她住进来，第一件事就是要买许多束花，天天不断，插在这花瓶里上给奶奶，补偿奶奶。龚心吕坐在床沿上，很伤感，泪水涌了上来。所有家具都沉默着，在倾听她似的。她想走出去，但脚软软的，站不起来，心里开始想留下来。照片上的人在呼唤她留下来，在这里，跟他们在一起。

她忽然觉得，只有在这里她才能找到这些年她一直寻求的东西。它们就隐藏在这张照片后面，就在这座房子的某个角落里。

也不懂过了多久，到院子里渐渐昏暗下来，什么也看不见了，龚心吕才走出大院，回到大街上。喧闹声扑面而来，刚才坐在三号院房间里的那种感觉消失了，做梦一样。但她知道她无法再像过去那样过日子了，就是晚上坐在心爱的沙发上，她也会牵挂照片上面的人们的。他们的眼睛一直在看她，似乎在等她回去。她想过把照片带回家，但不行，照片上的人不会愿意。他们的家在三号院。他们宁愿静静坐在黑暗中等她来。她听到了他们呼唤她的声音。她爱他们。龚心吕脚在往家走，心却留在三号院里了。

## 冬梅请龚心吕吃饭

冬梅没想到在光禄坊三号院看房子的时候会碰到龚心吕。她有点不好意思，那天在钟律师事务所信誓旦旦地说不去住，怎么倒跑去看房子了？可话说回头，沈一义的房子，她不住，难道还让那小妖精独占？照理，冬梅一听娄开放说要住就该疯狂抵制，但那天她被沈一义的短信吓蒙了，对周围的一切反应都不正常。后来一想，不对呀，老公不是死了吗？怎么可能给她发短信。

回去跟玩伴老姐一说，老姐从躺椅上蹦起来说：“快！快找你老公问去。”

冬梅愣了一下，倒笑了，“老姐你糊涂了，老公他已经不在了……”

“他怎么啦？他在地下活着呢。你不找他找谁去问？”

这回轮到冬梅发愣了。

过两天老姐带着冬梅到长乐某镇一出了名的神婆家去讨圣。

神婆四十来岁，穿着普通家常衣服，坐在旧宅院大厅的矮凳上，在啃白色的玉米，看到她们进来，把啃了一半的玉米棒放在凳上，领她们进了内屋，让姐俩坐在屋角的板凳上等，自己从床角拿出一件脏兮兮的花衣服穿上，裤子照旧，点上一炷香，闭着眼睛，嘴里念念有词。好一会儿，睁开眼睛对老姐说：“你妹找的这位先生架子很大，他不肯上来呢。”

老姐听了点头说：“哎呀，他在阴间架子也那么大吗，请不动？”

冬梅急了：“那怎么办？你再叫叫他吧。”

神婆说：“不好不好。得罪不得的。今天不行了。你回去买一只小母鸡，记住，没有下过蛋的，拿一件你老公穿过的旧衣服，把母鸡的血滴在衣服上……”

“要滴多少滴呢？”冬梅问。

“我正要说呢。你不要打断我的话。”神婆脸上露出不满神情，“一百滴。一滴不能多，一滴不能少。”

“哎呀，这可不好弄呀。”冬梅发愁了。她看过杀鸡，血哪是一滴一滴？呼地就全出来了。怎么数？

神婆不去理她，接着说：“就看你的心了。到马尾把这件衣服扔到闽江里去。”神婆说。

马尾是闽江的出海口。难道说要让带血的衬衫漂洋过海？冬梅越发糊涂，也不敢再问，付了神婆一张百元纸钞就跟老姐一起出来了。

第二天冬梅到西营里市场，跟卖鸡贩说要一只没下过蛋的小母鸡，当场杀，取一百滴血。卖鸡贩一听就笑了，挑了一只纯正小母鸡，当场杀。冬梅把沈一义旧衬衣揉成一团装在塑料袋里，端在手上。卖鸡人一手逮住一只鸡翅膀，一拧，把两只翅膀反折起来，鸡就无法折腾了，然后一手抓鸡头，另一手唰唰几下扯下鸡脖子上端几撮毛，拿起锋利的剪刀，啪的一下把动脉剪断，血哗的一下流了出来，把白衬衫染红了一片。

“这里到底是几滴呀？”冬梅问。

“一百滴。一滴不多，一滴不少。”卖鸡人一本正经地说。

“你又没数，怎么知道是一百滴呢？”

“怎么没数。我肚里数着呢。我说一百滴就是一百滴。这是经验，我白杀了几千只鸡呀。”

冬梅很吃惊，想，也是，都杀了几千只了，听他就对了，觉得卖鸡人很了不起。

冬梅把滴着鸡血的衬衫卷起来，装在袋子里，开车到马尾，找到一块没人的地方，把衬衫丢到闽江里去，看着衬衫漂远，她安心了。

过几天老姐又陪冬梅到长乐某镇。这回神婆不啃玉米棒，啃花生米了，地上堆着一堆花生壳。一见冬梅她就急匆匆问道：“怎么样？滴了一百滴吗？”

“一百滴。一滴不少一滴不多。”冬梅肯定地说。

“那就好。”神婆说，换上跟上次一样脏兮兮的花衣裳，点上三炷香说：“今天要请三尊菩萨出来。”

“什么菩萨呀？”冬梅问。

神婆咕噜咕噜念了三个名字，冬梅一个字没听懂。神婆闭上眼睛，嘴里念念有词，时间比上次更长，听得冬梅快打瞌睡了。好不容易等到神婆睁开眼睛，却听她说："看来你什么事让你老公气大了。他还是不肯出来见你。不过，你不要泄气，多请几次他一定会来。他要看你的诚意。"

冬梅无奈，又给了神婆一百块钱，就出来了。两次了，老公都不肯出来，冬梅越想越害怕，沈一义准像神婆说的，气得不得了。看来那房子不住不行。到家当晚冬梅就跟沈芯沈申提搬家的事。沈芯听说是父亲的遗嘱，马上就答应了。但沈申不肯，说他不要住城里的破房子。他班上同学都知道他住别墅，天天汽车接送，神气得很，要是搬到城里，会被同学看不起。冬梅吓唬他说，爸爸从天堂发短信问搬家的事了。

"我不信。老爸死了，不会发短信。"沈申说。

冬梅打开手机的短信给两个孩子看。

"我信。爸爸没死。他在天堂。"沈芯说。

"哼——不搬。我就不搬。"沈申叫起来。

冬梅没法，想先哄着他去光禄坊三号看看房子吧，就碰到龚心吕了。

冬梅不敢得罪龚心吕。一，她不清楚龚心吕跟沈一义的关系。沈家人从来没有提起过她；二，钟律师对龚心吕毕恭毕敬的态度，加重了龚心吕在冬梅心里的分量，但最重要的，是冬梅不讨厌这个女人。龚心吕身上有一种让冬梅心动的气质。真正高贵的、超凡脱俗的气质。内心里，冬梅向往这样的东西。

如果只跟龚心吕同住，冬梅没有异议。但一想起另外两个女人，特别那小妖精，冬梅就气不打一处来。真要搬进光禄坊三号，她就要把通前院的门封掉，只走后门。这样就眼不见心不烦了。

星期六中午，冬梅开车带申到东街口大洋百货，买了他想要的一个机器玩具，出来后就进了麦当劳，要了一份烤鸡腿。

看申吃得高兴，冬梅说："妈妈已经决定搬到城里住了。你搬不搬?"

"跟奥特曼住一起吗?"申嘴巴里塞满了鸡肉问。

"哪个奥特曼?"冬梅糊涂了。

"就是那天那个。"

冬梅才明白申说的是龚心吕，"住呀。她当然住。"冬梅说。

"那好吧。"申抬头看冬梅的脸，"说好了。她住我就住。她不住我就不住。"

冬梅嘴里应着"好好"，心里想，这孩子中邪了，也不懂是什么意思。龚心吕到底住不住呢？光凭那天她在律师楼的样子看，不住的可能性极大，但真要不住了怎么会去看房子？这孩子到时候要真看不到龚心吕，不知会闹成什么样子。还是找钟律师问一下得好。冬梅突然想。

这样一想冬梅就安心多了。第二天早晨起来后对着镜子左顾右盼，又是化妆又是做头发，折腾了一个多小时。说不定钟律师会约她到律师楼见面。这样她就不用临时急着化妆了。

电话拿起来时她先咳了两声，拖长了声音说："喂——是钟律师吗?"细声细气地，用了三分钟时间，阐述了打电话的目的。

钟律师极有耐心地听着，不时还插一句"我知道""我明白"一类的话，最后才说："沈太太，对不起。很遗憾，龚女士至今还没有做出决定。"

冬梅一愣，突然冒出个灵感，冲口而出："那你出面约她，说我想请她吃饭。我没有她电话号码。"

"是呀。一起吃个饭吧。好主意好主意。"钟律师在好主意这三个字上用了一点劲。

冬梅听出来了。她很欣赏自己的聪明，一箭双雕。三个人一起吃饭，太好了。

说好钟律师约上龚心吕以后打电话给冬梅。冬梅等了一天，到傍晚憋不住了就先打过去。

“抱歉抱歉。”钟律师开口就说，“没有完成任务，龚女士说她很忙，恐怕无法赴约。”

无法赴约不就是不来的意思吗？冬梅急了说：“你把龚女士的电话号码给我，我跟她说。”怎么就拒绝了呢？龚女士不会误会是钟律师要约会她吧？也不像，她看上去比钟律师大许多，但说不准……冬梅边胡思乱想，边拨号给龚心吕。因为有心事，听对方一“喂，哪位”的声音冬梅就慌了，紧张起来，变得语无伦次，“非常突兀打电话给您。钟律师说您不想跟我一起吃饭。”

电话里龚心吕笑了，“这糊涂律师，怎么传话的！”

“不是不是。是我说错了。钟律师是说您不想跟我们一起吃饭。”

“好啦。沈太太，你有什么话就直说吧。”龚心吕说。

“我想请您吃饭。我儿子说您要不住光禄坊三号他也不住。”冬梅说。

“你是说那天那个男孩？”龚心吕问。

“对对。就是他。那个坏小子。给他看他老爹的短信他还不应。”冬梅说。

沉默了一会，龚心吕说：“那好吧。这样，我星期三有空。”

“就星期三晚上。我们说定了。”冬梅松了一口气。她发现跟龚心吕讲话很轻松，有话直说就可以，心跟她就又近了一点。

冬梅早早就预定了五一路与古田路交叉口正大广场的荣誉饭店。冬梅喜欢那里的环境，说它高雅。沈一义喜欢那里的菜，说那里做的福州菜有福州菜特点又高出一般福州菜。到了星期二晚上，冬梅突然想把张竞也叫来。一是笼络笼络张竞，二来张竞毕竟外表是个男人。这样就有两男两女。她跟钟律师说话的时候，张竞就可以跟龚心吕说话。打电话给张竞，张竞说可以。于是冬梅又在荣誉饭店加订了个位子。星期三下午，她先去熟悉的店去做头发，又开车到温泉路的店去做脸。店里小姐说她年轻了五岁。她照着镜子自己也觉得很满意。

晚餐比冬梅想象的还要完美。菜就不用说了。龚心吕还是穿黑色衣服，但料子款式都变了，谈吐不凡，一举一动随意而大方。冬梅近乎崇拜上她。张竞始终对两位女士彬彬有礼，冬梅没料到他也能天南地北地聊。钟律师依然文绉绉，说话细声细气，跟女人似的，但冬梅把这叫“文雅”。她正是被这种东西吸引了。开了两瓶葡萄酒，酒下肚后，话明显更肥更有弹性。张竞谈兴最浓，其次龚心吕，其次钟律师，冬梅不太说话。她光听，谁说话眼睛就看谁，全神贯注地看。全是不沾油盐柴米边的话。过后谁也不记得说了什么。走出饭店后冬梅才发觉最要紧的话忘了问。她还是没弄清龚心吕住不住光禄坊三号，但她很高兴。好久，甚至在沈一义活着的时候也很少有这样开心过。冬梅有种感觉，龚心吕不会抛开她不管。至于她住不住光禄坊三号，已经不那么要紧了。冬梅当然没想到，她的那种热心倾听，也使谈话加油加劲，包括龚心吕，对她印象都好了许多。

过了两天，冬梅意外接到龚心吕的电话，说很感谢那天沈太太的招待。如果方便，有空请她带孩子到她家来喝茶。

冬梅没有龚心吕这类朋友，受宠若惊，问了两遍：“真的吗？真的吗？”

龚心吕笑着说：“当然真的。”

冬梅跟芯和申说的时候，芯倒不怎么样，申却兴奋得不行，说这下好了，我准能打赢张小朝了。张小朝是申同班同学，冬梅不明白申话里的意思，但看申很高兴，她也就高兴了。

## 林芬搬家的犹豫

林芬跟娄开放一起走出钟律师事务所。

“您住哪里呢?”娄开放问。“丽文坊。”林芬说。

娄开放说：“那我们一起打的吧。我送你过去。”

“不用不用。很近的，我走路就行。”林芬说。

“没关系。反正顺路。”娄开放说着挽起林芬的手。她喜欢这个纯朴善良的女人。她想象中沈一义的妻子就是这样。跟娄开放挽着手，林芬有点不自然，但内心还是喜欢的。比那个女人强多了。林芬想。

傍晚五点多，的士司机交接班，的士特别难打到。等了近二十分钟还抓不到一辆车。

“真对不起，让您等了。早知道走路您都要到家了。”娄开放说。

“看来这车一时半时等不到，要不你先到我家坐坐?”林芬突然说。

“那好呀，反正我回去没有事。”娄开放说。

到了林芬家，两个人聊了一会天。娄开放说要走，林芬就留她吃饭，娄开放也不客气，就留下了。林芬进厨房忙，闲着无聊，看到墙上挂着一些照片，娄开放就一张一张仔细看过去。突然间外面有点唆唆声，门开了，走进来一个年轻男子，看到站在房间里的娄开放，愣住了。

“你好。”娄开放满脸堆笑对进来的人打招呼，“我知道你叫沈卓。我叫娄开放。你妈妈的客人。”

“你好。”沈卓迟疑地回答，他有点吃惊。林芬从来没有客人。

“你妈在厨房忙。我不会做饭，就没去帮忙。”娄开放说。

“没关系。你坐。”沈卓不知道回答什么好。

“我正在看照片。这个人是你奶奶吗？”娄开放用手指一指坐在年轻的沈一义和林芬之间的女人。

“是。”沈卓走近看了一眼。

“很威严吧？”娄开放问。

“不知道。我出生不久她就去世了。”

“呃——”娄开放发出一声叹息。

“怎么啦？”沈卓问。

“我明白为什么沈一义会离开你妈妈了。”娄开放说。

“为什么？”沈卓惊奇地问。

“因为你奶奶去世了。”娄开放说。沈卓愣住了，没有人跟他说过这样的话。

娄开放回去以后，林芬跟沈卓说起搬家的事。沈卓一听就绷着脸说：“不搬。”

林芬说：“我跟钟律师说搬了。”

“那就再跟他说不搬。”沈卓说。

“那，那人说不搬呢。”林芬说。

“她搬不搬是她的事。我们不搬。”沈卓说。

林芬不吭气了。她自己也弄不清楚，为什么沈一义过去给她房子时，她一点不想搬家，但今天心却有点动，就是知道跟那人住一个院落也还是想搬。或许，如果硬要她用言语来表达的话，她会说：对她来说，沈一义没了。对那人来说，沈一义也没了，但她们却剩下来了。娄开放、那个姓龚的女士恐怕也一样。她们身体中间都有沈一义剩下来。她们在一起住，就等于剩下的沈一义在一起。总之她觉得让剩下的沈一义分散到各处，不如让他们集中起来得好。但这，怎么可能用话跟沈卓说清楚呢？况且，从理智上说，这家也一定得搬，她得替沈卓占着他应有的那一份子。

收到钟律师寄来的房子钥匙后，林芬不知道该怎么办了。沈卓跟沈一义一样固执。她如果搬，沈卓要不高兴；她如果不搬，沈一义要不高兴。她想让他们两个都高兴，但这似乎做不到。好在钟律师没有打电话催她，事情就这么拖着。这些天，她把家里的旧衣服都搬出来洗，不洗她会老去想那事。有天上午，她接到娄开放打来的电话，问她要不要一起去看房子。也奇怪，想都没想，“同意”的话就冲出去了。

娄开放站在光禄坊三号大门口，弯着身子，用手摸着上面的木纹。

“看什么这么专心？”林芬走到娄开放身边了她还没有发觉。

“芬姐，你看这大门的木头，有多好呀，现在根本找不到这样的木头了。”娄开放抬起头说。

“是呀，要花多少钱呀？”林芬心疼钱。

“过去的大家，把钱就这么露在外面让人看。”娄开放说，“这家人原来姓龚。”

“龚？”

“对。龚。那天那位龚女士，弄不好就是这家原来的主人。”

林芬瞪大了眼睛说：“这不太巧了吗？”

“龚家祖先官至知府。妹妹嫁到林则徐林家，总之也遍布半个福州城了。”娄开放说。

“你怎么知道得这么多？”林芬问。

“职业病。”娄开放笑着说，“我原来是记者。”

林芬也笑了，觉得娄开放外表厉害，其实内心挺天真的。

两个人慢慢把房子里里外外看了个够。娄开放带了把卷尺，让林芬帮忙，把自己房间的尺寸量了。

“芬姐，你的房间也量吧。”娄开放看得出林芬对房子很满意。

林芬没吭气，面呈难色。娄开放问是不是沈卓不同意搬家。

“你怎么知道?”林芬吃惊了。

“猜的。那天到芬姐家看了就知道了。如果沈卓要搬家，恐怕你们早就搬了。沈一义不会愿意看到你们住在那里的。”

林芬不知道说什么好。这女孩，是有她过人之处，难怪老沈会相中她。

“我打电话约沈卓来这里吧。”娄开放提议说。

“来光禄坊三号?”林芬吃惊地问，“他一定不会来。”

“会的。他不知道这里的地址吧?”

林芬摇了摇头。

“我就说你在这里，有事。”

“他会生气。”

“不怕。当我的面他不好发脾气。他不是从英国留学回来的吗?他只好当绅士。”

不容林芬多想，娄开放拿出手机说：“你告诉我号码。”

娄开放拨号。“我是那天在你家的娄开放。你好。冒昧给你挂电话。是这样，你母亲迷路了，她不会回家。你能来这里接她一下吗?”

“我母亲？迷路？我马上就来。你告诉我你们在哪里。”沈卓的声音听起来很慌张。

“看得出他很爱你。芬姐。没关系。你不要担心。他爱你。”放下电话后娄开放对林芬说。

听到门外停车的声音。娄开放让林芬坐在房间里面等着，自己出去接沈卓。

“你母亲很害怕你。”娄开放一见沈卓的面就说。

“不可能的。她怕我什么？”沈卓脸有点发青。

“怕你说她还没忘记你父亲。”

沈卓说不出话来了。

“其实也难怪，每天她都要看到你，看到你就想起你父亲了。你跟你父亲长得一模一样。”娄开放说。

沈卓非常吃惊，他从来没听人这样说过。

“她坐在房间里等你呢。”

娄开放领沈卓进了院门，到了房间门口。

天已经开始黑了。林芬的脸笼罩在朦朦胧胧的昏暗中，看上去就像一尊塑像。

“妈——”沈卓叫了一声，就没有下文了，不知道接着该说什么，娄开放的话使他有点不知所措。

“我们回家吧。”林芬慢慢站了起来，心不在焉地说。她听沈一义描述过他祖先的房子，应该也是这样的，很高的雕花屋檐，有大厅，他跟母亲住在边上的厢房里。他那时过着什么样的日子呢？她想象不出。林芬突然觉得沈一义变得离她非常遥远，路人似的。

三个人一起走出院子，来到大街。沈卓叫了一部“的士”。

“你先上吧。”林芬对娄开放说。

“不用。你们先走吧。”娄开放笑嘻嘻地说。

母子两人一前一后上了车。沈卓没看娄开放一眼。

车里，母子两人沉默着。

好一会，林芬开口说："小卓，我不该把你叫到这里。"

"不。妈。不用说了。你以后高兴做什么就做，不用想着我。"沈卓说。

林芬不懂儿子说这话是什么意思，就不再开口了。

第二天沈卓上班以后，林芬打电话问娄开放，沈卓说的那话是什么意思，她听不出来他是高兴还是不高兴。

"很清楚的。芬姐。他的意思是说你要是想搬家你就搬，不用想他。"

"呃？是这个意思吗？"林芬吃惊了，"他没有对我生气吗？"

"我想没有。"娄开放想了想说。

"那他为什么不直说呢？"林芬还是想不通，儿子真的会赞成她搬家？

"不好意思吧。"

"对妈说话不好意思？"林芬突然觉得娄开放应该是对的。昨天晚上回家后，儿子虽然还是不太说话，但态度明显温和了许多。

"你怎么什么都懂？"林芬说。

"记者嘛。"娄开放笑笑说。

林芬越发对娄开放上心起来。自从沈一义离开家后，林芬没有跟谁谈起过儿子的事。儿子本来话就少，很多话，她也不知道该怎么跟他说。

但林芬还是犹豫着搬家的事，除了洗衣服，她不善于决定什么事。她很固执，一旦决定就很难改变，但就是不习惯于决定事情。没有可商量的人。她想到娄开放，知道如果约她不会遭到拒绝。她给娄开放打电话。娄开放说还是不要到她家，如果碰到了，沈卓可能会不高兴。

“不如再到光禄坊三号吧。”娄开放说。

她们约好了时间。那天娄开放穿了膝盖破了两个洞的牛仔裤，一看到林芬就顺手递给她一颗橘子。林芬推托说不想吃。

“吃吧。听说吃橘子会有喜气。”边说边掰开一个橘子吃起来，“你说什么事？”

“也不是什么大事。”林芬突然扭捏起来。她有点不习惯娄开放这种直来直去的说话方式。

“芬姐，你就直说吧。没事你不会找我的。是不是沈卓又说什么了？”娄开放一副没心没肺的样子。

“不是不是。”林芬赶紧替沈卓辩护，“他什么话也不提。我不懂得怎么跟他说才好。”

“你想定了吗？”娄开放问。

“什么想定？”

“搬家的事呀。是这件事吧？你想搬吗？”

“我还是想搬。”林芬抬头看了娄开放一眼。

“那不就行了？”

“怎么行？小卓要不搬怎么办？”

“他要不搬你就自己搬。”

“那怎么行？”

“总不成他跟你住一辈子吧？你不是说过他结婚以后你一个人住吗？”

自己搬？这不可能。儿子吃饭怎么办？不行不行。林芬拼命否认，但奇怪，这句话却一直在脑海里浮现出来。这天晚上她睡不着觉，半夜听到儿子到厨房开冰箱的声音，就起来披上衣服走出去。

“肚子饿了吧？冰箱里有我昨天买的礼饼。”林芬说。林芬和沈卓都爱吃馅里有很多肥肉的福州礼饼。

“妈，你还没睡呀？”沈卓说。

“嗯。”

“还在想搬家的事？”沈卓问。

“也不是……”

“妈。你搬好了。”

儿子笑着，脸上却挂一丝陌生的寂寞。儿子也睡不着。他在想什么？他内心里一定不愿意她搬走。林芬突然觉得这家不能搬，她不能让儿子一个人住在这里。

第二天林芬给钟律师打电话，说她决定不搬家了。

“等等等等，您上次不是说好搬的吗？”

“我也没办法，情况有了变化。”

“我很遗憾，您要不搬，那沈先生的第三份遗嘱就永远无法宣读了。”钟律师说。

林芬沉默了。老沈想她一定会搬才这样设定遗嘱的。她真的不知道怎么办好了。她只好又在家里洗衣服。有的衣服在短时间内都洗过三遍了。

电话铃响，张竞挂来的。

“我刚好到鼓楼办事，拐过去看看你行吗？”

林芬说行。

张竞带了一盒点心来，寒暄了两句，他说：“沈太太，我听钟律师说，您决定不搬家了？”

离婚这么久，张竞一直称呼她沈太太。为此她甚至说过他一两次。但张竞说他已经叫习惯了，改不过来。林芬心里其实喜欢这种固执的人。

“小卓说不搬。”林芬说。

“您或许还是搬吧。”张竞的口气很踌躇，“董事长的意思是小卓要是不想搬，就让您一个人搬过去住。”

“这是老沈的意思?”

“是呀。他说男孩子大了，应该让他独自闯闯，不粘在母亲身边也好。”

“老沈早就想到小卓不想搬了吗?”

“是呀。没有董事长想不到的事。”张竞说。

这天晚上林芬又睡不着了。她在想老沈。她一直觉得老沈没死，只是在很远的地方活着，她看不到的地方，因为在他活着的时候，就是活在离她很远的地方。

第二天林芬打电话给娄开放，想说她决定搬家了，但电话不通——她才觉得，好几天没接到娄开放的电话了。

## 龚心吕的顾虑

龚心吕从来也没有像那几天那样心焦过。

从很多年以前开始，龚心吕就一直想找一个地方把自己安顿下来。现在的家太舒适太热闹太入世，一走进去，她就变成软体动物，泡在缸里似的，浑身找不到一根直线。她需要找一个世界，这个世界具有一种魔力，能够让她把在身体里已经发酵了几十年的东西，像抽丝一样一点一点抽出来酿酒，像希腊哲学家们做的那样，永远活在一条河又不活在一条河里。她活着，不就是为了酿造这一瓶酒吗？不仅属于她，也属于她妈妈、奶奶，还有许许多多她没有见过面的上代祖先。她已经看见那条从远方流过来的河水了。

她去过纽约、华盛顿、伦敦、巴黎、京都、丽江、永定土楼……都很好，但都感觉不太对，有的，像少了点什么；有的，又像多了一点什么。她一直犹豫，也知道犹豫就不对。身体是笔直的，对与不对，应该一目了然。

龚心吕从来都是从容的有自信的，但从光禄坊三号回来以后，她变得经常想哭，晚上睡前，或清晨醒来，但只是想，眼眶一热一湿的那种，接着就看到那张挂在光禄坊三号宅院里墙上的照片。照片上有奶奶、爸爸、妈妈、弟弟和她，但第一眼她总是先看到奶奶。奶奶正对她在笑，却显得忧郁，盯着她，嘴巴不动，却不停地在说着什么。她听不懂，仿佛是另一种语言。后来她梦见奶奶，奶奶似乎还活着，就站在离她不远的地方，但她怎么也走不到她身边去。她大叫，奶奶你在说什么呀？奶奶突然停住不说了，吃惊地看着她，好像也听不懂她在说什么似的。这是怎么回事？她在梦里问自己，怎么跟奶奶会变得无法沟通起来？

她其实知道奶奶想说什么。奶奶想说房子。除了房子，奶奶一定什么都不想说。

有天晚上，龚心吕想着想着，心焦起来，坐也不是躺也不是，终于忍不住打了个的到了光禄坊三号，也不点灯，就坐在房间的椅子上，对着墙上昏暗的照片发呆，静静地倾听亲人们在房子里的声音。是的，他们虽然看不见，但他们过去的气息和声音都留在房间里，渗透到每一道墙壁和地板的隙缝里，她相信，只要她待在这里，就一定可以听到他们的声音。

为什么人要照相呢？要没有那张照片就好了，这样，所有的他们：奶奶、爸爸、妈妈在她头脑里就会变得模模糊糊，连成一片，久而久之，虽说不会消失，但至少会停滞在身体某处不再动了。

她回忆起那天夜里，他们一家被迫搬出光禄坊三号院的前夜，停电，房间里点着蜡烛，昏暗的光线下她看不清奶奶的脸。

奶奶坐在一张椅子上，双手抓住扶手，对爸爸说，我不走，我不能离开这座房子，我死也不走……口气坚硬，像刀背。

爸爸没有说一句让奶奶走的话，只是跪在奶奶面前，头磕在地上不肯起来，一直跪到半夜，后来妈妈也跪下了。她走过去推推爸爸，爸爸没有理她，走过去推推妈妈，妈妈也没有理她。她很害怕，只好也跪在妈妈旁边。奶奶不看他们一眼，脸扭在一边表情僵硬。房间里一点声音也没有，也不懂过了多久，黑暗中传来几声低低的抽泣声，是奶奶发出来的。爸爸妈妈依然跪着，沉默不语。

后来她太困，竟然睡着了。第二天一早醒来，她看见奶奶坐在一大堆行李中间，理理这个，理理那个，昨夜的事好像做梦一样。

昏暗烛光下的那一幅画面，她以为永远消失了，却在她走进房间的第一个夜晚跳了出来，停住不走了。

所有一切都回来了，就在这个房间，就在角落那个位置，奶奶坐在笨重的椅子上，爸爸跪在奶奶跟前一米多远的地板上，地板上的漆已经脱落了，凹凸不平，裸露出一丝一丝木纹。妈妈跪在爸爸旁边，她几乎紧贴着跪在妈妈旁边。

她难过得要命。那时候她虽然跪着，但一点都不懂得难过。到现在才懂，只有到了现在，她才能细细咀嚼他们身体里面的感受，仿佛难过也有年轮，也需要时间发酵。奶奶的难过，爸爸的难过，妈妈的难过，所有的难过积累到现在才像山一样压了过来。

一切都晚了，无论她怎样努力，她无法替代他们一丝一毫的苦难。

她能做什么吗？

后来她走到前厅，前厅静悄悄的。意外地，她看到一轮明月，非常吃惊，不是吃惊月亮，而是吃惊自己怎么这么长久没有看见月亮了，突然觉得缺少了月亮的生活将会充满遗憾。她看见自己的影子跟着她慢慢在地上移动，想起李白的诗：

花间一壶酒，独酌无相亲。
举杯邀明月，对影成三人。

古人和今人，相邀在何处？她坐在石阶上，望着月亮的影子，照片里的那些人仿佛也跟着她出来了，静静地跟在她身后等着她说话似的。

她想写的过去，所有的过去都埋藏在这座老宅里……

就算为了奶奶，她也要搬到光禄坊三号，替奶奶去看、去住这房子。她要跟他们在一起。

原先她没料到想房子也会像想恋人那样出神入化。于是，就不是搬不搬，而是什么时候搬的问题了。

## 龚心吕出现在娄开放家

娄开放这些天陷入困境之中。她跟外婆闹翻了。

那天，外婆又背着她请小年轻来家里吃饭。娄开放回家，看到小年轻坐在沙发上看电视。

"你来干什么？"娄开放冷冷地问。

“你外婆请我来的。”小年轻嬉皮笑脸地说。

“咦——原来对老太婆有兴趣。行呀。”娄开放狠狠盯了他一下，走进自己房间，砰的一声把门关上。有这样的男人，他可以无视女人的敌视。她想说他厚颜无耻，但没说，这话要说出来，不就表明她在乎他了吗？

外婆从厨房里赶出来敲娄开放房间的门，叫道：“开放，出来。有客人呀。”

“他说是你请来的。”娄开放的声音从门缝里炸出来。

“你这孩子，说什么话!”外婆有点生气，但拿娄开放没有办法，只好回头对小年轻说，“你多包涵。她从小被惯坏了。别听她大声嚷嚷。她不好意思呢。”

娄开放从房间里探出头来说：“我没不好意思。”砰地又把门关上。

“我没关系。我早就听说她在单位里很厉害。我妈脾气也不好，我习惯了。”小年轻笑笑的，一副好脾气样子。

冷战状态持续到外婆把饭菜摆到桌子上。娄开放从房间里出来，也像小年轻似的，嬉皮笑脸，好像她在房间里捂到了一块宝玉似的，朝外婆叫了声：“我出去了。”噔噔噔就往门口走去。外婆喊她也不应。

娄开放回到家已经晚上十一点。

厅里灯亮着，外婆坐在沙发上，看到娄开放进门，板着脸说：“你过来。坐下。”

“怎么啦？外婆。”娄开放问。

“这是什么？”外婆用手指着茶几上的一张纸条，上面写着“光禄坊三号”。

娄开放拿起纸条看了看，“外婆你从哪里来的这个地址?”

“我正要问你呢！这是什么地方？你跟谁打算住在那里吗?”

“是呀。我正要跟外婆说呢。我想搬出去一个人住。”

“你说什么?”

“你不是希望我早嫁吗?”娄开放说。

“怎么？有对象了？你要跟男人同居?”外婆问。

“你想到哪里去了，都是女人，现在时兴女人合住。这叫婚前准备阶段。”娄开放说。

“什么准备？真没有男人？你不要骗我。那好，你明天带我去看。”外婆说。

娄开放傻眼了，但没办法，她知道这一关躲不过去，外婆对她的事一丝一毫都要追究，好像她还是六七岁的孩子似的。

第二天娄开放真把外婆带到光禄坊三号去了。

一到门口外婆就呆住了。“这一家人过去姓龚……”

“外婆你认识他们家?”娄开放吃惊地问。

“嗯。过去的事了。你曾外婆带我来的。龚家当时还很兴旺。龚太太非常漂亮，我现在都还记得她的面孔……你要搬到这里住吗?”

“嗯。”娄开放点点头说。

“这个家现在是谁的？你怎么会认识他们?”

“现在的主人姓沈。我朋友介绍我认识的。”

外婆仿佛想起了什么事情，神情有点恍惚。

“这房子是很好，”外婆说，“不过开放，你不要住，说不好——我有种不好的预感……”

“外婆你想多了。”娄开放说。

外婆沉默了，不再说什么。

娄开放忙着搬家的准备，这期间，小年轻来了两次。娄开放不理他。外婆总是特别热情。一个星期以后，一天娄开放傍晚从外面回家，一进门就看到外婆坐在饭桌前，脸色很难看，看到她就说，她绝不同意她搬到光禄坊三号去。

“为什么？你不是同意了吗？”娄开放叫起来。

“你搬到什么地方都可以，就是不能搬到沈一义家。”外婆说。

“沈一义？”外婆怎么知道沈一义的名字？娄开放有点明白了。外婆一定听说了什么，准是那小年轻搞的鬼。

娄开放打了个电话给小年轻。还好，她没有把小年轻的电话号码丢掉。早就想丢，但不知怎么就留下了。也是当记者时候的习惯吧，无论再破烂的信息都有它的价值。

她约他在师大附近的“豪客来”餐馆见。

他准时来了。

“说吧，你跟外婆说了什么？”娄开放单刀直入问。

“说了我应该说的话。你外婆是对的。你不能搬到光禄坊三号去。”小年轻一反嬉皮笑脸的态度，很严肃地说。

“这不关你的事。”

“关。我是你的守护神。”

娄开放笑了，“去你的守护神。”

“他们说你是沈一义的三奶。”小年轻眼睛直直地看着她。

“他们还说地球要毁灭了呢？关我什么事！”娄开放脸色变得很难看。她不想再深问下去，这样难听的话不管怎么说，她还是第一次听到。

“我不相信，但你不能搬。”

“我硬要搬呢？”

“我呢，会时时到你门上去唱小夜曲，你外婆会怎样就不知道了。”

晚上娄开放接到母亲从美国打来的电话。

“小放。你到美国来吧。”母亲不提光禄坊三号。

“妈，你放心，我以后一定去。”娄开放说。母亲真是没招，除了叫她去美国，好像美国是仙丹妙药，能治百病似的。

“要不我回去？”

“你千万不要回来。你要相信我。妈。我没事。”

“我相信你。小放。你快三十岁，成年人了。”母亲停了一会说。

她们又聊了一会别的。“外婆老了。你要处理好。”母亲放下电话前说。

娄开放两岁时候母亲去了美国，是外婆把她带大的。她跟外婆比跟母亲亲，甚至有时觉得，她的妈妈不是母亲而是外婆。小时候，她会反抗外婆对她过分的担心和呵护，但大了以后她知道了，中国母亲的爱经常就表现为啰唆与包办，没有度与节制，却包含着牺牲精神。她们可以付出生命，满足儿女最荒唐的愿望，同时要求着她们得不到的顺从，既沉重又可敬。

娄开放没想到外婆在这件事上会这么固执，不可理喻。她跟沈一义什么都没有。外婆为什么要在乎别人说什么呢？但她说服不了外婆。外婆不跟她吵，不正眼看她，然后——开始绝食，一整天就坐在沙发上看电视。无论娄开放怎么叫都不吃饭，好像她根本就不存在似的。娄开放只好整天待在家里不出去，守着外婆，但她还是不说不搬家的话。第二天娄开放真急了，外婆动真格的了，从小到大无论她提什么无理的要求，最终屈服的总是外婆。她不知道要怎么办才好，不能放弃，这样放弃就太奇怪了。为了那些不知什么人的谣言，她娄开放要放弃自己做人的原则？不可能。可是外婆怎么办？老人家经不起折腾。娄开放哭了，像小孩一样放开声音大哭，但外婆不看她一眼，铁了心似的。

娄开放突然想起龚心吕。那天到光禄坊三号时，外婆的表情很奇怪，说不定她就见过龚心吕。她向钟律师要来龚心吕的电话号码，给她挂了电话。她们约在南门兜先施大厦的上岛咖啡屋见。

龚心吕一看娄开放就觉得奇怪。娄开放头发凌乱，脸色苍白，两眼浮肿。

“出什么事啦?”龚心吕问。

“我外婆绝食，已经两天没吃饭了。”娄开放说着，眼泪禁不住掉下来。

“不着急，你慢慢说。”龚心吕说。

娄开放断断续续把事情经过说了一遍。

“我可以理解你外婆的心情。”龚心吕说，“她们那一代女人把名誉看得比什么都重。这样吧，你带我去看看你外婆。不过话说在前头，可能不会有任何结果。”

“那太好了。我实在走投无路……”娄开放说着眼圈又红了。

外婆还坐在沙发上看电视。娄开放说：“外婆，有客人来了。”

外婆没听见似的。

“您好，我叫龚心吕。打搅您了。”龚心吕走近沙发说。

外婆愣了一下，抬头看了龚心吕一眼，两眼发直了。

“去拿杯糖水来。”龚心吕回头轻声对娄开放说。

“你是龚太太的……”外婆脸上又出现那天恍惚的神情。

龚心吕把糖水端到外婆面前，“您老喝了这杯水，我们再慢慢说话。”

外婆像迷糊了似的接过杯子，听话地喝了起来。

“快，快去煮线面，煮久一点，要烂。”龚心吕又低声吩咐娄开放说。

“您说的龚太太是我奶奶。”龚心吕看外婆把糖水喝完以后说。

“真像。你长得跟她一模一样。”外婆说。

龚心吕一直陪着外婆。外婆问龚心吕工作呀什么的，没有再提龚家的事。

龚心吕看外婆喝下线面粥，躺下去休息了才离开娄开放家，一句也没提光禄坊三号。

“真奇怪。外婆怎么看到龚老师就变了呢?”娄开放送龚心吕下楼时问。

“我也不清楚。你外婆姓什么?”龚心吕问。

“姓龚。”

“咦——也姓龚?”

“嗯。外婆外公是亲戚，表兄妹。”娄开放说。

“嗯——”龚心吕没有再说什么。只答应娄开放一两天后再来看外婆。

过两天龚心吕到娄开放家的时候，外婆气色好多了，基本恢复正常了。龚心吕叫娄开放出去转转，说她要跟外婆单独谈谈。

娄开放听话地下了楼，坐在小区庭园里的椅子上，头脑静止了似的，什么也不想。她累了，筋疲力尽的感觉。

一个多小时以后，娄开放接到龚心吕电话，问她在哪里。她说在楼下的庭园里坐着。龚心吕叫她不要动，她下来找她。

“你外婆非常爱你。”龚心吕开口说。

“嗯。我知道。”

“去吧，到她那里去吧。”

“我，或许，不搬了……”娄开放一点也高兴不起来。她突然觉得她已经不想搬家了。

“不搬也好。你再好好想想，不必匆忙做决定。搬，是一个开始；不搬，也是一个开始。凡有开始都会带来一个结局。”龚心吕说。

外婆坐在沙发上发呆没听见娄开放走进屋。

“外婆！”她轻轻叫了一声。

外婆抬起头，用一种很陌生的表情看她。娄开放走过去，蹲下来，把头靠在外婆腿上。小时候她经常这样。长大是一件看不见的事，她经常回头看。她感觉外婆的手在抚摸着她的头发。

“小放，你大了，外婆老了。外婆只是希望你活得顺一点。”外婆说。

“外婆，你不是常说，一切都是天意？”

“说得是。天意。”外婆抬起头，朝窗外看了一眼。

窗户外面是楼房，楼房前面还是楼房，走廊和窗户吞噬了天空和原野，把所有人的岁月叠成水泥盒子，重重叠叠在一起。

龚心吕说了什么？那样固执的外婆怎么就被她说服了呢？娄开放看着外婆几乎没有皱纹的脸想。

## 林芬的心思

为什么不在光禄坊三号为老沈做断七呢？有一天，林芬在洗衣服，眼睛无意识地盯着沾满了肥皂泡的双手，突然一个念头冒了上来。

人出灵感的时间不一样，林芬在洗衣服的时候最容易出灵感。

她愣了一下，头脑停顿了。这些年她头脑有时会顿住，什么也不想，不，准确说是想不下去，另一个念头迟迟不来，好似鱼竿抛进水里后就这么空悬着，也不懂需要多久，有时几小时，有时几天，一直到某个瞬间，也没有任何理由，突然鱼就咬住鱼钩，两个念头才链接上了。

这不意味着马上得搬家吗……林芬有点不安起来，马上把这个想法否定了，一切都还没有准备好呢……一切？什么是一切？这林芬就不知道了。她又没法想，想不下去了。

但这个念头就停在林芬头脑里不走了，整整两天无论她做什么事，洗衣服煮饭扫地……时不时都要冒上来烦她一下。

当然，这些，都没有化为言辞浮现在林芬的意识里，浮现在林芬意识里的，经常是一双沈一义的眼睛，而且越来越清晰，而且是他们第一次见面时他那双会说话的眼睛，还有就是越来越浓烈的眷恋，对丽文坊家的眷恋。林芬比往常更加勤快了，全部心思都放在收拾家什上，地板扫了又扫，擦了又擦，每一块玻璃都揩得光亮光亮，当然，旧衣服又全部从箱子里搬出来洗了一遍，一件一件拉平抹直，比平日更多花了两三倍时间，好像一辈子就打算守着这些坛坛罐罐过下去了。

这就是林芬的过人之处，所有的苦恼纠结都可以通过手脚的动作从身体里赶出去，从不堵塞在意识里。精神就是这样从肉体里解放出去了。

倒是沈卓急了，帮着她收拾行装，问她，这要带那要带吗？她总是摇摇手说不要。

“也好，那就都买新的吧。”沈卓说。

这下林芬才急了，说，“不行不行，你千万不要去买，我用不惯新东西。”

沈卓知道她的节约习惯，也不戳穿，只笑了笑，空闲的时间就随手找出几件林芬穿惯了的衣服，用惯了的杂物，装进一个皮箱里。

这倒让林芬看得有点郁闷，暗想，莫非儿子倒是希望我早点搬出去好讨个自在，就越发在家里磨磨蹭蹭，看似不急于搬家的样子了。

但心底里，那团火不仅没有灭下去，反倒越发燃烧起来了。

林芬在丽文坊家里为沈一义做了六个七。头七时，林芬费了两天时间，特地为沈一义做了一锅鼎边糊（福州小吃，俗称锅边糊，台湾称鼎边锉）。当年，为了老沈，从不舍得乱花一分钱的林芬，特地叫沈一义带着吃了福州几家鼎边糊名店。吃完后，她就站在炉灶大锅旁边，看着师傅做，一个一个细节问过去，回家学着做，还特地买了一台家用小石磨，托人从浦城买来单季稻米，然后泡在井水一天一夜，磨成米浆，用虾米海蛎花蛤虾干调味，加上芹菜蒜点缀，端上来的一锅鼎边糊，色是色，香是香，味是味，没有一点含糊。因为用的料足，且都是真材实货，味道比店里就更上一层，总之让沈一义吃到撑了才放得下碗。

沈一义离开家后，林芬下了一个决心，这辈子再不做鼎边糊了。她把所有的伤心都固化在这个决心里，把小石磨装到麻布袋里一针一针缝死，藏到房间床铺底下，夜晚睡不着觉时，想起床底下的石磨，有时洒几滴泪，有时叹几口气，情绪就安定下来睡过去，好像石磨的沉重把种种思绪从她身体里压出去了。

她以为这辈子再也没有机会为沈一义做鼎边糊了，但也不知道为什么，沈一义死后有一天，她突然就把石磨从床底下搬了出来，从麻袋里取出，跟石磨对看了许久，然后叹了一口气。就在叹气中她决定为沈一义做七，然后站起来出门买米准备为沈一义做鼎边糊了。

那几天她独自忙上忙下，准备了好几碗菜，满满摆了一桌子，都是老沈爱吃的，诸如卤猪蹄、荔枝肉、煎带鱼、菠菠鬼等等。沈一义不吃水果，但喜欢红色，林芬就从福大沃尔玛超市挑了五个红苹果摆在桌上正当中。也奇怪，就在这样的忙碌中，林芬觉得沈一义还活着，又回到她身边来了。

忙的时候不觉得，但正日那天，一切忙碌结束，摆上供品，点上蜡烛烧完香，朝沈一义的照片磕头时，林芬感到背上一片冰凉，好像被人戳了一下，站起来，突然觉得有什么不对——寂静，太寂静了。家里就她跟沈卓两个人，没有一个亲友，沈卓还只能算半个，露了个面就缩回房间去了。

不应该这么寂静，要有点什么声音才对。

更糟糕的是沈卓看着满桌的菜肴几乎连筷子也没动。

"吃呀吃呀，你小时候不是很爱吃鼎边糊吗？"林芬再三催促。

沈卓不吭气，勉强吃了一两口。

林芬只好自己拼命吃，吃得肚子都快撑破了。她知道沈一义这时候正在家里的哪个地方看着他们吃。

林芬不懂得该跟儿子说什么，说沈一义是不可以的，她知道，但这种时候，她就想说沈一义，除了沈一义她什么都不想说。

母子俩终于无话，头七的一顿饭就在尴尬的沉默中过去了。

这让林芬很沮丧，她独自在饭桌前呆坐了很久。父亲去世后母亲为他做七的情景从记忆深处跳出脑海，像电影一样在她头脑里演过。多热闹呀。每一个七起码有一桌亲友来，最多时整整坐满三大桌。蜡烛香火从前一天晚上就开始点上了，厅里香气缭绕，母亲总烧一桌菜供在父亲灵前，每个人都跪下给父亲磕头。她跪下去时，总是感到身后有许多叽叽喳喳窸窸窣窣的声音，那些声音使家里充满了一种奇异温暖的安宁。供完父亲后，亲友们围坐着饭桌吃饭，好像是一种默契，所有的人都开始回忆父亲，只谈父亲，说的都是些陈年芝麻小事。但那些细碎不经意的一句话或一件事，都使死去的父亲一点点在林芬心里变得鲜活起来，仿佛父亲又回到他们中间和他们在一起似的。母亲什么也不说，忙前忙后，偶尔插一两句嘴，但林芬看得出她心里的欣慰。

一个七刚过母亲又开始忙下个七，说这次太乱，忘了做父亲爱吃的这爱吃的那，下次要买什么，家里还缺什么。就这样，忙了近两个月，做了断七以后，母亲才松了一口气，说，终于把你爸平安送走了。

母亲做了一件多了不起的事呀，林芬当时想。

现在轮到她了，林芬越想越觉得悲哀，她怎么能让沈一义走得这么冷清？至少再多个把人，帮她吃一点东西，跟她谈沈一义，只谈沈一义，除了沈一义这种时候她还能谈什么！

可丽文坊这个家这么狭小，她怎么请人来呢？

于是每为沈一义做完一个七后她就更加不安，好像不做倒好，做了倒阻碍了沈一义，亏欠了他似的，但怎么可能不给沈一义做七？一个七都不能漏掉。

踌躇了两天终于林芬下决心赶在断七前马上搬家。她有了一个小小的奢望，把光禄坊三号宅院里的人都请来，为什么不一起为沈一义做个热热闹闹的七呢？至少娄开放、龚心吕，最好沈芯、沈申也在，他们可是沈卓的弟弟妹妹呀，甚至冬梅在也行，只要她愿意来，这样她们就可以一起安安心心地把沈一义送走了。

这个想法让林芬安心了许多。第二天她打了个电话请张竞来家里商量。当然她头一个想到的是娄开放，但又一想，觉得还是张竞吧，除了张竞没有其他人可以胜任这件事了，毕竟跟冬梅交涉不是一件那么简单的事情。

这期间，她一次也没有想过，沈一义为什么要让她们这四个女人一起住进光禄坊三号。这对她不是问题。既然是沈一义决定的，就一定有他决定的理由。林芬从来不去想为什么。那些念头从来没有一次来打搅过她。

“不想”里面常常充满了平静与幸福。

## 张竞的疑惑

接到林芬电话时张竞正在抽烟。

张竞平日不抽烟，只有在想不通什么的时候才抽。这辈子他已经有过两次想不通。第一次在初中二年级，有一天母亲突然说她跟父亲离婚了，带他住到大姨家。父亲跟母亲从来不吵架，表面看上去鸳鸯似的夫唱妇随，前一天一家三口人还坐在一起吃饭说笑。他想不通母亲为什么要跟父亲离婚，不问，只开始抽烟。母亲说过抽烟会得肺炎。他好像是冲着得肺炎抽烟的。他没有钱，买的是最便宜的烟。一抽就把喉咙呛住，像口水吞错气管一样乱咳。抽了几天，他就不抽了，抽不下去。烟的味道比想不通更堵且不说，更最糟的是，即便不抽烟时，满嘴满身也充满着烟味，吃饭睡觉时也消不了。他想消除烟味，拼命洗澡咀嚼口香糖，花了一个多月时间，几乎要绝望的时候，一天睡觉醒来，眼睛还没睁开，闻到厨房里飘来的一股煎蛋味，纯正清香，不夹带一丝难闻的烟味。他松了一口气，山，总算登到顶了。也怪，那怎么也想不通堵得他头脑发昏的离婚问题也没了，虽然还是没有答案，但似乎变得无所谓。通了，不是想通的，但就是觉得通了，清清爽爽，头脑轻了似的。

第二次想不通时他已经二十一岁，谈过三个对象。开头两个连亲嘴的动作都没有，第三个是准备结婚的，比他大两岁。那时他在建瓯插队，好几次，两个人躲在乡村他借住的农民家里，试着来过，但他总是不行。你怎么一点都硬不起来？女的觉得很奇怪，觉得他不爱她。他也很奇怪。他不懂什么叫硬，从来就没有硬过。他以为所有男人都跟他一样。后来才知道是他跟所有男人都不一样。他就想不通了。那时候除了口授性经，什么性信息都没有。他不敢跟人说，又开始抽烟。公社供销社总共只卖三个牌子的烟，他三种牌子全抽。一种接一种抽。这次他抽狠了。最多一天抽到七包，几乎是只要眼睛睁着，就一根接一根抽，一抽抽了几个月，抽得人东歪西倒，浑身充满廉价无耻的烟味，感觉头脑和身体倒空，什么也没剩下，只有一种烟味。他对自己厌恶到极点。有一天，他醒来看到天在地上，地在天上，所有的东西都在晕晕乎乎地乱走。他突然想通了，不是想通他为什么跟别的男人不一样，而是想通他母亲为什么跟他父亲离婚。他那时候已经知道他不是父母的亲生孩子了。他是被领养的。父亲一九四九年后没多久就被戴上“反革命”帽子关进了监狱。从监狱出来以后，在街道小工厂工作。父亲哥哥的妻子，就是他大伯母，从乡下替父亲找了个媳妇，就是他母亲。这么多年听到的暗喻影射突然集中成一条水柱喷出水面。父亲没有性，从结婚开始那一天就没有。这就是父母离婚的原因。

他不想见父亲，也不想见母亲。去他妈的！什么男人女人，全是球！他心一横，想，除了男性女性，不还有人性吗！我他妈的照样做人，是人就行，但他没法不穿衣服。世界上就两种衣服——男人衣服和女人衣服，他没法不挑一种穿。他挑了男人衣服穿，看去像男人，像而不是。从此他躲着男人女人，直到遇到了沈一义。

现在是他第三次想抽烟。那天跟龚心吕、冬梅、钟律师吃完饭，走出荣誉饭店时突然想抽的。正大广场周围都是办公大楼，晚上黑灯瞎火的，看不见附近有卖烟的杂货店。他想起马路对面先施大厦后面小路上的小店，那里或许有烟卖。他穿过五一路立交桥的地下通道走到马路对面。一间杂货店门开着，门口就摆着香烟。店铺里面坐着一个头上扎着花头巾的老太婆，两只眼睛是灰白色的。张竞拿起一包七匹狼牌烟，放了一张一百元钞票在桌上。老太婆两只手抓住钞票，灰白色的眼睛凑近前去，左看右看，最后总算确认不是假钞，才把零钱还给他。这烟尼古丁含量不低，张竞知道，但他喜欢它的味道。

走出杂货店，张竞从口袋里掏出打火机。虽然不抽烟，他口袋里永远都放着打火机。这是为沈一义准备的。沈一义喜欢抽烟，只抽七匹狼牌烟。沈一义活着的时候，只要看见沈一义从口袋里拿烟，张竞马上就会拿出打火机为他点火。他说自己是沈一义的走狗，愿意为沈一义效犬马之劳。张竞恰巧属狗。狗是个好东西。他不知道从哪里看到的，说蒋介石就愿意当孙中山的走狗，他也就此喜欢上了走狗这种说法。

他点上烟，狠狠吸了一口，吞下去，慢慢吐出一连串的烟圈来，闻到那种熟悉的烟味，他纷乱的思绪慢慢集中到一个点上。他想不通怎么会有个龚心吕从天上掉下来。他自以为知道沈一义的所有秘密。这是他长年追随沈一义的终极原因。所以他很烦恼，觉得沈一义背叛了他，对死人又没办法发作，就只好抽烟了。

另一方面，他又为龚心吕所吸引，他想起龚心吕的脸，那颗长在上嘴唇边上的红痣。也奇怪，沈一义喜欢的女人对张竞都有不同程度的吸引力。沈一义看顺的东西，他也看得顺。不同的只是，沈一义是个男人，他是一个“人”。

抽完两根烟，他才回到正大广场，开车回家。

张竟住在仓山师大附近的新天地小区。家里养了一只狗，公狗，从街上捡回来的。刚捡回来的时候一直很安静，但到开始发情时就疯狂了，蹿上蹿下，到处乱咬。他这是第一次看到动物发情，联想到人，突然明白了许多事，这才彻底想通了第二个问题。不当男人有不当男人的好处。不当男人的人，从一出生就心平气和，然后一直心平气和到死，不用修炼就可以得道。

他把狗带到动物中心，阉了。

张竟接到电话后马上就到林芬家来了。听完林芬的话后他想了想说，这件事恐怕有点难，问题在于冬梅，其他两位女士应该问题不大，但不管怎么说，他非常赞成林芬的想法，这样做恐怕最让沈一义高兴了。

这番话充分体现了张竟说话的特点，他从不否定什么，总是在话后面留下巨大的空间，让听话的人不觉得刺，顺溜溜地就把话咽下去了，但其实，所有的话中话又让听话人对事情的难度有了充分的心理准备。

有一个意思张竟完全没有跟林芬透露，他想不通沈一义为什么要把这四个女人弄到一个院子里去？一起住一年，这是什么意思？难道沈一义想把财产传给跟他毫无关系的诸如娄开放？这怎么可能？那个龚心吕是什么人呢……但由此种种他更加佩服沈一义，留下这么大的疑团让后人解，除了沈一义又有谁能做到呢？

张竟浮想联翩。他不可能不想。他总是在想，一个念头推到下一个念头地想，但他不急。他最大的长处就在于他不急，遇到任何问题时他总是先看先等。许多事看着等着等着看着就渐渐明白了，机会总有一天会来的。这是他跟随沈一义几十年，从他那里学到的他认为最重要的一条真理。

走出林芬家后，他拿出手机给冬梅拨了个电话。电话不通，占线。他开车往福大方向去。路边有一家很大的咖啡店，他进去吃了点东西。

吃，对张竞，常常有助于等待也有助于思考。至于联系冬梅，早一点晚一点都是无关紧要的事。

## 冬梅急了

张竞电话进来时冬梅正在给钟律师打电话。其实，她知道这件事问了钟律师也还是不懂，但问题跟懂不懂没关系，她就是想多跟钟律师说几句话，最近她情绪出了点问题，这种时候她最需要听到钟律师的声音了。

说起来也不是什么了不起的大事，但女人嘛，不就是为了小事烦恼，为了小事焦虑而出生的吗?

冬梅想第一个搬进光禄坊三号。

本来嘛，作为沈一义的唯一合法妻子，她有权利享用整个光禄坊三号，可现在事情突然就变成了这样，她非跟其他女人同住不可了。唉——忍着吧，只好忍。就一年，就三百六十五天，要不就听不到第三份遗嘱了。唉——有什么办法，虽然不知道到那时候沈一义又会蹦出个什么来……

这些天，冬梅又跟着老姐去长乐找了神婆一次。

神婆看到她懒懒的，问，“怎么这么久没来了？就不在乎你老公说什么了吗?”

她赶紧从包里先掏出一百块钱放在桌子上，说她一是来给老公报喜的，她已经决定做老公要她做的事了，二是想问一下老公为什么要把她们四个人弄到一起住。这让她越想越委屈……

“这次老公一定会出来了吧?”她问。

“那倒也不一定，下面的人任性得很呢，谁知道他会怎么想。”神婆说着慢腾腾换上神袍，也不换地方，就坐在矮板凳上，闭上眼睛嘴里念念有词。

冬梅很紧张，眼睛直盯着神婆的脸。不久，只见神婆脸色越来越红，呼吸越来越粗，她以为沈一义要出来了，没想到一会又平静了下去，过了几分钟神婆突然睁开眼睛对她说，声音又变得懒懒的，还算好，今天他总算出来了。不过，只见到背影，就是不肯把脸转过来看你。看来你虽然已经决定要做他要你做的事，但不是还没做嘛，你还是回去先做了再来问吧。兴许他高兴了会回答你问题的。

终于出来了终于出来了，这种结果让冬梅很满足，出来就好，就算是背影，但背影有什么关系，也是他呀。冬梅想起躺在病床上沈一义的脸，会不会是他的脸变得比那时还要恐怖，他怕会吓着她才让她看背影呢？这样一想冬梅就更加安心了，无非是要她多跑几次，那也是老公为了多看看她才这样做的。

老公一定也希望她第一个住进光禄坊三号。这背影就说明问题了。她越想越高兴，觉得老公理解她的心情了……不管怎么说，第一个住进光禄坊三号的应该是她也只能是她。只有这样，才能说明她是光禄坊三号真正的主人。这是她的权利，她一点不想让步，别人别想抢去……

回家路上兴致勃勃，她拐到福大沃尔玛超市去买了一只水鸭母，带回去让阿惠砍了煲汤。这已经成为冬梅的习惯，心情好的时候就要煲水鸭母汤吃补。据说以前沈一义母亲得过什么病，最后就是吃了一百一十一只水鸭母吃好的。于是，水鸭母就成为沈家的看家补品了，传到沈一义，又传到冬梅，现在连沈申都知道了，家里不论出了什么事，好事坏事，只要吃水鸭母就好。

回到家，冬梅把水鸭母交给阿惠。阿惠问断七那天要不要也给主公煲个水鸭母汤。就凭着见到沈一义背影的高兴劲，冬梅突然起了个念头，最后一个七，也就是断七，给老公做点高级东西，让他尝个新鲜。水鸭母毕竟算不上高级菜，别再像头几个七那样，尽是些大路货，什么猪肠炖莲子一类，那东西虽然老公爱吃，但这次，就算了。

“那做什么高级菜呢?”阿惠问。

冬梅想了半天想不出老公爱吃什么高级菜。

“桂花鱼怎么样?”阿惠看冬梅说不出话，就提议说。

“那算什么高级菜。”冬梅说。

“那红烧排骨呢?”

冬梅笑了，说，“好了好了，就凭你这头脑，还能想得出什么高级菜来。”

阿惠不生气，也笑了，说，“还不是你问我的。要不你问问钟律师?”

“那怎么可以……”冬梅想说他会觉得怎么你连老公爱吃什么菜都不知道，但话说只说了半句就停住了。她突然想到了一个重大问题。

是呀，离断七只有五天了。五天时间很短，但谁说得清楚呢？那么可怕的“9·11”不也就发生在一天里吗？还有日本广岛的原子弹爆炸也是，谁敢保证在这五天里，她们不会搬进光禄坊三号？她无法阻止她们呀。她甚至连她们搬家的日子都不知道。

冬梅急了。

本来嘛，这算什么问题，她明天想搬不就可以搬。家具已经进家了，她跟老姐在西二环路的“好百年”挑的，意大利最新款式，家里这些东西，叫个搬家公司，拉一车过去，一天不就搞定了？无非是先挂上两个红灯笼贴上一副对联而已。可是问题在于冬梅没法就搬，她得给沈一义做了断七以后才能搬。沈一义是她的老公，在光禄坊做断七就等于跟那几个女人分享老公，那怎么可以！所以断七必须在现在的家做。在那个重要日子里，有那几个女人站在旁边就不行。当然，龚心吕可以例外。

于是她扭捏了半天打了个电话问钟律师。这种时候，不找钟律师找谁呀？冬梅当然不会去问那两个女人的事，文雅寒暄了几句后，冬梅就问钟律师知不知道龚心吕什么时候搬家。钟律师说不知道，但他好像明白冬梅心思似的，补充了一句说，他没有接到任何一个人说她们准备什么时候搬家的电话。她千恩万谢后才把电话挂上了。虽然问题没有解决，但钟律师的声音使她全身酥软，激起某种冲动，她突然想给龚心吕打电话。她本能地相信龚心吕一定有办法弄清那两个女人的搬家时间。

她真打了，但一开始说话不知怎么方寸就乱了。

“事情很急吗?”一听到冬梅慌张的声音龚心吕就笑了。

“是，不不，对对……我很想就见到你……”也奇怪，没看到龚心吕的脸，冬梅就没法安心跟她说话。

“这样吧，我现在在城里屏山附近，我们约在哪个咖啡店或茶室见吧。”龚心吕说。

冬梅嘀嘀咕咕讲了半天话，最后还是龚心吕定了一家茶室，就在白马路附近，安静且幽雅，两个人过去也都不算远。

半个钟头龚心吕就到茶室了，冬梅先到，看到龚心吕很高兴，拿出一盒上好的金骏眉，对龚心吕说，这茶是做茶园的朋友送的，一年下来，这种茶做不了十几盒。

茶室分割成好几个小间，很安静。龚心吕挑了一间距离街面最远的，叫人泡上金骏眉，两个人面对面坐了下来。

“这茶不错吧？”冬梅看龚心吕喝了一口茶后问，像急切等待大人夸奖的孩子似的。

“嗯。很不错。”龚心吕呷了一口茶，让它在嘴里停了一会，才慢慢咽了下去。

最近她吃东西都这样，一口白饭有一口白饭的味道，一根菠菜有一根菠菜的味道。白饭菠菜的意境！像丰子恺描述当年的李叔同。东西是这样，人何尝不是一样？慢慢品，品即看，像品茶一样，人是有味道的，所有人都有，不加评论，不用言辞，慢慢品，味道就出来了。

冬梅看龚心吕眯着眼睛，低着头那么专心地在喝茶，就不敢打搅，等到龚心吕抬起头来看她时才敢开口说话。

“我想拜托你一件事……”冬梅啰里啰嗦地把自己的想法全盘托出。

不知怎么，看着龚心吕的眼睛，那双眼睛里什么都没有又什么都有，话就这么嘟嘟嘟出来了。

“你的意思是说不想搬到新家后再做断七吗？”龚心吕耐心听完冬梅说话，慢慢地问，态度像对小孩一样温和。

“对对对。”冬梅拼命点头。

“但又想第一个搬进新家……”龚心吕问。

冬梅又拼命点头。

“你是想让我去问问她们什么搬家，如果比你早了，最好让她们往后靠一靠，对不对?”龚心吕又问。

“对对对。就是这事。”冬梅越发佩服起龚心吕，她把她的问题用两三句话就点清了。

“我们再来一杯茶好吗?”龚心吕突然话锋一转，问，举起茶壶，给冬梅的杯子里添了茶，又往自己杯子里添了茶，然后端起杯子呷了一口，又像刚才眯着眼睛，慢慢品起茶来，完全把谈话忘记了似的。

“怎么？有什么问题吗?”沉默的时间太久，冬梅有点慌了，憋不住问了一句。

“沈一义会不会有另外一种想法呢?”龚心吕放下杯子，终于开口了，话说得很慢，很亲切，像启发孩子似的。

“你觉得老公他不想在这家里……”冬梅的口气更加迟疑了。

“也许沈一义这种时候喜欢热闹吧。你知道，武术班里要有什么人家里出了丧事，沈一义总是尽可能叫多人去，给死者家属热闹热闹。所以嘛，轮到他自己……”龚心吕不往下说了。

冬梅不说话了。她知道老公有这个习惯。平日里他喜欢安静，但遇到红白事，他就喜欢热闹了。人越多他越高兴。

“依我看，你不妨考虑一下，也就这最后一个七，不要说全部人都来，至少多那么一二个人，沈一义也会高兴的……”龚心吕说。

“龚老师你一定来，但我绝对不要见那两个女人。”冬梅激烈地说。不知不觉，冬梅已经跟上龚心吕的思路了。

龚心吕笑了笑，没有去反驳冬梅的话，话题一转，说，“你尽快准备搬家吧，最好就明天，先挂上灯笼，贴起对联，搬几件东西过去，做个仪式。我这就去问一下她们两人的搬家日期，不过重要的是你想做的事马上就去做。”龚心吕没有提林芬和娄开放的名字。

跟龚心吕分手后，回到家里，冬梅把阿惠叫来，说，“马上准备搬家。”

“不是说好要在这里做断七吗？”阿惠问。

“天还会变呢。”冬梅没好气地应了一声。

“那水鸭母还炖吗？”阿惠问。

“不炖了。”冬梅说。

她已经完全没有了吃水鸭母的心情。谁知道到了断七那天会发生什么事？再说，娄开放真的能听龚女士的话？要是她想跟她作对，会不会故意把搬家时间提前呢……得赶快搬。明天赶不及，干脆后天搬算了……

正七想八想，张竞的电话打进来了。

## 娄开放的疑问

电话铃响的时候，娄开放还躺在床上，一看是张竞的名字，她马上坐了起来。

她不喜欢张竞，但也不讨厌，但她不能不放一只眼在他身上。她摸不透他。张竞对谁都很客气。公司和工厂里的人背地里都叫他“张和尚”。这既是贬义词也是褒义词，既有讽刺他不男不女之意，也有赞许他包容宽大之意。关于他，传说着这样一件事。沈一义最艰难、欠了一屁股债时，曾出去躲过，公司就靠张竞帮他撑着。其中最大的债主是一个闽清人，姓李。他找不到沈一义，就打算找一批人去砸沈一义的牌子，包括到法院上告闹事。李在福州法院有关系。怎样安抚李就成了当时最重要的一件事。李是个孝子，家有老母。老母喜欢看闽剧。早些年，李经常专门派车送老母到福州看闽剧，但那时候，老母身体渐弱，已经无法忍受路途的颠簸了。张竞在福州有一班子铁哥，其中一个是闽剧院后台拉二胡的。老母过生日那天，张竞通过他朋友叫了一班人包括当时最红的花旦林青青，到闽清搭了一个戏台，专门演了一台戏，为李老母祝寿。张竞给李老母送了一份大礼，一支非常大的人参。

林青青的到来，自然很轰动，场子上人挤得满满的，都传说李怎样怎样孝顺，花了多少多少钱，通过什么什么关系，好不容易才把林青青请来。老母喜笑颜开。这场戏为李挣足了面子。大家都知道李在福州有个张竞这样可以请来林青青的朋友。第二天，张竞请乡长陪他一同去找李，说请乡长作个证明，说那钱一定还，请他给个面子，缓一段时间。这种情况下，李还怎么撕得破脸皮跟张竞闹，这还债的事就这么拖下去了。

这样谁都知道张竞是个惹不起的人，所以他从不跟人翻脸，用不着翻脸。不用翻脸就能降伏人的人会去跟人翻脸吗？

“小娄，你知道哪天是沈总的断七吗？”电话里传来张竞的声音。

“断七？”娄开放愣了一下。

“喔，是这样。沈总走了四十多天了，沈大太太想在光禄坊三号为沈总做最后一个七……”

“哪个沈大太太？”娄开放疑惑地问。

“喔，我说的是沈卓母亲，对不起，叫惯了，一时改不过来。”张竞说。

“没关系。我心里也这么认为的。”娄开放说，“你是想问我会不会去吗?”

“嗯。当然，沈大太太托我安排一下，我想确定一下人数……”

“我会去。”娄开放连想也没想就说。

“那好。我们到时候在光禄坊三号见。”张竞说。

娄开放放下电话后就起身到厨房烧了点水，泡了一杯正山小种，把身体埋在沙发里。外婆不在，家里静悄悄的，只有偶尔传来隔壁家小孩的欢叫声。

那些个问题又浮出娄开放头脑了，这几天，只要一安静下来，她总是被那些个问题困扰：为什么沈一义要把这样四个女人弄到一个宅院里住呢？住一年，这是什么意思？天底下哪有这么荒唐的遗嘱？沈一义究竟想干什么呢?

她列出一张纸，一边是四个女人一起住的好处，一边是四个女人一起住的坏处。这是一种很科学很逻辑的思维方式，她想沈一义也是这样想问题的。总得好处大过坏处一件事才值得去做呀。

想了半天“好处”那边只写了空空三行字，诸如龚心吕不会寂寞，沈芯沈申又多几双眼睛照看，那女人遇到事情有人商量……就想不出来了。但这些对沈一义重要吗？值得为了这样几条微不足道的理由让这样几个不相干的女人住在一起吗?

但坏处一写就写了十几行，诸如邻居间有敌对情绪一准影响孩子成长，林芬两边家跑一定会更加辛苦，打破了龚心吕平静的生活，娄开放跟外婆差点吵翻……

越写娄开放觉得越荒唐。不可能不可能，怎么可能像这样的理由，沈一义的思路一定不是这样，他一定有另一个视角，从那个视角看过去，一切应该完全是另一个样子……

娄开放想起过去看过的一本书，日本作家芥川龙之介的小说《罗生门》，思绪越飘越远……

那天的事情也很奇怪，在钟律师事务所，那个女人本来态度那么强硬，后来进来了一个短信，她看了以后居然晕倒了，然后突然态度就变了……谁的短信？什么人的短信能有这么大的威力？使得那个女人竟然不得不接纳她住进光禄坊三号……

照理只有沈一义的短信才可能具有这种威力，但沈一义已经死了，短信不可能是他发来的。那还有谁呢？具有跟沈一义同等的威力？张竞？不，不可能。即便是张竞说了什么很离奇的话，那女人也不至于晕倒呀……

思路总是在这里就断了，没法想下去，但疑团却并没有因为想不下去而消失，反而像滚雪球似的越滚越大，把娄开放整个心思占据了。

下午娄开放给林芬挂了个电话，问林芬断七的事。

林芬说她已经听张竞说她会来了，正想打电话问她爱吃什么，她那天顺手就做出来了。

“不用不用，那天是沈总的日子，跟我有什么关系？再说，我什么都爱吃。”娄开放说。

“鱼丸怎么样？”林芬口气有点犹豫。除了沈卓，哪怕再小的事，她对自己的主意都没把握。

“爱吃爱吃。”娄开放大大咧咧地说。

“老沈就爱吃我打的鱼丸……”娄开放这种天真的直率，使林芬不自觉地小自满了一句。不管对沈一义对沈卓，她说话都难有这样放松过。

“怎么，芬姐你想自己打鱼丸吗？”娄开放叫起来，“太麻烦了，去买现成的吧。我知道交通路口有一家店打的鱼丸很不错……”

“不用去买不用去买，买来的不好吃。”林芬赶忙阻止。

“那就辛苦你了，芬姐。不过太棒了！”娄开放叫起来，“我只在小时候吃过一个连江亲戚打的鱼丸，太好吃了！”

“就这么定了定了……”林芬很高兴。娄开放热烈的反应激起了她一种久违的热情。自从沈一义离开家沈卓长大以后，没有谁对她做菜的努力有过这么大的期待了。

两个人又聊了一会儿闲话，林芬告诉娄开放她准备在断七日子前两天搬家，搬进去收拾一下，还得留一点时间做断七的准备。不过，当然，大部分菜包括鱼丸她都会在家里打好带过去。

娄开放说，“那我也就那天跟你一起搬过去吧。”

“那太好了。”林芬很高兴，“那我们可以做个伴。”

搬家的事情就这么说定了，娄开放算了算日子，这不就是大后天的事了吗？

## 龚心吕与张竞

这天，龚心吕正关在房间里的电脑前敲字，手机响了。她顺手就接了。敲字的时候，她几乎都是关机的，那天不知怎么开着。电话是张竞打进来的，说是有些事想跟她商量一下，是有关光禄坊三号的事，想请她出来吃个饭。张竞话似随意，其实都经过深思熟虑，都有使对方无法拒绝的充分理由。龚心吕记不起张竞的脸了，但记得他的声音。张竞的声音很好听。好呀。她说。一半因为沈一义，一半因为在张竞讲话的时候，她突然觉得肚子饿了，想吃一点好的。她爱吃。

这是她克服不掉的一个毛病。

那我去接你。你好像住交通路吧？张竞问，你搬家了吗？还没有。龚心吕说。搬家时说一声，我开车帮你。张竞说。以后再说吧。龚心吕说。也不是有意的，不知道为什么自己没有拒绝。

龚心吕的暧昧不但没有使张竞难受，反而让他狂喜。这就意味着，龚心吕没有拒绝他去她家。这意味对张竞很重要。

人跟人的缘分相当奇怪，有时就凭着讲话时的那一点氛围，一点语境，就可以把频道切换了。

张竞很想到龚心吕住家坐一下。他有一种本事，能在几秒钟内把屋子里的所有东西都收进脑袋，甚至什么东西摆在哪里都不会记错，过后像牛反刍似的把这些东西翻出来研究一番，从而判断主人的兴趣爱好性格特征等等。他总喜欢借用一下洗手间，也不一定解手，就是进去待一会。这一会很重要，洗手间里经常隐藏着许多秘密，好比说吧，房间是脸面，洗手间是内脏。内脏更能让他嗅出隐藏在主人面具之下的东西。比如，看挂在墙上的毛巾就大有讲究。毛巾挂的位置与质量能说明这家真正做主的是男主人还是女主人，男主人在女主人心中的位置等等。漱口杯也大有讲究。一家用一个漱口杯跟一家一人用一个漱口杯的女主人特点肯定不同。前者通常能接受混搭，头脑比较灵活，没有葱了你给她蒜也可以；后者通常讲究秩序，做事一板一眼，坚持原则，难以通融。当然整体的整洁度就更不用说，不能不整洁，但也不能太整洁，东西不能摆得不清楚，但也不能摆得太清楚，太整洁太清楚就说明女主人性格的挑剔与讲究，太不清楚太不整洁就说明女主人包括男主人处世的马虎与混乱，打起交道来都会比较累。有一次，他看到一个三十多岁还独身、外表很能干、经常不讲情面的女子，洗手间的架子上，摆着一把跟房间风格很不一致的牙刷——柄带 KITTY 头，就知道此女内心深处隐藏着一处跟她外表不一致的软着陆点。

放下电话后张竞就把烟掐了，用水漱了几十次口，直到哈出来的气完全没有烟味。

他不能带着满身烟味去见龚心吕。他最欣赏自己的就是这一点，身上没有一丝异味。什么气味都没有。空白。空白最好。

这次抽了几天烟，张竞还是没有把龚心吕忘掉。她是什么人？跟沈一义到底是什么关系？这些天晚上回到家，他抽着烟，抱着狗，坐在沙发上，一次又一次地想起龚心吕。不是想她的身体服饰等等，而是回忆她身上的气味。她的气味那么鲜明地留在了他的脑海里，怎么也摆脱不了。先前他也喜欢过林芬的气味，但没有这样强烈，遇到了觉得好闻，离开了就忘掉。龚心吕的气味柔和，绿色毛茸茸的。他对陌生的气味很敏感，闻过一次就不会忘掉。

他打了个电话给朋友李不三，私人侦探，拜托他调查一下龚心吕的个人经历与交友情况。当然，没有提到沈一义。

他有龚心吕的电话号码。那天吃饭时向她要的，但他从不拨。他是个很有耐心的人。他可以等。一个星期后李不三的电话来了，说已经把龚心吕的资料发到他信箱里了。

龚心吕资料：

一九五七年生。父亲龚闵刚，一九四九年以前北大毕业，曾任国民党福建法院法官，一九四九年以后被定为反革命分子，“文革”中一家被迁至尤溪。

鼓楼第一中心小学。

尤溪县梅仙公社中学。

一九七八年福建师范大学中文系。

一九八二年福州一中教员。

跟翁天星结婚。

一九九二年？自费留学英国。

二〇〇？年返回福州。英国国籍。现住交通路某某小区。

兴趣气功和写作。据说现在家写长篇小说。

他把沈一义的资料调出来，跟龚心吕的资料并列在电脑屏幕上，对照着看了一会儿，又打了个电话给李不三，让他再查一下龚心吕小时候的住处。

很快李不三的回信就来了，只一句话：现在的光禄坊三号。

原来，沈一义光禄坊三号的房子居然是龚心吕小时候的住家。看来沈一义是为了龚心吕才买下光禄坊三号院子的。

原来如此！

张竞约龚心吕在安泰河边上的饭店吃饭。他没有要包厢，就要了摆在露天石栏边上的一张桌子。桌子不大，他跟龚心吕面对面坐，看得见石栏下面清澈见底的安泰河水，一棵柳树枝叶刚好飘拂在他们头上。他偶尔发现了这家店后，来过几次，每一次都是一个人来，大约都在黄昏，坐在河边，要上一碗鱼或咖喱，边吃边悠悠地看着河里的游鱼打发时间，等着天黑下来。有时候，人需要跟自己分享自己。

“沈大太太找我去商量断七的事，想让沈卓、沈芯、沈申他们都能在一起，我很为难。你知道，沈太太她……”张竞说，态度直率亲近，与龚心吕在分享一个秘密似的。

“你是说冬梅吗?”龚心吕问，舀了一勺热乎乎的咖喱汤放进嘴里。她喜欢这里的气氛，河水、石板路、柳枝、微微吹来的风，包括张竞那张看起来跟这气氛很吻合的脸。

“是。”张竞说，“沈太太或许有另一种想法……”

龚心吕点了点头，就把冬梅跟她的谈话内容简单地跟张竞说了一遍。

“这事有点难办了。”张竞沉吟了一下说，“沈大太太主要的意思是希望热闹一点。我看这样吧，到了那天我把钟正明叫上，这样，加上娄开放，至少就有五个人……”张竞一句没有提龚心吕，但不提就更说明他对她的信任，他知道她会把自己安顿在一个最合适的位置的。

“我有点明白为什么沈总敢这样做了……”张竞看着龚心吕的脸说。

“你指的是沈总让我们四个人搬到光禄坊三号住这件事?”龚心吕问。

张竞点了点头。

“你觉得为什么?”龚心吕说。在她看来，虽然这件事看起来惊天动地，但在沈一义却是自然而然的，她没去多想就接受下来了。

“因为有你在呀。”张竞说。这个想法是看着龚心吕的脸突然冒出来的，但一冒上来就成了很坚定的想法。

龚心吕笑了笑什么也没回答。这话里的恭维意思她当然听得出，不过，她想的是，一个人在财富多到不再挂心的时候总会有一些出人意料的想法。

张竞跟龚心吕聊起沈一义。说好多年以前，沈一义偶然听从非洲回来的人说当地人不穿鞋，全打赤脚的奇闻，突发奇想，带上他冲去非洲考察。他们在大街小巷窜了几天，沈一义当机立断，把全部财产押上去，从国内买了一车皮的胶鞋发到非洲。

“鞋在车上的那些天，沈总没有一夜睡好觉。一个车皮的胶鞋，够我们全村人穿几辈子了。如果卖不出去怎么办？祖宗八辈子没穿过鞋的脚，谁能担保他到了二十世纪就穿。没想到鞋一到当地就卖疯了。这是我们公司掘出的第一桶金。”

真是个聪明人，龚心吕看着张竞的脸想。聊沈一义，不是他们最好的话题吗？

“需要把家里东西搬来时通知我一声。”两个人分手时张竞说。

“好呀好呀。”这回龚心吕回答得很诚恳。不知不觉间，她已经把张竞当作说得上话来的朋友了。

## 大搬家

俗话说，谋事在人，成事在天。大凡有一定年纪的过来人都认这个理，认了这个理后许多坎就变成平地走过来了。但冬梅嘛，还在学习过程中，她觉得所有晦气都怪没挑个黄道吉日，以至于搬家时磕磕碰碰出了那么多事。

所有事情事先都预定好了的。冬梅原来决定跟龚心吕谈话后第二天就搬，比龚心吕说的林芬、娄开放搬家的日子提前了整整两天。但清晨起床后跟老姐挂了个电话，老姐一听就说不行不行，说她家里挂着的一本日本年历上面写着今天不宜搬家。

“那说的不是日本吗？跟福州有什么关系？”冬梅开头不太在意。

“怎么没关系？不就隔着一条海吗？”老姐反驳说，“现在全世界都连在一起了，连智利地震都跟福州有关系呢。不管怎么说，日本不宜搬家日，这福州也还是小心一点好。”

“那明天呢?”冬梅迟疑了。

“嗯。明天还可以……你怎么不后天呢，后天是大安吉日，你就后天吧。”老姐说。

后天不行，冬梅想明天还行，反正还来得及，比那两个人还是提早一天的，就下决心说，“好，就再拖一天吧。”

可事情偏偏有这么巧，这天林芬早上起来，到西营里菜市场买了一大条鳗鱼回家准备打鱼丸，发现家里的冰箱坏了，打电话叫小区修理工，说没空，要等明后天才能来修。本来嘛，又不是夏天，把鱼肚里掏了弄点冰装进保温袋等一两天也不是问题。但人经常是被头脑里某条“应该”或“不应该”指使着行动，像得了强迫症似的，比如，这时，林芬头脑里就有条“应该”发生作用了，她认为是鲜鱼就应该放进冰箱，没有冰箱就等于鱼会发臭，所以她急得团团转。这没办法，鱼在她头脑里先臭了，她头脑里只剩下一个冰箱，她只能去找冰箱，冰箱呀冰箱呀，非冰箱不可，而且最好要快，越快越好，一刻都不能等。林芬甚至感觉她看到的鱼，颜色正一点点在发生变化。这一刻，谁也没法让林芬从冰箱的困境里走出来。于是林芬就打电话问沈卓怎么办。沈卓说买个新的不就得了。那旧的怎么办呢？林芬问。扔了吧。沈卓说。那怎么可以！林芬知道跟儿子没法商量这种事，正急的时候，娄开放电话打进来了，问林芬搬家的事，有多少行李，要叫一辆多大的车。

林芬就把冰箱的事说了。

“那还不好办。反正新家也需要一个冰箱，买个新的放进去不就得了。”娄开放说。

林芬一听有道理，“那今天做好的鱼丸和其他吃的东西要一起拿过去……”

“芬姐你东西都收拾好了吗?”娄开放问。

“没什么东西，就一个箱子。”林芬说。

“那干脆今天就搬过去得了。我叫一部小货车，我们两人的东西一起搬过去。”娄开放说。

林芬想了一下，反正那边家里的厨房更宽敞，把东西都搬过去到那边准备也更方便……

事情就这么定下来了。两个人立即到国美电器店挑了一个大冰箱，叫人当天送到光禄坊三号。娄开放向搬家公司订了一辆小货车，到家装上行李以后开到丽文坊，跟着司机师傅一起帮着林芬把厨房里的坛坛罐罐收拾装箱，和其他东西一股脑儿搬下楼装上车。娄开放林芬“打的”，搬家公司的小货车跟在后面，就往光禄坊三号去了。

上车时，娄开放看了看表，下午两点钟。

东街口一带正在修地铁，堵得不行，“的士”跟搬家公司小货车走散了，娄开放跟林芬先到了光禄坊，一进门，怎么看到龚心吕也在里面。

龚心吕看到她们手里提着大包小包，有点意外，问，“今天搬来?”

“是是。”娄开放就把事情经过说了一遍。

“喔——”龚心吕笑了笑说，“真巧，冬梅搬家的车也正在路上……”

正说着话，龚心吕跟娄开放的手机同时响了，冬梅跟娄开放叫的搬家公司两个司机分别打进来的，都说光禄坊堵车了，有一部车坏在马路当中，不把这部坏车拉走，所有后面的车都动不了。

龚心吕边听电话边对林芬娄开放打了个手势就走出门去。马路上乱哄哄的，全堵着车子。龚心吕往二环路方向走了一段路，看到一辆搬家公司的小货车挤在一灰色轿车跟一白色轿车中间，又往前走了几十米，看到冬梅红色的桑塔纳，隔了几辆车后面是一辆搬家公司的车。

龚心吕走到冬梅车跟前，跟她说了几句话。冬梅从车上下来，两个人走到前面那辆搬家公司小货车前，龚心吕敲了车门，跟司机讲了几句话，从口袋里掏出三百块钱递给司机，之后，两个人分开，冬梅朝自己车方向走去，龚心吕回到了光禄坊三号。

“龚姐，你去哪儿啦?”娄开放问。

“我看外面这车还不知要堵到什么时候去，要不我们一起到前面的咖啡店去坐坐，喝点什么。”龚心吕说。

“好呀好呀。”娄开放立即赞成了。

林芬有点担心搬家公司车要来了怎么办。娄开放说没事，说车到了司机会打电话的。

三个人出了家门往通湖路方向走了不到五十步，就看到一家装修得很古朴的咖啡店，进口处摆着一张木凳，上面竖着一只大熊，熊脖子上挂着木牌菜单。进去找好座位坐下来后，龚心吕要了一杯蓝山，娄开放要了一杯摩卡，林芬不会喝咖啡，就要了一杯红茶。

杂七杂八闲聊了几句以后，龚心吕说起刚才在路上碰到冬梅的事，说她的车也正被堵在路上。

“这么巧?”娄开放说。

“那可好。”林芬说。她想的是两个孩子要是搬来，说不准断七那天就可以一起祭奠沈一义了。

“芬姐你别想，那女人能让孩子到你家里来吗?”娄开放一眼看穿了林芬的心思说。

“也别这么说，事情都在变，一个月前，谁又能料得到，我们这四个人要搬到一起住了呢？”龚心吕笑着说。

“也是。不过……”娄开放想说这些天困扰着她的问题，但看了林芬一眼又不说了。

“有件事——”龚心吕看了看林芬跟娄开放，顿了一下，没立即往下说。

“龚姐，有什么事你就直说吧。”从上次外婆事情以后，娄开放对龚心吕产生了一种很特殊的感情。

龚心吕笑了，说，“对，我也这样想。嗯，是这样，刚才我给了你们搬家公司车司机三百块钱，让他在路松动以后，把车开到外面，哪里都可以，转个把钟头再回来。”

林芬看着龚心吕，脸上的微笑一点没变，娄开放眼睛瞪圆了，想说什么又憋住了。

“冬梅搬家公司的车跟在你们搬家公司车后面不远……”

“我知道了。”娄开放叫了起来，“你想让冬梅搬家公司的车先进来？”

“开放，你真聪明，被你说对了。”龚心吕赞赏地看了娄开放一眼。

“但为什么要这样呢？”娄开放不解地问。

“你想呢？”龚心吕反问道。

“我不知道。”娄开放说。

“龚老师一定是觉得毕竟冬梅是老沈的太太，她也做出很大让步了，这种事我们也要让一分……”林芬说。

“说得太对了。”龚心吕温和地看着林芬说，“我想，要老沈在，他一定也会这么做的。”

“是呀，道理是这样。”林芬说。

“既然两位大姐都这么说，我也就没什么说的了。我们就让她先进去吧。反正不过迟那么个把钟头的事，无碍的。”娄开放爽快地说。

三个人又闲聊了一会，冬梅电话打进来，说是车动了，她马上就要到光禄坊三号了。龚心吕就付了钱跟两个人告辞先过去了。到了光禄坊三号冬梅已经到了，正指挥着搬家公司的人在搬东西，看到龚心吕，赶忙交代了阿惠几句就上来打招呼。

“龚姐，今天多亏了你。”冬梅说。

“没事没事。也要感谢林芬，刚才那三百块钱就是她出的。”龚心吕淡淡地说。

“怎么?”冬梅非常吃惊，“她怎么会……”

“她理解你想第一个搬进去的心情呀。”龚心吕说。

冬梅嗯了一声，什么也没再说，但心里，倒着实咯噔了一下。

祸兮福之所倚，福兮祸之所伏。世界上有些事情的确连料事如神的诸葛亮也无法预料的。

## 冬梅和钟律师

当天晚上冬梅就给钟律师挂了一个电话。她心情很好，不管有多么惊险，但只要快那么一分钟，甚至一秒钟，谁第一个把灯笼挂起来谁就是第一个搬进光禄坊三号宅院的人。

“以灯笼为准，以灯笼为准。”老姐说。

冬梅一进宅门第一件事就是叫阿惠把灯笼挂上。挂上就安心了。

林芬家的灯笼整整迟了她二十四小时才挂，娄开放就更不用说了。这样一算，她搬家的时间就比林芬提早了二十四小时，整整一天。

她终归如愿以偿了。

“您好。”她文绉绉地说，“我是冬梅。”她不说沈太太，说冬梅。她觉得这是她个性的体现。前两天，《读者》杂志上有两个词跳进她脑袋，个性和独立人格。苦恼了两天，她终于确定自己是个有个性和独立人格的人，譬如她刚死了丈夫就敢想钟律师，这不是独立人格是什么！换在过去五十年，女人敢吗！外婆就不敢。外婆年轻时是乡里的大美人，出嫁后不到五年外公就去世了，留下一女一遗腹子。当时有许多人劝外婆改嫁。但外婆怎么也不肯，说是不能让孩子受委屈。外婆是个极爱干净的人，能做一手好针线，会绣五彩缤纷的花样，会放花，能把好看的图案放大了绣在各种饰物上。乡里出嫁前的姑娘就会找来自己喜欢的图案让外婆帮着绣枕头被套什么的，就靠缝缝补补外婆把她母亲和舅舅带大了。最近冬梅晚上睡不着的时候常常想起外婆。她掰着指头算了一下，外公死的时候外婆还不到二十五岁。难道她不想男人吗？不可能不想。怎么可能不想呢？冬梅对自己说。她现在就尝到了想男人的滋味。有时一睁开眼睛就开始想，晚上还没躺到床上就想，一天多的时候会冒出几十次来，挡都挡不住。就想男人，想钟律师，想得晚上睡不着觉，身体像被点上了火一样，恨不得立刻就扑到那个男人怀里燃烧干净。

这当然不能怪冬梅。并不是冬梅愿意去想钟律师，而是钟律师自己从她脑海里跳出来的。她有什么办法？她不能消灭自己的肉体呀。这就不好办了。不找个出口都不行了。

也不是说她完全没有贞操观念。小时候，她经常看到外婆家镇上一座破“四旧”时被敲得千疮百孔的节妇牌坊。外婆很自豪地告诉她说这个牌坊是皇帝为女人建的，好像这个牌坊跟她也有关系似的。据说这个牌坊有两百多年的历史了。外婆抱着她，让她用手摸碑上面的字。清代乾隆年间建的。为什么皇帝要给女人立碑呢？冬梅问奶奶。就为了她二十四岁开始守寡五十二年，安分守家养大孩子。她叫什么名字呢？冬梅问。外婆说，她没名字，都叫她张氏。她丈夫名叫陈金水。天底下所有人都有名字，她怎么会没有呢？冬梅觉得不可思议。或许只有没有名字的人才能让皇帝竖这么大的碑吧。她想。

女人死了丈夫守寡是一件大事。可解放不就是要把妇女从丈夫那里解放出来吗？守寡可是万万不行了，最好死了丈夫赶快就嫁，要不还谈什么妇女解放，解放不就是解这些嘛！

偶然，她也会想到沈一义。他会怎么想她呢？生前他说过要是他死了她可以改嫁的话。所以他一定不会阻止她再嫁。他怎么会让钟律师来执行他的遗嘱呢？他知道她喜欢什么，不喜欢什么。或许他就是有意要让他们认识的，就愿意钟律师照顾她。冬梅思路越来越宽，最后连她自己也不知道想到哪里去了。

“喔，沈太太，您好。”电话上传来钟律师的声音。

他怎么还叫我沈太太！冬梅一怔，马上又冲出一句，“我是冬梅。”

“您是冬梅，沈太太。”钟律师愣了一下，马上说。

冬梅高兴了。他终于叫她名字了，虽然还跟着一个尾巴，不过，这总是一个好的开端，“我今天搬进光禄坊三号了。”

“是吗？那太好了。”钟律师说，声音很客气。

“我有一件事想请教您。”这个话题是她事先就想好的。她费了几天工夫，一共想了两个话题，一个是她有没有必要把家里人的户口一起迁到新居；一个是孩子户口不换能不能进附近的鼓楼第一中心小学。其实这些事搬家之前她早已打听好了。但她知道，她总是得找出点话题来，这个话题必须是要钟律师回答的，而且不能当场回答得了，一定要过后他打电话回答她。想了半天，她决定还是先问第一个问题，这样，就留下了伏笔，下一次还可以再打电话问第二个问题。

果然，钟律师即刻回答不上来。“这样吧，”钟律师想了一下说，“我去了解一下情况再给您回话。”

“那就拜托您了。不好意思，这样的小事劳您的大驾。”冬梅假模假样地客气了一番。

“不客气。”钟律师说。

冬梅松了一口气，这个电话打得很成功。放下电话冬梅就开始想，他要是就去问的话，下午就应该有电话来，最迟明天吧。

结果下午没有电话来，第二天上午也没有。冬梅急了，她很想给钟律师挂电话，但跟自己说，不行不行，女人还是得有点架子，不然会被男人看不起的。

好容易等到下午五点，冬梅差不多要绝望了的时候，钟律师的电话打进来了。她一看电话是钟律师的，马上端出一副矜持的样子，“喂——”了一声。

“沈太太，我是钟正明。”钟律师说。

“钟正明呀。我是冬梅。”多好，两个名字连在一起了。过后连冬梅自己也吓了一跳，她怎么会脱口就叫出钟正明这个名字来呢。也难怪，这个名字在她心里已经不知叫过多少遍了。

这下钟律师愣住了，没有立刻反应过来。

“您怎么不说话了呢？是昨天说的事难为您了吗？”冬梅想象钟律师窘住的样子，心里很得意。

“不不不。我已经打听清楚了。孩子的户口不迁不可以进当地小学——”钟律师赶快说，声音又变得清晰了。

那天夜里冬梅又睡不着觉了。我是爱上他了。她对自己说。爱这个字眼第一次跃上冬梅脑海，也奇怪，这样一想，身上倒不像干柴那样燃烧了，倒像是炭，闷着发热，有火光，但不燃烧，不冒火花，直往深处去的柔情。她深深被自己感动了。她觉得自己从来没有这般想过一个男人，跟沈一义不一样。她接近沈一义时才十七岁，什么也不懂。她从小没有跟父母在一起生活。她爱沈一义就像爱父亲一样。可现在不一样了，她是个三十七岁成熟的女人。以她现在的财富，她知道只要她一挥手，就会有许多男人像雄蜂一样包围过来，可那些人她一个也看不上。她上中学的时候特别爱看琼瑶小说。小说里面的男主人公都是一些白面书生。她幻想中的男人就应该是个书生，文质彬彬，教养有加。可钟正明会爱她吗？他不会嫌弃她没多少文化，年纪也大了点吗？

想着想着就睡着了。第二天早上醒来，冬梅突然想起她准备买一件衣服送给龚心吕的事，就急急起床了。

本来嘛，这事也用不着这么焦急，等断七过后也都来得及。但没有男人爱的女人大多喜欢买衣服，冬梅想到买衣服就耐不住了，给自己买不用说，买了送别人也一样。不过，当然，在意识里，冬梅会认为这是为了感谢龚心吕。她怎么会意识到——会承认这是自己在追求快感呢？误认为为别人，可以提高自我评价呀。谁不愿意认为自己是好人呢？

冬梅知道龚心吕喜欢穿黑色衣服。上次经过省府路，看到一家时装店橱窗的模特儿身上穿了一件黑色的旗袍，领口袖口绣着很精致的花边，觉得一定适合龚心吕。回到家后告诉龚心吕。龚心吕一听也很高兴。

这天冬梅就拖着龚心吕出门到省府路，但龚心吕只看了一眼衣服就对冬梅说：“这衣服你穿合适。你试试看，一定没错。”

冬梅不喜欢穿黑色衣服，但不知怎么不仅没说出来，还照着龚心吕的话做拿衣服在身上试穿了一下。

“很漂亮。你皮肤白，穿黑色显得高雅。买吧。”龚心吕看着镜子里的冬梅说。

“是吗？”冬梅扭了几下身体，从头到脚端详了一下自己。挺陌生的，好像不是自己的感觉。

“呃，这旗袍就是为你量身定做的。”龚心吕又说，“送给你自己吧。”

与过去跟沈一义一起去时装店一模一样。沈一义满意，觉得冬梅合适什么，冬梅就买什么。也不是说她勉强顺从，而是真觉得合适，只要沈一义在跟前，她的身体感觉莫名其妙地就变得跟他一样了。

回家以后冬梅又穿着旗袍站在镜子前照了很久，越看越觉得这衣服沈一义一定会非常喜欢。怎么龚心吕的眼光会跟沈一义一样呢？冬梅突然发现，很吃惊。或许是巧合吧。但这非但没有使冬梅不高兴，甚至相反，倒有点高兴起来，有点因沈一义的关系而更加跟龚心吕亲近起来的感觉。

“断七那天你请了钟律师了吗？”龚心吕问冬梅。

“还没呢。”冬梅说，“我怕他不肯来。”

“你打电话问问呀。”龚心吕笑笑说。

冬梅真的抓出手机给钟律师挂了个电话，放下电话时她很高兴，说钟律师答应来了。

那天干脆就穿这件旗袍见钟律师。冬梅突然灵机一动想，就问龚心吕，这件旗袍配什么颜色的鞋子好看。

“红色的吧，但还要看样子。”龚心吕说。

“你帮我挑一双吧。”冬梅说。真的把龚心吕领到家里，打开鞋柜让她看。

龚心吕挑了一双高跟的红色皮鞋，说，“你穿穿看。”

冬梅不自觉地模仿起龚心吕来，当然，模仿的都是眼睛看得见的，譬如发式衣服的颜色、鞋子的款式等等，至于看不得见的东西嘛，那不能怪她，怎么学呢？她养成了个习惯，只要一买好东西，马上就要拿去给龚心吕看。龚心吕总是笑，鼓励她，不说泄气话，最多只点到好像这不太合适你呀这样的程度。她言听计从，只要龚心吕认为不合适，她准定把那东西，不管鞋子衣服统统往衣橱抽屉里一扔，再也不看它了。

过去穿衣服她虽然都听沈一义的，但有时心里会有点抵触，但龚心吕的话却使她舒坦，仿佛那主意是她自己想出来的，就是她本来的意思。这让她感到自信。

冬梅需要自信。这是她找钟律师谈话的必要条件。她不是沈一义，也从来没去想过沈一义跟钟律师到底是什么关系。

# 第二部

# 旗袍之恋

假如按型来分，钟律师属四方型。有一本书叫《福州男人》，福州四方型男人是一种什么样的人呢？简单说吧，豆腐干似的，正正方方，没有水分，看上去挺漂亮，爱吃的人爱吃，不爱吃的人味同嚼蜡，没有多大野心，谨小慎微，但办事牢靠。

钟律师外表挺文雅的。从星期一到星期五一定穿西装，上下一色，裤子中间那条线永远笔直，领带每天换，半个月不会重复一次。他话不多，但都说得很妥帖，对女人绝对目不斜视。漂亮年轻的女顾客，从他事务所出来以后，多半会从心里发出叹息：多好的男人呀，不懂他妻子有多福气……

但世界上有这样一种人。他们内心与外表相差甚远。诸如荔枝，光看皮，永远猜不出里面肉的颜色。钟律师正是如此，外表跟内心有很大距离。他四十六岁了还是独身。虽然这不懂牵动了多少芳心，但他都反应冷淡。最后有些女人急了，背后议论他是阳痿：难怪熬得住，不是阳痿的男人，能熬这么多年吗？早熬成干柴了。

钟律师隐隐约约知道女人们的这种议论，但他不去反驳。是不是阳痿他自己心中有数。他有一个秘密，这是他对谁包括父亲和兄弟都不能明说的。他只喜欢穿旗袍的女人，或者说，他只觉得穿旗袍的女人美。这里面没有道理可讲，喜欢就是喜欢，像一百多年前，男人喜欢女人的小脚。他爷爷就是这样，那时候进入民国已经多年，市面上早已不流行小脚，小脚女人在福州已经绝种。但他爷爷却非小脚女人不娶，等到三十五岁还没找到一个合适的，最终像大海捞针捞到一个建瓯县城跟他一样顽固的清朝遗老的千金，就是他奶奶，比他爷爷小了整整十岁。小时候他见过奶奶的裹脚，恶心得半天吃不下一口饭。他实在无法理解爷爷怎么会固执于那种扭曲丑陋的东西。

这就糟了，现代女人不穿旗袍，二十世纪前半期的女人才穿，早成亡灵了。那些女人现在在电影或电视剧里才能见到。

钟律师最早是在照片上看到旗袍的，他妈妈留下来的唯一一张照片。妈妈看上去很年轻，手上捧着一束花，穿一身黑色的长旗袍，旗袍下摆露出一双红色的高跟皮鞋。妈妈看着他，亲切地微笑着。钟律师对妈妈没有记忆，他不到一岁妈妈就去世了。稍大以后，父亲告诉他，妈妈原来是仓前山华南女子大学的校花，长得非常漂亮。她只穿旗袍，从不穿洋装。后来钟律师发现家里有一箱子的旗袍，折叠得平平整整，绸的、缎的、棉的、薄的、厚的，但颜色全是黑的。

钟律师想妈妈的时候，就把箱子里的旗袍拿出来，一件一件平铺在床上，把妈妈照片放在旗袍上。妈妈是世界上最美的，旗袍是最美的。有几次，他仿佛看见妈妈真的来了，他感觉妈妈的手摸在他头上，但他没看见其他女人穿旗袍，觉得奇怪，问父亲。父亲答不出来。父亲不在乎旗袍。女人的衣服嘛，总之，就那么回事。他是学理工科的。

当他明白旗袍已经从现代女人身上消失以后，就更加珍惜妈妈留下来的旗袍了。他想象女人穿上这些旗袍的样子，想他将来的妻子一定要穿这些旗袍。

他曾经有过一个女朋友，漂亮开朗，性格有点像男孩子，身材长得特别好。要是她穿旗袍一定好看，他想。但女朋友平日连裙子也不穿，只穿裤子。好几次他想开口说旗袍的事总没法说出口，怕被她拒绝。有一天，他陪女朋友一起去城里的津泰路买衣服。女朋友挑来挑去没有找到满意的，经过一家店，橱窗里站着个穿旗袍的模特儿。黑色金丝绒旗袍，边上还镶着珠子。

钟律师眼睛一下就亮了，试探说：“你要不要试试这件?”

“我怎么能穿旗袍？旗袍不适合我。”女朋友笑笑地看着他，一口回绝了。

回去后他想了很久，发觉女朋友的话是对的。穿旗袍的女人不仅得有身材，还得有气质，有旗袍气质才行。后来他们分手了，倒不全因为旗袍，他发现他真正喜欢的是那种从身材到气质都适合穿旗袍的女子。于是他对自己绝望了。这样的女人现在去哪里找呢？他连爷爷的运气都不会有。

钟律师迷上了张曼玉主演的港片《花样年华》。

然后他就遇到了龚心吕。龚心吕走进事务所的那天，他吓了一跳。这不就是他朝思暮想了这么多年的女人吗?

龚心吕脱掉外套，露出一紧身黑色长裙，从脖子到脚都包裹在长裙里，虽然不是旗袍，但感觉上就是旗袍，说是现代旗袍也可以，好像妈妈从照片里走出来了。他几乎不敢看她，却不能不看她。

他希望她搬进光禄坊三号，觉得那种宅子最适合穿旗袍的女子住，所以就把房子的钥匙寄给她，好几天忧心忡忡，想，她不住怎么可以，她不住怎么可以……

他不认为龚心吕是沈一义的情人。沈一义会喜欢龚心吕他一点也不觉得奇怪，不会喜欢她的男人才会让他奇怪。

听说龚心吕搬进新家，钟律师去五四路最好的花店买了一盆紫色的蝴蝶兰，插上一张纸条“祝贺乔迁”，下面没有签名，抱在胸前，打的到了光禄坊三号。他有大门的钥匙。事实上，光禄坊三号就是他在管理着。他知道冬梅下午通常不在家，要去五四路按摩店按摩。

他开门进去，穿过没有人的前厅，跨过二进门槛，突然看见冬梅从自己房间里走出来。

“钟律师！”冬梅吃惊地大声叫起来。

钟律师惊慌失措。

“这花是送给我的吗？”冬梅惊喜地问。

钟律师苦笑了一下，他不能说不是送给她的，只好点点头。

他马上折回花店又买了一盆紫色的蝴蝶兰送去。他把花盆放在龚心吕房间门口。

龚心吕回家看到蝴蝶兰觉得很奇怪，不知是谁送的，纸条上只有“祝贺乔迁”四个字，就让它在那里放着，没有把它抱进房间。碰到冬梅时，冬梅说这花是钟律师送的，也送了她一盆。

“奇怪，钟律师怎么知道我最喜欢紫色的蝴蝶兰呢？”龚心吕只这么想了一下，就把这事忘了。

龚心吕把花摆在照片下面的台子上。有时候，她的眼睛落在照片上的同时，也落到蝴蝶兰花上。

冬梅有点不高兴，原来他不只送给我一个人，但一想，又高兴起来，不管怎么说，他第一个送给我，第一个想到的是我。但是过一会儿，又转念了，心里好像有一条鱼随着水波翻来覆去不得安宁。

一盆兰花也可以给女人带来烦恼，这是钟律师根本没有想到的。

## 曼丽姨婆

龚心吕一大早就出门，乘着公交车去仓山了。

有两个原因使龚心吕非找到曼丽姨婆不可，其一，这是奶奶的遗愿。

“文革”结束，龚心吕一家从乡下返回福州，五口人挤在仓山妈妈单位一间小小的宿舍里。奶奶瞒着爸爸妈妈到处跟亲戚联系，想找到曼丽姨婆，费了好大劲总算要到曼丽姨婆家的地址时，奶奶已经得病，脚不好，没法出门了。奶奶要爸爸妈妈去找曼丽姨婆，说她是大华侨，一定有办法跟政府交涉要回光禄坊三号的房子。但爸爸妈妈都认为那是天方夜谭，多一事不如少一事，嘴里敷衍奶奶，却根本没有去找。龚心吕当时在福建师大上大学，外面的世界新鲜又刺激，哪有工夫去管这些陈年烂事。有几次，她看到奶奶独自坐在窗前一直朝外面看，脸上的表情极其孤寂。妈妈就说奶奶又在想光禄坊三号的房子了。她觉得奶奶很可怜，就安慰奶奶，劝奶奶不要再去想那些过去的事了。奶奶没说话，只是很寂寞地笑了。现在她可以体悟那种笑了。

后来奶奶就走了，从此家里再也没有人提光禄坊三号的房子，但曼丽姨婆的名字就留在龚心吕的心底里了。

这件事，虽然过去三十来年，现在去找曼丽姨婆已经没多大意义，龚心吕也差不多把曼丽姨婆忘记了，但是，一旦住进了光禄坊三号，曼丽姨婆却突然自动跳了出来，或者更确切地说是奶奶跳了出来——也许是因为自己也快老了，渐渐在接近奶奶的年龄，以大自然的方式，奶奶“附身”了，然后奶奶当初要找曼丽姨婆的心愿就随之“附心”了。再然后，由于起了这个念头，表姐说的那件事就又一次猛烈地敲打着她的心灵。

十多年前表姐到伦敦，住在龚心吕家，说了一件事，令龚心吕心惊肉跳，几个晚上没有睡好。表姐说为了保住光禄坊三号，奶奶把亲生女儿，也就是龚心吕妈妈，一出生就送掉了，然后领养了同样是婴儿的龚心吕爸爸。她，龚心吕照理要叫奶奶为外婆。

“这怎么可能?”龚心吕开头不信。但表姐坚持说她是听她妈妈说的。表姐妈妈是龚心吕妈妈的堂姐，跟龚心吕妈妈小时候住在一个大院里。

“你去了解一下就知道了。”表姐说。

从那时候起，有好多年龚心吕心里不得安宁。她断断续续回忆起许多奶奶跟妈妈之间的事，本来这些陈年旧事跟她没有任何关系，可突然间，就变得有关系了。许多看不见的东西蜂拥而至，到半夜就出来咬她的心。妈妈难道真的是奶奶的亲生女儿吗？为什么奶奶会不认她呢？如果是真的，妈妈为什么不告诉她呢？

“你找曼丽姨婆吧，她一定知道你妈妈的事。”表姐离开伦敦前，跟龚心吕说。

曼丽姨婆是龚心吕奶奶的堂妹。曾曾外公有五个儿子，奶奶父亲是老大，曼丽父亲是老小。曼丽是曾五舅公的独生女。奶奶比曼丽大将近二十岁。曾五舅公很早就离开福州老家跟亲戚到英国留学，毕业回国后在上海一家洋行做事。一年后跟同在英国留学的女同学、江苏扬州盐商的后代恋爱结婚，在上海举办了洋式婚礼。

知道曾五舅公要带新媳妇回福州老家，曾曾外婆收拾了一间朝南的房间，新打了一整套红木家具。可曾舅公夫妻只在家里住了四天就回上海去了，原因是曾五舅母只能坐抽水马桶，坐在福州马桶上拉不出大便。一坐上马桶大便就没了，变魔法似的。拉不出大便上饭桌就不敢吃饭，曾五舅母推说身体不舒服。家里人不知曾五舅母哪里出了毛病，想去叫中医。可曾五舅公说这“病”中医治不了，必须上街找“洋医”。当然实际是找一个能大便的洋厕所。一对新婚夫妇坐着人力车满福州城跑，先找城里的上等旅馆，找不到了只好出城到仓前山南台。

南台岛是一八四〇年鸦片战争，五口通商，福州开放以后，福州府划定给外国人的居住地。原为荒凉山地，散乱着坟墓与丁厝（停放死人之处），很少住家。但经过外国人几十年经营，沿烟台山一带已经洋楼遍布，各国领事馆，学校、教堂、餐馆、酒楼、商店毗邻，坐在人力车上经过万寿桥，隔着闽江望着点缀在对岸山坡上各式漂亮的洋楼，曾五舅公想，那么大的洋人区，总能找到一个方便的地方吧。

可就是没有。高级洋餐馆快活林，没有。华南女子大学，没有。陶淑女中，没有。据说连领事馆里也是洋为中用。开放了半世纪的福州城就是找不到一个洋厕所。曾五舅公彻底绝望，决定带老婆马上回上海。

全家人目瞪口呆。拉不出大便？要回上海拉？前所未闻。几千年女人坐马桶都坐得好好的，怎么到她突然就不行了。曾曾外婆很生气，认为这全是“两个声”（外地人）女子的胡闹，存心不给夫家面子。

后来又出过这样一件事。一个亲戚女生到上海住在曾五叔公家。本来打算住个把月见识一下新世界，结果不到一个星期就逃了回来，说是吃不惯上海的东西。一日三餐全是西餐，早上面包奶油果酱咖啡，中午三明治咖啡，晚上牛排色拉。牛排是半熟的，菜是生的，用的是刀叉。

曾五舅母说要让女生学过洋生活，“你不是想见世面吗？学呀，学着吃，要不以后怎么找一个好夫家？”

女生碍着曾五舅母面子，硬着头皮吃。几顿饭下来，人瘦了一圈。“生的！全是生的！牛肉里面有血。”女生回到福州还胆战心惊。亲戚们间传遍了曾五舅母吃“生”的话。

“这怎么得了！难怪结婚五年了还没怀上。”曾曾外婆急了，写了一封信给曾五舅公，信里充满了“绝不”“断然”之类的话。曾五舅公当然没把信给媳妇看。过了一两年，传来曾五舅母怀孕的消息，大家都很高兴，以为要归功于曾五舅母改了吃“生”的恶习。到了孩子出生时，曾曾外婆担心曾五舅母又要胡闹，派了她最贴心的女佣到上海监督，帮曾五舅母坐月子。

女佣一到上海就傻眼了。曾五舅母不仅不乖乖躺在床上，而且还在堂堂正正吃“生”，牛排呀生菜呀照吃不误，还去刷牙洗澡。

“这还了得!”女佣急红了眼，见曾五舅母要进澡堂，挡在门口，大喊大叫，“要不得要不得!”

曾五舅母听不懂福州话，看着手舞足蹈的女佣觉得奇怪，反问道：“你怎么啦？出什么事了？”

曾五舅母的上海话女佣当然也听不懂，愣在那里。

曾五舅母就走进浴室把门关上了。

女佣气得脸色发青，晚上给曾五舅公上了一堂做月子课，逼曾五舅公翻译给老婆听。“青菜不能吃；鱼不能吃；生冷东西不能吃；不能下床不能洗澡不能洗头不能刷牙不能穿鞋。”

“躺一个月吗？”曾五舅公问。

“对。”

“那身体不发臭吗？”

“对。要不老了会瘫痪牙全掉光。”女佣斩钉截铁地说。

曾五舅公解释说曾五舅母在国外住惯了，这是外国习惯，叫女佣别去管曾五舅母。女佣是扛着曾曾外婆的令牌来的，哪里肯听曾五舅公的话，非常固执，一步不肯退让。第二天挡在浴室门口，不让曾五舅母进去洗澡。曾五舅母急了，推了女佣一把。女佣一个踉跄，倒在地上，委屈地大叫：“我不管了我不管了。”曾五舅母澡也洗不成了，回到卧室里生气。一生气奶也没了。婴儿吃不上奶大哭。一家乱成一团。曾五舅公只好赶紧把女佣请回老家了。

曾曾外婆看到贴心女佣被曾五舅母赶了回来，非常生气，好长一段时间不理曾五舅公，又担心小孙女将来被养成个“生番”，终于又写信给儿子，叮咛不要给孩子吃“生”，把孩子抱回福州养。曾五舅公当然没理母亲的话，过了几年，似乎是为了让母亲放心，带着五岁的女儿回家探望母亲来了。

大家一看到曼丽都呆住了。那是一月，冬天，曼丽打扮得像个洋娃娃，头上戴一顶插着根羽毛的圆帽子，身上穿红色方格连衣裙，领子上还系着一个黑蝴蝶结，下身黑裙白长筒袜黑皮鞋。

“冬天穿裙子不冻死吗?”众人议论纷纷。

据说曼丽姨婆不管大家，进了大门就噔噔噔跑进屋，把全副武装都卸下来，只剩下里面穿的内衣内裤，然后用手指着地上一堆衣服，又拉拉奶奶身上的衣服说，“我要跟你换衣服穿。”奶奶开头不懂曼丽姨婆的意思，但比画了几下就懂了，一说，把所有人都吓了一跳。

奶奶身上穿着红缎银花棉袄，怎么说都不对曼丽姨婆尺寸，但曼丽姨婆不管，给她什么衣服都不穿。最后弄得没有办法，又怕她着凉，奶奶只好把棉袄脱下来挂在曼丽姨婆身上，刚好拖到曼丽姨婆脚面。袖管扎起，腰上用带扎了一个花瓣。在福州的那几天，曼丽姨婆就一直穿着这件特制的棉袄。谁也弄不懂她看中了棉袄的什么。

曼丽姨婆刚进家门时说的是上海话，但没过几个时辰就会说几句福州话，没几天就能用福州话叽叽喳喳说个不停了。她跟宅院里所有人都亲热，嘴甜，见人就叔叔姨姨哥哥姐姐地叫，但跟奶奶和一个叫阿贵的男佣最亲，晚上贴着奶奶睡，白天骑在阿贵脖子上，让他驮她到街上去玩。回到家就跑进曾曾外婆房间，趴在曾曾外婆边上，把外面的所见所闻没头没尾说上半天，逗得曾曾外婆直笑。

谁都喜欢她。从此曾曾外婆再也不提曾五舅母吃“生”的事了。她怎么也不能相信吃“生”的女人能养出这么可爱的孙女。

临回上海的那天，曾五舅公要女儿换上从上海穿来的那套行头，但曼丽死不肯，就是要穿着奶奶的棉袄回上海，说是要穿给妈妈看。曾五舅公扭不过她，只得依她。据说回到上海以后，她还不肯把棉袄脱下来。曾五舅母很生气，说她被乡下人带坏，从此再也不肯放她回福州了。

刚听表姐说妈妈是奶奶亲生女儿那件事时，龚心吕心里很震惊，奶奶能为了房子做出那样的事吗？龚心吕第一个念头觉得不可能，但同时，内心深处却隐隐有另一种声音。这使她极为不安，真相是什么？她一度很焦灼，很想搞清楚答案。而唯一能给她提供答案的只有曼丽姨婆了。她曾经很想下一番功夫去弄清原委，也就是去找曼丽姨婆，但是，忙来忙去，却搁置下来了。现在好了，住进了光禄坊三号，这个问题又不请自来了。本来以为住进了老房子里，身心有了归属，现在心又焦灼起来，好像老房子给她下了一道命令，她不得不去完成似的。

曼丽姨婆住在仓山，龚心吕费尽心思通过女友找到了她家地址，但不知道怎样才能接近她。

## 断七之日

林芬说沈一义运气真好，七个七里面，只有一天遇上下雨，其余就都是大晴天。

一上午林芬就把打好的鱼丸煮好，装在一个过去沈一义母亲常用的青瓷大碗里，端到供桌上，点上一根香，供了沈一义，然后叫娄开放来吃。娄开放刚起床，听到林芬叫，连睡衣也没换，从房间里出来，坐下来就吃。

“给冬梅那边也端一点过去吧。”林芬说。自从搬家那天碰上以后，林芬先是在心里，后来在嘴上也自然而然叫出冬梅的名字了。

“还是等龚姐来了以后再说吧。”娄开放推脱了一下。谁把鱼丸端进去呢？叫芬姐吧，不合适，她是小辈，照理该她，但她不愿意。冬梅可不是芬姐，哪有那么容易对付。

“也好。”林芬倒也不勉强，看娄开放美美吃了一会，就又进厨房忙去了。

除了鱼丸，林芬还用酒糟腌了一点鳗鱼，这也是沈一义爱吃的。过去每年只有过年时她才做一次。其余的就跟上几次没什么不同了。沈一义不挑吃，爱吃的东西就那么几样，每次林芬也就做那么几样。她不觉得腻，她知道沈一义也不觉得腻。至于沈卓，这种时候也只好委屈他一下了。

猪蹄卤了三四个钟头，已经很烂了，水鸭母也已经炖好，厨房里飘出香味，娄开放说她也要给沈一义做点什么。林芬就说那到福大的沃尔玛去买几个苹果吧，就挑最大最红的。

娄开放噔噔噔就出门去了。

后厅厨房里，冬梅跟阿惠也正在忙。知道林芬也在这院里为沈一义做断七后，冬梅突然起了跟她一决胜负的念头。不能被她比下去了，再怎么说沈一义是她的老公，要真是像老姐说的，这一天沈一义会一整天都在这院里徘徊，看哪一碗菜好吃，如果最后他去了林芬那儿就没意思了。

于是，冬梅更加下定决心要做高级菜了。味道要香，颜色跟样子要好看。这样至少老公看了会来尝个新鲜。请教了几个时尚女友后，冬梅煞费苦心理了一份菜单：烤新西兰小羊排，法国牛尾汤，意大利番茄肉酱面，等等。昨天她上街跑了几个店铺，采购了一天。沈芯说壹刻店的蛋糕最好吃，冬梅就开车到离家最近的壹刻店里订了一份十八寸奶油蛋糕。今天清早不到六点钟就起来亲自下厨房准备，只让阿惠在旁边打个下手。

沈芯进厨房去几次问要不要帮忙，都被冬梅拒绝了，只叫她赶紧去做作业或练她的琴。沈申从来只管吃，一早就跑到龚心吕家门口去敲门，敲了半天没人应，就跑回厨房问冬梅奥特曼去哪里了，会不会回来。

"会的会的。一会就会回来一会就会回来……"冬梅嘴里敷衍着，一边想把沈申支出厨房，嫌他碍手碍脚。但沈申不肯走，逼着冬梅给龚心吕打电话。冬梅拗不过他，只好腾出手，打了个电话过去，但铃声响了半天没有人接。沈申没有办法，只好作罢。

冬梅忙着把烧好的菜摆到供桌上去。盘子和碗都是新买的，全是英国瓷器，世界名牌。冬梅会烧菜，对食材有感觉，虽然是第一次做洋菜，但无论从香味颜色到拼盘的样子都感觉不错。

沈申伸手就要从盘子里抓羊排吃，被冬梅一手打了下去，说，"让爸爸先吃。"

"爸爸?"沈申奇怪了。

"对，就是爸爸。"冬梅强调说。

沈芯也附和着她的话，把沈申拉到一边。

看那边能做出这样漂亮的菜吗？冬梅左看右看，对自己的作品非常满意。点上蜡烛烧上香，冬梅带着两个孩子向沈一义磕了头。

她回到房间，冲了一个澡，换上那天买的黑色旗袍，细细打扮了一下，才给钟律师挂了个电话，问他几点能到。钟律师说他刚刚出门，估计不要二十分钟就能到光禄坊三号。

冬梅又在镜子前左顾右盼了一会，穿上龚心吕帮她挑的红色高跟鞋子，从后门走到光禄坊口，等钟律师的车子到。她认得他的车子。

等了半天没等到钟律师，她就又打了个电话，好久没人接，奇怪，他应该早到了呀，又等了一会，没法只好先回去了。

回到后厅，听到龚心吕在外面大厅的说话声音，仿佛是被那边拉住了。这怎么可以，她灵机一动，拿出手机打了个电话过去，偏偏这次龚心吕听见了。龚姐，就等着你来呢。菜都凉了。其实她是急于想听龚心吕说几句夸她的话。

果然，放下电话，几分钟后龚心吕就走进二厅来了。

龚心吕一看到满满一饭桌的菜就哇地叫了一声，“这么漂亮的菜，冬梅你是请厨师来做的吗?”

“是妈妈做的。”沈申叫了起来。

“了不起了不起。这么好的手艺，沈一义真有福气呀。”龚心吕真心地说。

冬梅就等着听这一句话，脸都红了，嘴巴里“哪里哪里”直谦虚，心里却乐滋滋地登上九重天。

“妈妈妈妈，前面的阿姨有做卤猪蹄呢。”拜完沈一义以后，沈申早就把冬梅交代不要跑到前厅去的话丢到脑后，去林芬那里看了一圈转回来说。

“羊排好吃还是猪蹄好吃?”阿惠问。

“当然羊排好吃。妈妈下次还做羊排。”沈申说。

龚心吕跟冬梅正在吃着，听到沈申跟阿惠的对话，两个人都笑了。冬梅正得意着，听到沈芯在旁边说，“可是爸爸爱吃猪蹄。”

沈申眨巴了一下眼睛，对沈芯说，“我带你去吃猪蹄。”

冬梅狠狠盯了沈申一眼，脸色变得很难看。沈申精得很呢，知道当着奥特曼的面妈妈什么也说不出来，就拉着沈芯的手往前厅跑去。冬梅阻止都来不及。

但沈芯走到门槛边上就站住了。

前厅正热闹着呢，大家围在饭桌前边喝酒边吃菜。张竞拼命把荔枝肉往嘴里夹，钟正明一本正经地坐着，夹了一口菜就放下筷子慢慢咀嚼，沈卓一反常态，吃了两个大鱼丸后又吃了许多醉排骨，娄开放一上桌就吃了三个鱼丸，别的菜还没动肚子已经撑满了。沈申进来时林芬端着一盘南煎肝从厨房里走出来。

“呵，南煎肝！”沈申叫起来。

“快来吃快来吃！”林芬看到沈申叫道。

沈申把姐姐忘记了，冲到饭桌前坐下就吃。倒是张竞一眼就看见了里面的沈芯，双目对视，只一下，沈芯就闪到门后躲了起来。

娄开放喝了几杯青红酒，脸色通红，突然站起来叫道，“听听听，你们都听，这是我为沈总写的一首公司歌，第一句是我爱你……”说着就唱了起来。

大家看着娄开放的样子都笑了。

这时阿惠突然出现了，把沈申从饭桌上扯下来，说，“回去，你妈叫你回去。”

“醉排骨我还没吃呢。”沈申叫道。

“带回去吃带回去吃。”林芬把盘子端起来塞给阿惠。

“不用啦不用啦。”阿惠拼命推辞。

“带着吧带着吧，孩子爱吃，只是吃剩的，不太好看。”林芬说。

阿惠推辞不过，只好一手端着醉排骨，一手拉着沈申的手往里走。

“钟律师，我们该到里面看看了。”张竞对钟正明说。

钟正明嘴里正塞着一个大鱼丸，忙不迭站起来。

张竞跟钟正明走进后厅时，冬梅正大发雷霆训斥阿惠，“谁叫你带回来的？你马上给我送回去！我们不要这种剩的东西……”

“你们来啦。”龚心吕站了起来。

冬梅涨红着脸，听到龚心吕的声音，抬起头，突然看到钟正明与张竞，半张着嘴话吐到一半，呵地叫了一声，掩住脸往里屋跑去了。

“那这怎么办？”阿惠端着醉排骨的盘子问。

“没关系，你打个包，我带回去吃。”张竞挥了挥手说。

“你们坐下吧。冬梅今天特地为老沈烧了几碗新鲜菜……手艺还真不错，你们尝尝。”龚心吕对张竞跟钟正明说。

“去里屋安慰一下你妈妈。”龚心吕悄悄对沈芯说。

沈芯拉着沈申的手进了里屋。

张竞跟钟正明在后厅坐了很久。龚心吕陪着他们喝着酒说着话，谁也没再提刚才的事，一直到他们离开，冬梅再没有出来过。

## 冬梅的恐惧

那天晚上冬梅一夜没有睡好，连做了两个噩梦，被吓醒了。

冬梅自己不知道，即便知道了也无法解释，她对龚心吕那么一点点的信任和依赖不断在长大。她是属于那种极没有安全感的人，像漂浮在海面上的人，手里一定要抓住一个东西才能安心。

冬梅出生后不久，她父母就到上海去帮沈一义做生意，把冬梅丢在了外婆家。外婆住在福州郊区，跟冬梅舅舅一起过。舅舅有两个孩子，都是男孩，一个比冬梅大，一个比冬梅小。外婆特别小气，冬梅父母寄回来的钱，她都锁在床头的柜子里，一分钱也舍不得拿出来用。冬梅嘴馋极了的时候，外婆就会用干枯肮脏的手指，放在嘴里沾一点口水，然后把手指伸进做菜时用的白糖罐，沾上一些些白糖，把手指伸到冬梅嘴里让她舔。冬梅两岁多以后，每天，只要放晴，外婆都要牵着冬梅的手，带她到菜市场上去捡小摊小贩们丢掉不要的烂菜叶，捡回家来搓一点盐，腌上一会炒着当菜吃。

七岁多的时候，外婆病死了，冬梅就跟着舅舅一家过。舅妈是四川人，是外婆花了几千块钱从四川买回来的。结婚的时候身上月经还没有来，才十五岁，十八岁才能登记结婚。所以舅妈跟舅舅是先结了婚后登记的。结婚后要领准生证才能生孩子。自然也没有领，孩子就生下来了。舅妈自己就是个孩子，还会跟冬梅抢东西吃。两个孩子都是外婆带，但舅妈嫌外婆会说她，叫舅舅一起搬出去住，舅舅不肯。舅妈有一次跟外婆顶嘴，生气后出走，好几天不回家。那时候小的那个孩子还在吃奶，舅舅好不容易才把舅妈劝回来。外婆去世以后，舅妈把两个孩子跟冬梅都寄到校外托管，自己出去打工挣钱，夫妻两个经常不是吵就是打，一吵架舅妈就出走，一个家乱得不成样子。夫妻吵架时，冬梅跟两个孩子就蜷缩在房间角落哭。

后来，父母把冬梅接到上海一起住。父母给冬梅买了许多糖果和玩具，冬梅很听他们的话，但心底里，跟他们有点亲不起来。那时候生意刚刚有点好转，他们一家就住在沈一义上海办事处里面。沈一义常常来上海出差，来了就跟他们住在一起。每次来，他都会给冬梅带一些礼物，带他们一家上街下馆子。总之，他一来，家里就增添了许多快乐，好像梅雨季节时的晴天一样。

后来就出了那场车祸。那天父母清晨就离开家，开车去郊县拉货。冬梅照常到学校，下午一点左右，沈一义来学校接她，说她父母出了点事，带她去了医院。母亲已经死了，父亲还剩下一口气，躺在医院走廊上，身上扎满绷带，透出血。看到冬梅，父亲还认得出她，嘴唇微微动了动，似乎在说什么。沈一义凑近他耳边，叫他放心，说他一定会照顾好他的女儿。

父亲过了一天也去世了。沈一义带着冬梅回家。有一整天冬梅什么也吃不下，头脑里满满都是浑身扎着绷带的父亲。第二天下午，沈一义开着车带着冬梅到了一家很好的餐馆，进去后就要了一间包间，服务员拿来菜单后，沈一义点了一份苦瓜川贝汤。端上来以后，他拿起调羹舀了一勺汤，放在冬梅面前说："喝一口，就喝一口。"他拿起调羹，也给自己舀了一勺，就拿在手里，不吃。好久，他们都一动不动，谁也不吃。他眼睛看着她，眼睛里满是温情，冬梅觉得心里好像有什么东西融化了。他慢慢拿起调羹往嘴边送。好像被他催眠了一样，冬梅不自觉地也拿起了调羹。他们眼睛对着眼睛，在同一个时间，一起把调羹送进嘴里。什么味道也没有，但喝下去了。沈一义叫服务员把汤撤下去，又点了一份卤面。"煮得烂一点。"他说。卤面端上来以后，他照样拿着勺子等她，又只要她吃一口。冬梅吃了。就这样，点一份菜，吃一口，撤下去，又点一份，到最后，几乎把菜单里所有的菜全点过去了。一顿饭吃了将近三个钟头，到最后，冬梅边吃边掉眼泪。沈一义什么话也没说，只是默默地看着她。

从饭店里走出来的时候，冬梅想，我一辈子也不离开这个人。

那时候冬梅十七岁，沈一义四十三岁。

他们还住在原来的房子里。沈一义提议搬个家，但冬梅不愿意。

“我不去念书了。我要帮你做事。”有一天，冬梅对沈一义说。她那时候上高中一年级。沈一义怎么说冬梅都不肯改变主意。她帮沈一义做饭洗衣服，做她母亲过去做的事，也帮沈一义听电话，去银行，发货。她做事非常认真，沈一义很满意，过不久，沈一义就觉得离不开她了。

冬梅十九岁，她父母过忌日那天，给父母烧过香后，她对沈一义说：“你不是答应我父亲要一辈子照顾我吗？你娶了我吧。我不要你离婚，我只要跟着你。”

她根本想象不出离开沈一义怎么活，就像小时候，她紧紧拽住外婆衣服，跟着外婆到菜市场去捡菜叶一样，她要紧紧拽住沈一义才安心。

人一辈子，经常就定格在某一刻之中挣脱不出来。

冬梅没有意识到，沈一义去世以后，她一定要找个人来替代他才行。那次在光禄坊三号院里邂逅龚心吕，她一下就注意到龚心吕看沈申的慈爱目光，立即就对她产生了一种亲近感，以后越是发现龚心吕跟沈一义的关系，她就越是安心，越是相信她。她甚至想龚心吕是因为沈申才搬进光禄坊三号的。

怎么昨天会那样发作起来了呢？钟律师和龚心吕会怎么看她呢？冬梅想。但有什么办法，看到沈申从前厅回来时满脸不舍的神情，她突然起了一种恐惧，好像沈申马上就要被前厅夺走了似的，头脑空白一片，克制不住就叫了起来。叫了什么她根本不记得，只记得自己发出鸡一样的尖叫声，然后就看到了钟律师的脸。他脸上的表情很奇怪，似乎吃惊，似乎热切，眼睛发亮，像男人。冬梅惊呆了，突然觉得自己很丑恶，再不敢看钟律师一眼，就跑掉了。

我都做了什么呀。他们要看不起我了……她一边懊悔思路却往另一个方向滑了下去。

也难怪，恐惧与羞愧战斗，失败的总是羞愧。

那女人说不定就想从我这里夺走沈申，连沈芯一起也说不定。她怎么可能会不恨我呢？为什么她要出那三百块钱？想收买孩子的心吗？让他们以为她有多么慈善……她越想越远，越想越不安，那种害怕失去孩子的恐惧更加加深，最后把她完全控制了。

第二天吃早饭时冬梅就对沈芯沈申下了一道禁令：绝对不能再去前厅，以后进出一律走后门。

“为什么不能走前门呢？”沈芯马上提出疑问。

冬梅愣了一下，答不上话来。她没想到女儿会提这样的问题。她老是想不到女儿会说出什么样的话。

“你妈不喜欢你跟前院的人家来往。”阿惠笑嘻嘻地说。

冬梅很生气，觉得阿惠说这话很丢她面子。话怎么能这么说呢！但当场也不好反驳什么。

“不是爸爸让她们住在这里的吗？”沈芯又问。

“你爸爸现在不在了，许多情况变了。他不清楚。”冬梅说。

“但爸爸只走前门，从不走后门，也不会让我们走。”沈芯瞪大眼睛看着冬梅，闷声丢下一句话，站起来回到花厅去，把冬梅气得连话都说不出来了。

孩子们上学去后冬梅又睡了一觉，醒来以后听阿惠说龚心吕拿了一点新鲜的荔枝过来，听说她在睡觉就走了。这又激起了她对龚心吕的依恋，到龚心吕门前看了看，想找她说几句话，发现她出去了，快快回到家，距离午饭时间还很远，就出门去逛街了。

这也是她的一个习惯，心情很好的时候她想逛街买衣服，心情很不好的时候她也想逛街买衣服。

后来冬梅又去长乐找过沈一义一次，但神婆说沈一义还是不肯见她。冬梅很懊丧，回家以后几天情绪都不好，碰到龚心吕时好几次都想跟她说这事了，却又及时收住了嘴。冬梅想龚心吕一定会觉得她迷信。幸亏钟律师的影子一直没离开过她，她借故又给他打了一个电话，听到他文绉绉的声音后，她才彻底平静下来。也不是平静，是沈一义被关在玻璃门外的感觉，浮现出他的身影时，不再带着波纹了。

## 沈　芯

断七过后不到两个月，沈芯就跟冬梅闹翻了。

花厅是个独立的庭园，有一座假山，一株蜡梅树，一栋两层木屋。冬梅开初不同意沈芯住花厅：“那怎么行！一个女孩子住大院里，不害怕吗?”但沈芯不说话，只用她那双很像沈一义的眼睛盯住冬梅看，盯了一分多钟，冬梅叹了口气让步了。她一想，也好，离沈芯远点。沈芯那双眼睛总是使她心颤，太像沈一义了。结果就变成了冬梅住前厢房，沈申住后厢房，沈芯住花厅二楼，阿惠住花厅一楼。厨房在后厅，阿惠除了睡觉不进花厅。花厅基本上成了沈芯的天下。

这就是沈芯想要的。她一天跟冬梅不会说上三句话，甚至已经到不愿意看到母亲的脸了。理由很简单，或许因为遗传，或许因为十几年看惯穿黑灰颜色衣服的妈妈，沈芯不喜欢看冬梅穿那些花里胡哨的衣服。看不惯，无法忍受，浑身感觉不舒服。在沈芯眼里，衣服色彩的改变几乎等于一切都变了，好像那一团花布裹着的，不是妈妈，是另一个陌生人似的。“怎么爸爸刚过世，妈妈就整个人都变了。”也奇怪，人一旦产生了某种想法，她的眼睛就自然而然会找到证明自己想法是对的东西，好像在挑证据似的。“看，她还这么开心地笑。”总之，她看冬梅的眼光变得非常挑剔。

但沈芯的这些变化，冬梅并没有太在意。开头她还有些担心，把沈芯对她的态度跟有学问的女友说。女友说叛逆期的孩子都这样，这还算好的，还有杀父母的呢。于是她也就放松警惕了。

当然，冬梅没弄懂，问题不是出在门上，走前门或后门对沈芯都一样。她走前门，只是因为她要跟冬梅反着来。因为沈芯不能像爸爸那样去说妈妈。爸爸可以，她不行。她说过一次，忍了几天，实在憋不住了。只要在家里，无论走到哪里，妈妈的花衣服总像在眼前晃动。

“妈妈，你穿鲜艳颜色的衣服不好看。”当时冬梅正站大镜子前，前后左右照着。她已经打扮好了，穿着一身准备出去见钟正明律师的衣服。

“是吗？阿惠说很好的。”冬梅漫不经心地回答。她那时心思全在胸口的那个别针上。

沈芯不吭气了。她觉察到冬梅对她讲话时的漫不经心了。她想：原来她讲的话在妈妈眼里还不如一个保姆。于是她转身就走了。怎么能这样呢？爸爸不在了，就把过去跟爸爸在一起的衣服全部丢掉！沈芯觉得这几乎就是一种对父亲的背叛，但她从此再没有说过冬梅。但不说不等于没有，那种不顺在心里逐渐积淀下来，像一堵墙，把有关冬梅的一切都堵在外面。冬梅说什么，都会被墙堵回去，沈芯都不会听。

事后，按照龚心吕分析，沈芯这种叛逆源于失去父亲后的不安全感。父亲去世，使沈芯整个人失重，她好像脚总是踏在凹凸不平的地面上，不懂什么时候要摔倒一样，找不到平衡。要重新找到安全感，必须靠母亲或身边人的帮助。在沈芯眼里，父亲的去世，对家里人好像没什么影响，他们照常看电视，嬉笑，吃喝，尤其是母亲。她与他们不发生共鸣。

沈芯把一张父亲的照片摆在床头柜上，另一张夹在钱包里随身带着。除了上课，她耳朵里总是塞着耳机，耳机里放的是柴可夫斯基的钢琴协奏曲。回到家，她马上就躲进自己的房间，原来她也不是那么喜爱弹琴，但父亲生前一直说过的一句话这时上心了：芯儿，好好弹琴，以后长大了，要是遇到什么不顺心的事，你就可以弹琴消愁。最伤心的那几天，她试着在琴上弹了几个音符，突然，不可思议地，她感觉到父亲在她琴键上说话了。说什么她听不清楚，但她觉得那是父亲的声音。她闭上眼睛，手在琴键上滑动，乐曲在她指尖慢慢流动了起来，她的心开始颤动。她一连摸了几个小时琴键，直到阿惠来叫她吃饭为止。

吃饭的时候她也塞着耳机，几乎不看母亲。冬梅说了她几次也就不说了。

沈芯在冬梅宣布不准走前门的第二天就偏偏从前门走了。穿过前厅的时候，她很紧张。她没有见过林芬和娄开放，她觉得她们是妈妈的敌人。既然是妈妈的敌人，那自然，对她也就抱有敌意了。她决心，不管遇到她们中间的哪一个，她都不去看她们，也不跟她们说话。但也奇怪，走了两天，她一个人也没遇到。前厅静悄悄的，一点声音也听不到，好像没人住似的。于是她渐渐放松了警惕。

第三天傍晚，学校有点事，沈芯回家晚了，走进光禄坊三号前门时天已经黑了。那天她没戴耳机，因为极其偶然地她的手机没电了。她听见从前院左厢房里传出音乐声，一种乐器，她不太熟悉的乐器，声音委婉凄艳，袅袅不绝，像忧伤的女人在哭泣。她不由地停住脚步。她发觉这种凄婉，正是她想寻找的声音，与她的身体是那么合拍，好像打中了她的心一样。哭泣，哭泣，泪水冒了出来，顺着她的脸颊往下滑，一直到乐曲终结她都没有发现。

“喜欢吗？”她听到身后有人轻轻说话的声音。

她点了点头。

“阿炳的《二泉映月》。听过吗？”女人说。

沈芯摇了摇头。

“你是沈芯？”停了一会，女人问道。

她又点了点头，完全忘了在前厅不同人说话的想法，问道：“这是什么乐器的声音呢？”

“二胡。”女人说。

“能借我拷贝一下吗？”沈芯胆怯地问道。

“当然没问题。你等着。”女人进厢房去，很快拿了两三张碟片出来。“这是几种不同的版本。心情还可以的时候，我就听刚才那个，心情不好的时候，我就听这个片子。”沈芯看清了，这是个长得很漂亮的女人，穿着黑色衣服，看上去比母亲年纪小得多，脸上不仅没有敌意，而且充满了微笑与阳光。沈芯一下就喜欢上她了。

晚上，回到自己房间，沈芯掏出CD唱片，发现片壳上写着娄开放三个字。

她叫娄开放呀。很好玩的名字。她眼前浮起娄开放那张充满笑意的脸。

“你妈妈最讨厌那个娄开放，你知道吗？你最好不要跟她来往，要被你妈知道了，她不会饶过你的。”阿惠在收拾沈芯房间时，发现那几片CD唱片，悄声告诫沈芯说。

“你也讨厌她吗?”沈芯反问阿惠。

“我不知道。她不发给我工资。我听你妈的。”阿惠开玩笑说。阿惠对前院的两个女人也很有好奇心。冬梅越是禁止,她越是好奇。

沈芯喜欢上前院了。前院里没有她不喜欢的颜色。她的眼睛可以很自由地看来看去而不觉得难受。娄开放穿着很随便,风格涣散不统一,但总是单色调,从不穿花衣服。林芬的色彩是旧土的,所有衣服都蒙着一层土色。

林芬看着她总是带着一种怜爱。沈芯很少跟她说话,但感觉得到林芬那种极其慈悲的目光。父亲的第一个妻子原来长得这样,她知道自己不该这样想,但她不自觉地想,如果让她选择母亲,她一定会选择林芬而不会选择冬梅。

但沈芯没有因为认识了娄开放变得快活,她在家里变得更加孤独了。她越来越不爱待在家里。但她又不能老往娄开放那儿跑。她们让她更加想起死去的父亲。她越发觉得自己的世界缺了一角。

有一天,她放学回家,发现前厅里的大灯亮着,有一个穿咖啡色夹克衫的年轻男人坐在厅里的椅子上,背朝着大门。娄开放和林芬坐在他对面。他们正在吃着什么。

看到沈芯,娄开放叫了起来,“快来吃。芬姐做的元宵,特好吃。芬姐还正说不知怎么给你留着呢。”

她迟疑了一会,不知该怎么办好。倒不是顾虑母亲知道,而是有另一个男人在场。她不敢正眼看他。

“你认不出他了吗?”娄开放一眼看出沈芯的疑虑。

沈芯愣了一下。她想不起来她在哪儿见过他。

“他是沈卓。你大哥呀。你们不是见过面吗?”娄开放说。他们三个都笑了起来。

她看了他一眼。她完全认不出他来。上次沈一义的骨灰入土时，沈卓戴了一副墨镜，自始至终没有摘下来。这一眼使她大吃一惊。这不是年轻时候的父亲吗？跟她放在床头柜上的那张父亲照片几乎一模一样，连表情也一样。她定定地看着他。

“你是—我—大—哥？”她慢慢，像把字一个一个吐出来似的说。

沈卓看着她，很温和地说：“坐下吃吧。妈做的元宵特别好吃。”

她做梦般坐下了。她的大哥？父亲？是父亲把大哥送到这里来，让她见的。她突然觉得轻松了，这些日子压在心上的重，一下都卸掉了的感觉。她一下吃了五个元宵。

林芬看她吃得这么香，就问她还要不要。

“我一气能吃十个。”她语调中充满了孩子气。

“那我再去煮几个。”林芬站起来说。

“不用了。”沈芯叫起来。

“不专门为你煮，也想给龚老师送几个过去呢。”

林芬去煮元宵的时候，娄开放跟沈卓说着话，沈芯一直盯着沈卓看。他们在说什么她一个字也没有听进去。林芬端出元宵来，她又开始吃。等她吃完，沈卓站起来要走。

“你不住在这里吗？”沈芯问。

“我住在丽文坊。”

“我能给你打电话吗？”她又问。

“当然。随时都可以。”沈卓说着从包里掏出一张名片递给沈芯。

沈芯看了一眼，名片上写着沈卓的手机号码。沈芯松了一口气。

沈卓走后，沈芯才起身往后院走。林芬端着碗也往后院走去。她们一前一后穿过二道门。迎面碰到阿惠。

阿惠看到她们，往屋里叫：“梅姐，阿芯回来了。”又对沈芯说：

“你妈正担心你，叫我出门去等你呢。”

话声刚落，冬梅房间里冲出来。“你去哪里了？给你打了几十个电话——”看见林芬，她愣住了，接着就冲着沈芯大叫起来，“我跟你说过多少次……”

沈芯扭头就走，没走出大门，被林芬赶上拉住了。

## 寻　访

搬进光禄坊三号院的第二天早晨八点，龚心吕听到有人敲门，打开门，看见有个男孩站在门口。

“你找谁?”她问。

“我找你。”男孩眨巴眨巴眼睛看着她说。

这是沈一义跟冬梅的孩子。她上次打过交道的。“你找我干什么?”她问。

“妈妈没跟你说过吗?”沈申问。

“说过什么?”

“妈妈说你会教我打架。”沈申显然有点慌了。

“我不会打架。”龚心吕故意板起脸说。

“你会。你上次就跟我打过。”沈申不服气，顶撞龚心吕。

“你为什么要学打架?”

“我要做奥特曼。”

“奥特曼是什么?”

“超人。我要拯救世界。”男孩头一昂，神气地说。

龚心吕不由地笑了，顿了一下，转而很严肃地问：“学打架可是很苦的。你能吃苦吗?”

“我能我能。我不怕。”

“你妈妈怕你吃苦吗?”龚心吕又问。

男孩又开始眨巴眼睛，他听糊涂了。

“你去问你妈妈她怕不怕你吃苦。”申点点头同意了，但一玩就把这事忘了，过两天又来纠缠龚心吕。

“你问你妈了吗?”龚心吕问。

申才想起龚心吕要他问的话，眨巴了一下眼睛说:“问了。”

“那你妈怎么说?”

“我妈说她不怕我吃苦。”

“那好吧，我去问问你妈再说。”

“不要不要，你千万不要去问。”申嚷起来。

龚心吕笑了。

申摸摸头说:“我忘了。”

“这就对了，忘了就说忘了。”龚心吕说。

这天傍晚，冬梅找到龚心吕家来了，说申一定要她来告诉龚心吕她不怕让他吃苦。

“你真的这样想吗?”龚心吕问。

“龚姐,”冬梅说，“我倒真不怕他吃苦，只是担心他跟人打架。他没有了父亲，要出了什么事我可怎么办。”

龚心吕听了倒笑了起来，“学打架就是为了不要打架。学是为了自信，不打，也是为了自信。懂了这个道理，男孩子终身受益。”

冬梅听得半懂不懂，但这使她更加佩服龚心吕。除了沈一义，她周围的朋友没有一个人能说出这样让她听了半懂不懂的话来。“那你肯教他了?”龚心吕点点头。冬梅高兴地回家去跟申说了。

选了一个日子，申正式拜龚心吕为师。冬梅像一九四九年以前弟子拜师一样，提了三大盒脚趾粗的人参，一条金华火腿到龚心吕家，申穿了一身红衣服，跪在地上给龚心吕磕了三个响头。这算是拜师仪式。仪式这东西自有它的效用。虽然龚心吕没经历过这种场面，弄得心里怪怪的，有点受用，却又觉得心上担上了一点什么沉甸甸的东西，连自己也料不到，突然之间，看申的眼光居然就多了一层东西。从此，来真格的，教申上课了。

她先教申练站桩，说这是一切功夫的基础。一个人要能站得稳，就可以立于不败之地。每天清晨，申被阿惠从被窝里叫起来。龚心吕这时候总已在后厅那面墙前练站桩。你开头只要站十分钟就可以。龚心吕对申说。申开头觉得很新鲜，可没站两天就腻烦起来，想偷懒，他想学的是打架，不是站桩，但这话他不敢跟龚心吕说。不知怎么，虽然龚心吕并不严厉，但申很怕她，像过去怕父亲一样。他不好好站时，只要龚心吕眼睛一瞪他，他就安稳了。也怪，居然十几天就这么坚持下来了。冬梅很高兴，说是申变了一个人似的，从来没有这么听一个人的话过。

很快，新生活就形成规律了。龚心吕每隔两天都会到附近的一家花店去买一束鲜花。花店的女老板娘总是帮她配上两三种花。她拿回家后就把鲜花插在柜子上的花瓶里。差不多那些花就刚刚好碰到全家福照片的底部，有时候一两枝花会遮住照片上谁的脸，她就把花移动一下。她还是没法见到曼丽姨婆，怎么办好呢？每天早上，练完站桩，吃一点东西，坐在电脑前开始写作前，她头脑里总会浮现出这个念头。

龚心吕已经到曼丽姨婆家附近转过好几次了。有一次，刚好转到姨婆家门附近，看到从门里走出一个五十来岁模样的女人，皮肤黝黑，但穿戴利索干净，手里提着个菜篮子，一看就是姨婆家的阿姨。龚心吕上去跟她打了个招呼。那女人用“你是谁”的眼光盯了龚心吕一眼，不理她，继续往前走去。龚心吕一下直觉那女人不是容易被话语打动的人，犹豫了一下就没有追上去。但过后又有些后悔，想不管怎样还值得再试一试。

其实龚心吕年轻时见过曼丽姨婆。有天上午，她坐在厅里看书，突然看见一个上了年纪的女人站在她面前，穿着棕色长裙，脸一半包在绿色方格大围巾里，戴着玉手镯，手上挎一个黑色镶金边的皮包。

“请问，林玉清住在这里吗？”女人说。

“她不住这里。她不在了。”龚心吕好奇地看着她。她是谁？打扮得这么奇怪。

“你是她的孙女吗？”

“嗯。她是我奶奶。”

女人在大院里转了一圈，临走时从皮包里掏出一个纸袋放在龚心吕手里，叫她把纸包交给爸爸妈妈就走了。

纸袋里装着一沓钱。一元一张，有一百张。没有一个字。爸爸想把钱退回去，但不知道退给谁。谁也不知道那神秘的女人是谁。后来上海的亲戚来，听说女人的打扮，就断定说是曾五舅公的独生女曼丽。“她永远穿那一身衣服。夏天穿绸的，冬天穿呢的。”亲戚说。

爸爸妈妈都很吃惊。因为奶奶一直保留着曼丽当年脱在老家的那些衣服，每年夏天都会把它们从皮箱里拿出来晒霉，但从不让孩子穿，所以曼丽就变成故事流传下来了。

从此爸爸妈妈再不提钱的事，那一沓钱就这样搁在抽屉里了。

后来又听说曼丽姨婆一九四九年以后不久就来到福州，住在仓山，但她跟所有的亲戚都没有来往。

辗转几方终于找到曼丽姨婆住所，她独自住在公园路一栋独门独院的二层洋楼里，已经九十多岁，从不出门，也从不见人，身边只有一个阿姨照顾她的起居生活。

碰到阿姨后两天龚心吕试着登门拜访过。

她先沿着高高的围墙绕了两圈，像狗一样嗅着院子。楼是红砖的，许多处已经脱落，墙上爬满了青藤，几乎遮住两个靠街的窗口。两棵树，一棵芒果树，一棵荔枝树，一棵活的，一棵死的，从墙里探出身来。门是木头的，有两米多高，不漏一丝缝。她顿了顿神，终于下定决心按了一下门铃。

等了一会儿，没有动静，她又按了一次，又等了一阵儿，几乎要绝望离开时，门突然裂开一条缝，露出阿姨那张没有表情的脸。

“你找谁?”她问。声音干涩低哑，像是五天没喝水了。

“曼丽老人。”龚心吕小心地回答。这女人的脸让她不抱希望。

“你找错了。这里没有这个人。”女人很粗暴地说，就要把门关上。

“等等，等等……”龚心吕叫起来。

毫无反应，门嘭的一声关上了，好像从来没有开过一样。

龚心吕糊涂了，难道她弄错了，回家马上给女友挂了个电话。当晚女友的回话就来了，曼丽还活着，已经九十二岁，没错，就住在那爬满青藤的院子里。

她试着给曼丽姨婆写了一封信，意料之中，石沉大海。她决定再找那女人试试，没有其他更好的办法了。

就这样，写作怎么可能顺利呢？写写停停，停停写写，折腾到中午，饿了，龚心吕就走出大门，想走路时，就横穿杨桥路鼓楼，走到井上路。有一家鼎边糊店，龚心吕特别喜欢吃那里的海蛎饼。不想走路时，她就在家附近的沙县小吃店要一碗两块钱的拌面，一盘两块钱的拌青菜，一个老鸭炖罐。出门时她总是带上陶瓷杯和勺子，不用小店里的碗筷。陶瓷杯是妈妈传下来的东西，很旧了，她舍不得扔掉，上面印着几个红色小字：三八妇女节纪念。

吃饭的时候龚心吕什么也不想。也奇怪，再烦恼的事，只要嘴巴在动龚心吕的头脑就不动，就平静了。所以她不止爱吃饭，吃饭的时间也比别人长，她吃一顿饭的工夫别人可以吃三顿。每块骨头，无论是鱼骨头还是肉骨头都会被她吃到光溜光溜，上面不剩下一丝东西。

吃过饭回到家里，龚心吕就放点音乐听，几乎都是巴赫的音乐，特别是他的十二平均律。

有一天，龚心吕想，要不还是把旧家里的音响搬过来吧。偶尔，依据心情，她会把声音开得很大。这种时候靠耳机不过瘾，没有音响就不行。

她想起张竞，很自然就想起张竞了。这些日子她倒也基本不会想到他，但奇怪，一到需要的时候他自然而然就跳出脑海，好像就潜伏在她身体里的什么地方，随时准备听头脑的调遣一样。

她打了一个电话给他，说想请他帮忙把旧家里的音响搬到光禄坊来。

张竞问，“现在可以吗？我刚好现在有空。”

不到十分钟张竞的车就停在光禄坊三号的门口了，车上还带着两个年轻人。龚心吕的音响是翁天星留下来的，BOSE 牌的，可以放老式唱片，但年代久远，样子又大又笨。当年他们拿所有储蓄买的这个音响，现在早就过时，已成古董了。闺蜜建议她买个新的，又轻便质量又好，但龚心吕没接受。

从光禄坊到交通路不远，开车十几分钟就到了，张竟指挥两个年轻人把音响收拾好抬下去，其间，他借用了一次厕所，把龚心吕家里所有的东西，包括梳妆台上化妆品的牌子，厕所里毛巾的颜色，洗发水牌子，饭桌上摆着的几个药瓶，全都记到脑子里了。

他喜欢龚心吕家里的气味，他觉得跟他家的气味很像。

他们用同样一种洗发露。但他家多了一点狗的气味，龚心吕家多了一点资生堂乳液的气味。龚心吕只用资生堂牌的化妆品。

车回到光禄坊三号，两个年轻人装好音响就先走了。龚心吕泡了一壶武夷岩茶请张竟坐下来喝茶。

有多少年龚心吕没有这样单独跟男人一起泡茶了。

"老沈爱喝茶吗？"龚心吕问。看着张竟的脸，龚心吕自然而然就谈起沈一义了。

"沈总爱喝茉莉花茶，其他茶从来不喝。"张竟说。

"他总是那样固执。我小时候到他家，他妈妈虽然喜爱杜鹃花，但只喝福州本地的茉莉花茶。每年新茶上市的时候，她妈妈就会买几斤茶叶回家，喝过的茶叶也不倒掉，装在一个香袋里积多了当枕头用。"龚心吕说。她想起遥远的过去，心里充满了柔情，仿佛闻到了那茶香味似的。

"还有什么需要帮忙的吗？"后来张竟问。

"有一件事……"龚心吕突然说，也不懂怎么那一刻话就自然而然地说出来了。她当然看不到张竟内心，但感觉到他口气中的暖意，突然有点感动。她很绝望，正不知道该怎么办好。她需要找一条路子。她把想找曼丽姨婆的事告诉了张竟。她并没有指望张竟能帮上什么忙，但说完以后，心里觉得轻松了一些。

"你等几天，我试试看。"听龚心吕说完，张竟暧昧地回答，然后就很婉转地把话题岔开了。

## 林芬和宋婆婆

非常奇怪，自从搬进光禄坊三号大院后，林芬就经常梦见宋婆婆。梦里的她，又回到了幼年时代。

林芬是在宋婆婆的大院里长大的。丽文坊的大院，有点像光禄坊三号，不那么崭新豪华，小得多，破旧嘈杂，五六户人家挤在一起，就像传说福州菜中最美味的肮脏锅，把所有宴会的残羹剩汁混在一起，不加任何作料煮成。这大院原来是宋婆婆的祖产。很久以来，大院就宋婆婆跟女佣人两个人住。一九四九年以后政府觉得富人的空房子空着也是空着，对穷人不公平，就非常和平几乎是自愿自觉地让富人把多余的房子捐出来，让穷人搬进去住。林芬的父亲不是什么穷人，原来住在郊外，上班不方便，不知怎么也混在一批穷人中搬了进去。

宋婆婆住的房间最小。一个八十来岁的老人，裹脚，要那么大的房子做什么！据说是宋婆婆自己要求住最小房间的。林芬懂事开始宋婆婆就几乎走不动路，她最多只在厅里走几步，从不上街。她是清末九品芝麻县官的遗孀。一九四九年以后，共产党政府要算国民党的账，但清朝政府的账是不算的。所以宋婆婆没有碰到什么麻烦。据说她有个女儿，一九四九年去了马来西亚。一九五六年蒋介石叫嚣反攻大陆那段时间，大陆跟海外断了联系，以后就不知道怎么样了。宋婆婆从不提过去的事，好像她一出生就这么老，就这么住在麻雀窝一样的小房间里。她脸色苍白，耳聪目明，老是一副笑脸，口袋里总是装着糖果。无论看到哪个孩子，她都喜欢逗逗他，拿出糖来给他吃。大院里的孩子们都很喜欢她。她自己嘛，一天只吃一餐饭，那个聋哑女仆，跟她差不多老，房子被改造后就不跟她住一起了，但每天会给她买一点菜来，帮她做一餐饭。无非是几棵青菜，一点豆腐，一点花生。宋婆婆吃素，连鸡蛋也不吃。大院住着的五六户人家，每家都有一两个孩子。那时候没有托儿所，谁家的孩子没人带了，她都会笑嘻嘻地对孩子父母说，把他送到我这里来吧。最多的时候她屋里放了三个摇篮，把屋子挤得满满的，聋哑女仆拿东西不方便，会冲着宋婆婆叫，但宋婆婆只要拍拍聋哑女仆的肩膀，她就会安静下来。林芬就是在宋婆婆屋里的摇篮中长大的。稍大了一点以后，林芬还是特别喜欢到宋婆婆房间去，陪着宋婆婆。宋婆婆每天大多数时间都坐在屋里的板凳上，手里拿着一串念珠，一个珠一个珠用手指捏过去，嘴唇微微动，默念着什么。其他孩子看到宋婆婆念经，只一会儿就不耐烦，跑出房间去玩，只有林芬，会乖乖坐在宋婆婆对面的床铺上，一会儿看着宋婆婆手里的念珠，一会看宋婆婆的嘴。她喜欢宋婆婆屋里的味道。宋婆婆屋里永远点着香。谁家吵架或有事，都喜欢来找宋婆婆，到宋婆婆屋里，诉说上几句。宋婆婆会仔细听，说一两句什么，但也不太说，奇怪，去的人就安静下来了。后来宋婆婆眼睛瞎了，但大家还是有事就去找她说。她看不见人，听对方说话的时候就抓住对方的手，对方说得激动的时候，她就在对方手上轻轻拍几下，很奇怪，就这么几下，对方就安静下来了。

有一天，林芬到宋婆婆屋里时，碰到宋婆婆刚洗完脚，光着小脚坐在椅子上，林芬刚好看到宋婆婆的脚底。

那是一次惊心动魄的体验，从小到大，林芬没见过比这更丑陋的东西了，瞥了一眼就赶紧把目光调开。肉和骨头扭在一起，不像肉，也不像骨头，更像一小撮尸体残骸，被嵌在不到五寸的脚底。

“痛吗？”林芬问。“开头很痛，我哭了好几天，后来就习惯了。”宋婆婆淡淡笑着，用手指摸着自己的脚说，脸上显出一种到了遥远地方的神情。

“给我看看你的脚。”宋婆婆。

她怯怯地伸出自己的一只脚，宋婆婆抓住它，把它放在自己怀里，用两根手指把她的脚拇指一根一根仔细摸过去。

“痛吗？”宋婆婆问。

“不痛。”她说。

“闭上眼睛。”宋婆婆说。

宋婆婆的手很软，林芬被摸得很舒服。从来没有人摸过她的身体。也不懂过了多久，她有点飘了起来，身体跑到别处去了的感觉。

“好，嗯，好……”她听见宋婆婆低低的絮语声。

那是一个傍晚，天色已经昏暗，宋婆婆屋里像蒙上一层神秘的暗蓝色，所有家具都变得模糊起来，只有宋婆婆的脚看起来似白乎乎的一团东西。起先那种骇人的画面黯淡下去，林芬突然发出声音，以后回想起来，她一直觉得那声音不是她自己的，“我能摸一下你的脚吗？”

宋婆婆点点头。

宋婆婆脚平放在地上，像一节萝卜尾巴，只有大脚拇指孤单单地竖着。林芬伸出右手食指，在宋婆婆大脚拇指上轻轻碰了一下。这不是人的脚，是山上传说故事里妖怪的大拇指。林芬突然想。

从那天以后，她跟宋婆婆更亲了，她们之间好像有了一点默契。

就是到宋婆婆过世以后，林芬也从来没有对任何人说过这件事，包括沈一义。这是她跟宋婆婆之间的秘密。宋婆婆已经不在了，这是属于她跟上天的秘密。

长大以后，也许因为宋婆婆的缘故，她听了许多关于小脚的故事，知道了就在几十年前，每一个城里女人曾经有过怎样的炼狱，才懂得了宋婆婆赞美她脚时的那种感叹。

这使她加深了对宋婆婆的敬意，宋婆婆成了她心里的活菩萨。只要有事她都会想起宋婆婆，最近由于沈卓的婚事，她又经常想起宋婆婆来了。

沈卓还没有从英国回来以前，就有许多人来给他做媒，都是一些亲戚或朋友的女儿，多是林芬早就知道的，论条件，一等一的。其中，林芬最满意的，是一个姓肖的姑娘，独女，父母都是中学老师，本人师大毕业后，也在一家中学当老师，性格温柔懂事，外柔内刚，安安静静的，到林芬家做客时，总是会帮着林芬做这做那。沈卓从英国回来后，林芬有向沈卓暗示过她，但沈卓什么话也没说，根本没往心里去的样子。肖姑娘的母亲来试探过林芬几回，弄得林芬都不知道要怎样回答她好了。拒绝吧，她不甘心，总觉得还有一丝希望，不拒绝吧，又怕耽误了人家姑娘。可是怎么跟沈卓说才能让他动心呢？

搬到光禄坊三号后，肖姑娘来林芬家更勤了，沈卓不在的时候也来。现在那些聪明姑娘，没结婚都懂得怎样孝敬婆婆。一天，娄开放回家时肖姑娘还没走，林芬就招呼她一块坐下喝了点茶。娄开放是个聪明人，一看就知道是怎么回事了。等肖姑娘走后，她就问林芬这位肖姑娘是不是喜欢上沈卓了。林芬一听奇了，就问她怎么看出来的。

“都写在脸上了。”娄开放说。

“你觉得她怎么样？”林芬问。

娄开放想了一下说，“人似乎不坏，只是她是沈卓喜欢的类型吗？”

对沈卓，娄开放是有自己看法的。沈卓喜欢什么类型的女子她不知道，但她直觉这位不是他喜欢的女子。

## 沈卓讨厌自己这张脸

沈卓讨厌自己这张脸。他知道有些女人会认为他很帅。他对认为他帅的女人没有一丝好感，总之对她们都很严肃，这就使她们更加迷恋他，觉得他酷。越聪明的女人越是这样，这他不知道。

所以他几乎不照镜子。镜子上的脸使他想起父亲，虽然就是不照镜子父亲也跟在他身边。从他知道父亲离开家，他恨父亲那天开始，父亲就没有一刻离开过他。不用叫，父亲自己就来了。有时在阴处，有时在阳处。有一些时候，父亲变成巨大的存在，压在他身上，几乎令他窒息。他不想用父亲的钱，但又不能不用，心情弄得很不好。从小学开始，他总是把自己弄得很简朴，像班上那些最没有钱的贫苦人孩子一样。父亲买给他几百块钱一双的耐克鞋，第二天到小学他就跟班上的同学换。同学穿的是一般的旧鞋，但他没感觉，他不怕同学的脚气味。回家母亲问他鞋到哪里去了，他说跟同学到闽江边玩，鞋丢到江里去了，使林芬不仅没法心疼鞋，反倒为丢进江里的是鞋不是他而庆幸。本来他对出国抱有很大幻想，想到了地球的另一端可能会摆脱心里的那个魔障。到英国以后才发现是徒然，不仅没有忘却，因为想家，魔障居然像面包一样发起来。他在英国过着最简朴的生活，一两件非买不可的东西也一定要等到超市促销的时候才去买。自己做饭，那几年他吃的最多的是鸡肉牛奶面包，直到吃伤，回国以后一看到这三样东西就会产生呕吐的感觉。所有认识他的人都不知道他有一个有钱的父亲。他拼命学习。我要超过他。这是他唯一的想法。

从小学四年级开始，喜欢他的女孩就很多。有的会给他写信。但他回家把信往抽屉里一扔，不看不回，什么也不说。女人们背地里评价他很高傲。唯一一次，他上高中的时候，到同学家去参加生日Party，看到一个刚从英国留学回来度假的女大学生，凑巧他们就坐到了一块。她很健谈，用不着他点火就能自燃的那一类人，跟他讲了许多英国的事情，在他头脑里制造出一个魔幻般的世界来。他觉得她像一个窗口，往窗里看，他看到了另一番景象。他当时正在犹豫高中毕业以后要去哪个国家。他几乎没有问她一个问题，以后他很后悔，没有向她要电话或邮箱，甚至不知道她念的是哪一所大学，哪一个专业。他到英国去有一半是为了寻找她，但没有找到。他有点遗憾，他不觉得这是爱，爱要有肉体，但他没有。他只是想见她，听她说话，分享她身上发出的光和热。

然后他就遇到娄开放了。开头他只觉得她有点像那个女子，自燃型的，像一盏不用添油的灯，只是比那女子更自信。但他一点也不想进一步跟她联系。她知道他是谁的儿子，就凭这一点他就要躲她远远的。但他发觉她对他一点也不在乎，这反倒使他轻松了。有时候想起她说的话，觉得她的话粗粝粝的，但都像夜晚城市里的灯光，有比没有要深刻得多。他喜欢跟她谈话。

谁也不敢跟他那样谈父亲，她敢。她说：“你知道你父亲什么！一问三不知就说恨。我还以为你出类拔萃。”

他爱母亲，愿意担这个担子，但有时也觉得沉重，想放下休息一下。英国留学初期，他感受最深的是孤苦，就发誓一辈子不让母亲孤苦。当母亲说要搬到光禄坊三号，他想通后，觉得解放了。

听说娄开放也要住进光禄坊三号，沈卓大吃一惊。她跟父亲是什么关系？难道她是父亲的情人？他突然惊慌起来。这个疑问一出现就再也收不回去了。他反复想，找出许多她可能是父亲情人的证据，但同时，又找出许多她可能不是父亲情人的证据。两个人开始在他头脑里吵架。这两个人都是他。这样，她就跟他形影不离了。一天几十次，他会想起她来。他很痛苦，决定再不理她。他不想跟一个可能是父亲情人的女子交往。这容易做到，他可以不见她。他是个意志力很强的人。但那两个人就不一样了，他们还在反复争论，谁都想说服谁。“你们停止吧！”他对他们吼道，但他们根本不听他的。他越是压制他们，他们就越是想去光禄坊三号。有一天，他接到她的电话，说他母亲身体不舒服，他最好回来看看她。他只好去了，内心里很高兴有个理由可以去，但这高兴又是他不愿意承认的。

林芬感冒了，有点发烧，但不要紧。他坐在母亲床前，望着消瘦下去的母亲，突然觉得不好意思，他怎么把母亲全忘了。于是他就又开始经常往光禄坊三号去，骗自己说是为母亲去的。他几乎没看见她，偶尔碰到一两次也仅打个招呼而已。她经常一个人关在房间里听音乐。他已经知道她喜欢什么曲子了。那段时间娄开放听得最多的是挪威作曲家兼键盘手罗尔夫与爱尔兰小提琴菲奥若拉合作的《神秘园之歌》，几十遍地放着。她关着门，但声音还是从房间里传出来，不懂怎么回事，这音乐也使他很感动。

有一天傍晚他下班拐到光禄坊三号，吃过饭正坐在房间里弄手机，门开着，他突然看到她站在门口喊他，说电脑出了毛病，能不能请他过来看一看。他是学计算机专业的，他觉得没有理由推托，就站起来，跟着她到她房间里去。

他弄电脑时，她就站在他后面，离得很近，有几次手指着屏幕时，他感觉到她嘴里哈出来的热气。他很紧张，拼命克制自己不要打战。

“你怎么啦？脸色很苍白。”她好像发现了什么，“真对不起，把你拖来加班，上班太累了吧？”她走到里屋，一会端了一杯茶出来。“这是外婆教我做的茶。你喝喝试试，很解乏的。”

他接过她手上的茶杯，把一杯茶全喝下去，心热了起来。

“恐怕一下修不好，我能把电脑带回家去看看吗？”他又坚持了一会，头脑里乱哄哄的，好像几十个人在吵架。

“没问题没问题。我又不是那种离开电脑就活不下去的人。”她很爽快地说。

这样他就把娄开放的电脑抱回家了。他把她电脑上的东西都看了一遍，然后，就爱上她了。

## 娄开放知道了死者发短信的事情

娄开放跟沈芯谈话的那天晚上失眠了。

“娄姐，”沈芯不知从什么时候开始，叫娄开放娄姐了，“我想给爸爸发短信，你教我怎么发行吗？”娄开放一听傻了，不懂该怎样回答。沈芯就把看到冬梅手机里沈一义短信的事告诉了娄开放。

一整天，娄开放浮想联翩，缠在这件事上出不来了。

娄开放从小就喜欢年纪比较大的男人。比如她喜欢过高一时候的政治老师。政治是她最讨厌的一门课，一个学期下来，她几乎连政治课本都没有打开过，但却喜欢政治老师。政治老师是男的，姓郑，四十五岁。她也不清楚他几岁，随便想的。因为她不会喜欢四十五岁以下的男人，长得也不怎么样，个子还特别矮，在同班女生的眼里，他几乎就是个残废。她的座位在第一排，上政治课时，就是冬天，也有许多同学伏在课桌上打瞌睡，教室里永远弥漫着春眠不觉晓的气息。而她，总是瞪着一双亮亮的眼睛，目不转睛地盯着老师的脸看。脸就是脸，每天好像一样，却又不一样，很丰富有变化。脸是主旋律，他的声音是他脸的伴奏。他说什么她一句也没听进去。她觉得他自己也不知道他在讲什么。期末考试时，其他睡觉的那些同学都出乎意料——有些甚至得了高分，只有她几乎交了白卷。她在卷子上空白的地方涂抹了几行字：我喜欢上老师的课，但一上老师的课我就变成白痴，记不住。老师说的话像水，我的头脑像筛子。水从筛子里悄声无息地流过，被时间带走了。

没想到老师给了她一个及格。她很吃惊，觉得是老师弄错了，就去找老师。她把考卷给老师看。

"你不满意我给你的成绩吗?"老师问。

她慌慌张张地摇头，说不出话来。她希望老师给她这个成绩又怕是老师弄错。

"那你是想知道我为什么给你及格?"老师又问。

她又不懂要怎样回答。这不是她的问题，她不想知道为什么，从小到大，她很少去想为什么。她只想这是什么那是什么，边想边朝前冲去。"什么"是向前看，"为什么"是向后看。在她，"什么"永远比"为什么"重要。

"你知道我为什么给你及格吗?"老师很和气地说，笑了起来，"因为你讲了真话。"

她一愣，马上直觉老师真正想说的不是这话，真正的话藏在老师这张脸后面。她还是没回答，看着老师的脸，第一次发现老师额头上有一道深深长长的皱纹，很难看地把老师的脸劈成两半，破坏了那张一个学期以来那么吸引她的脸。

那几句话是炸弹，把脸炸碎，碎片像玻璃片撒在地上，再也拼不成一幅完整的图画了。

连娄开放自己也没料到，好像有一件事情还没有开始就已经结束了。

话后面的话？老师话后面的话是什么？说到底她在考卷上写的那些话能叫真话吗？

她越想越糊涂，就干脆不想了。谁能解释娄开放是怎么回事？为什么上课时那样喜欢看老师；为什么老师讲的话她一句也记不住；考试的时候为什么会在考卷上写上那样的话。娄开放真正想说的是她喜欢看老师的脸，但这还不是最重要的。最重要的话她还说不出来，或者说根本就没有变成话，只准备在那里，潜伏在她的皮肤之下，像根被埋在地底下，被厚厚的土壤覆盖住。

玻璃碎片一直到碰到沈一义才又拼成一幅完整的图案。

可现在，他不在了。居然有人说他给冬梅发了短信？是他吗？真是他发的吗？死人能发短信吗？这是不可能的，她先对自己说，却莫名其妙地激动起来。不管怎样，沈一义给那个女人发了短信，却没有给她或芬姐发。好长一段时间隐隐约约感觉到却没有认真想过的问题突然凸显出来。为什么沈一义一定要她们四个人一块住到光禄坊三号的屋檐下？他到底在想什么？她们三个，一个是妻子，一个是前妻，即便是龚心吕，那个神秘的女人，多少也可以嗅出点跟沈的关系非同一般。比如她姓龚，跟光禄坊三号原先的主人同姓，这不会是一种巧合。只有她，什么也不是，只不过采访过沈，在他公司里待过一段时间的小女子。这样的女人，沧海一粟，沈一义身边何止一打。凭什么沈一义冒那么大的风险把她拉进这个宅院？而她，又凭什么住进来了呢？这，仔细想，要多荒唐就有多荒唐。

她当然不会认为这是沈一义爱自己的表示。这一代女人没那么浪漫，换一句话，没有那么傻瓜。再说，哪有这样的男人，活着不爱，到死后才爱。在爱上，男人比女人要现实得多。男人的爱是要兑现的，像银行支票一样，要期限兑现。

沈一义不可能是例外。但这，并不妨碍她喜欢他。

娄开放不喜欢像水一样透明的男人。男人就应该云雾锁山，貌似混沌一团，实则坚实无比。手摸过去，抓不住东西，脚踏上去，却稳如泰山，但这样的男人去哪里找？活着的人中间，娄开放就见过一个沈一义。

娄开放欣赏沈一义是从他的微笑开始的。这也是他给她印象最深的地方。他的微笑深不可测，似云似雾。就是现在，闭上眼睛，娄开放还是能清楚看到他微笑的样子，微微眯起来的眼睛，稍稍翘起来的嘴角，眼角边细细的皱纹。

"你说那是微笑吗?"同办公室的小琴曾经吃惊地问过她。

"当然是。"她坚定地说。娄开放认定那就是微笑，属于沈一义一个人的微笑，放松的，旁观甚至幽默的绅士微笑。"你难道看不出来吗?"她反问道。

"看不出来。一点也看不出来。"小琴说。

"你再认真看看，看他眼睛和嘴巴。怎么，还看不出来吗?"

"看不出来。"小琴坚定地说。

这回轮到她吃惊了。她不懂得这样明显的微笑为什么小琴会看不出来。后来她才发现不仅小琴，公司管理层里那些害怕沈一义的人，都是被他脸上她认为是微笑的表情吓住的。"你根本弄不懂他在想什么。"他们都说。"那是微笑。"她想冲他们叫，但忍住了。说也没用。人总相信自己的眼睛，有比亲眼看到更真实的东西吗？娄开放很替沈一义悲哀。他们连他脸上的微笑都看不出，还怎么谈得上理解他的经营理念，不能理解，又怎么去执行呢？可是，沈一义怎么会在身边放上这些呆木头棒子？难道他不知道这不利于他的管理吗？

娄开放就是这样一步一步被卷进了沈一义的世界，卷得越深她就越被他吸引。她看到了他这座山里有树，但什么树不知道；有鸟，但什么鸟不知道；有溪流，但怎么流不知道。正是这种又知道又不知道使娄开放温暖地陷进了感情状态。她会整晚整晚地咀嚼他的一句话或一个动作，从中得到许多乐趣。

虽然直到最后娄开放也没有弄懂沈一义在想什么，但她跟别的人不一样，她不在乎这个。有缘身在庐山却不识它的真面目是一种境界。她相信他的微笑，那种微笑暗示一个人的灵魂。有了灵魂就有了一切。年龄算什么！他大她三十多岁又怎么样！爱说到底就是个咀嚼问题。得咀嚼上一辈子的人没有味道能行吗？年轻男人能有这样的味道？能让她咀嚼一个晚上不倒胃口？没有味道的男人只是潜在的男人，还处在发酵阶段，能酿出什么东西来还不知道，弄不好就发酸发臭。她知道她这辈子再也碰不到像沈一义这样的男人了，所以住进光禄坊三号就变成自然而然的事，好像一切就应该是这样安排似的。

但现在，她要怎么办？她不可能明知沈一义的手机还在发出短信而闭目不理，弄不好是谁借沈一义的手机在发短信。她不可能看着这样的事不管。

## 沈芯日记

冬梅终归对沈芯不放心，有一天趁沈芯上学，就到花厅沈芯房间这里看看，那里翻翻，就看到沈芯的日记本了。

她想也没想打开就看。

×月×日

我把沈卓的名片放在笔盒里。每次打开笔盒都可以看到。我能从名片中看到卓哥哥的脸。爸爸的脸。卓哥哥和爸爸每天都跟我在一起。

×月×日

今天一整天我都在想卓哥哥。想给他打电话。但又不敢。我不知道要跟他说什么。我怕他烦我，万一他烦我，我会伤心的。

可我多么想听他的声音呀！闭上眼睛听。

他知道他跟爸爸的声音一样吗？

×月×日

错觉有多么美好！

我把卓哥哥错觉成爸爸，爸爸就活着了。就活在我身边。

×月×日

妈妈穿了一件粉红色的衣服。我不想看她。她心里怎么会那么粉红？

×月×日

放学经过省府路卖碟片小店时，我看见卓哥哥在里面。想冲进去叫他，脚却杵在那里。他买了什么突然走出店。我连忙躲到一边。我干吗要躲？干吗？我怎么能把这么难得的机会错过呢？

×月×日

后悔后悔后悔！我下决心一定要去找卓哥哥。不管他怎样想我。

×月×日

碟片店大姐告诉我卓哥哥买了一片马友友的大提琴，我也买了一片。灵机一动，请大姐帮个忙，以后卓哥哥要买什么，也给我留一片。大姐很诡秘地笑，我不解释。爸爸说过所有的解释都是多余的。

×月×日

马友友太棒了！比瞎子阿炳还棒。感谢卓哥哥。

×月×日

妈妈彻底把家毁了。她把窗帘全换成乳黄色。

为什么她要在这种色彩下生活？我不喜欢。爸爸不喜欢。卓哥哥也一定不会喜欢。

我想逃到哪里去。

×月×日

我现在每天下课都要拐到碟片店去。这店专卖艺术片。大姐说我是她店里最年轻的客人。

×月×日

小芳发了一首诗给我。

×月×日

卓哥哥昨天买了三个碟片。一片新版的《安娜·卡列尼娜》；一片黑泽明的《罗生门》；一片阿巴斯的《樱桃的滋味》。一回家我就开始看，把三片都看完了。我不喜欢安娜。我不懂得她为什么要去为一个男人死。阿巴斯看不懂。查了一下，知道他是享有世界声誉的伊朗大导演。有一批粉丝。难道卓哥哥也是他的粉丝吗？《罗生门》太怪了！不过我喜欢，让我想起盲人摸象。

×月×日

又看了一遍《罗生门》。人在混乱中穿梭。所有问题都可以切成萝卜片看。有答案，又都没有。找到芥川龙之介。看了《罗生门》和《蜘蛛之丝》。都好喜欢。

×月×日

今天在大姐店里找到一片德彪西的钢琴曲。我喜欢他发光的旋律。我突然想买一片送给卓哥哥。

×月×日

卓哥哥一个星期没来了，德彪西还放在大姐店里。

×月×日

星期天。清晨开窗，院子里一株玫瑰花开了。走出花厅，看到墙边两朵黄色的小野花。能比较吗？不能比较。近看，小的大的一样大。远看，大的跟小的一样小。都好。

×月×日

卓哥哥把碟片拿走了。大姐跟他说是一个女中学生送给他的。他一定猜不出是我。

他会喜欢德彪西吗？

×月×日

太棒了！卓哥哥买了一片莫扎特的钢琴曲送给我。高兴。太高兴了。我身上流着跟他一样的血。注定我们喜欢同样的旋律。

×月×日

一整天在想下次要送什么片子给卓哥哥。我突然想起一支曲子，日本儿童歌曲。上次表姐回来带给我的一个日本歌片，有十几首歌。我最喜欢《吹泡泡》。大姐帮我把这首歌刻成片子，歌词是日语的，好在表姐翻译出来了。表姐说作者的几岁的儿子死了，作者看到儿子平日里玩的吹泡泡勾起的乐思。我听不出来。我听出来的是淡淡的忧思，缥缈，像飞在高空中远去的小鸟。

我抄了一张歌词夹在片子里。

大姐也喜欢这个片子，把所有歌曲都拷了。

×月×日

今天到碟片店，大姐说卓哥哥刚走。我早已把名片上的每一个字都记住了。一阵冲动，我就拿起手机给他拨了个电话。响了好几声，他没接。

他会给我拨回来吗？

不知道下次什么时候才会鼓起勇气再给他打电话？

冬梅看完沈芯日记什么也没记住，但卓哥哥、碟片店几个字像针一样直扎进她的眼睛。

这还得了？弄不好搞出个兄妹恋，她又想起看过的韩剧了。韩剧经常给冬梅很多暗示和隐喻，给她许多丰富的联想。这没办法，谁叫那些电视剧写得那么逼真那么感人呢。

真想把日记本摔在沈芯面前让她认错，但冬梅知道这很愚蠢，只会把事情搞得更糟，韩剧里女主人公的妈妈都不是这么做的。她得找机会，像韩剧女主人公的妈妈一样，得有智谋地来。

至于怎么才能有智谋，冬梅就不懂了。她记不起来韩剧里是怎么说的了。

## 扫地的学问

林芬搬到光禄坊三号后生活发生最明显的变化是衣服洗得少了。不是她不愿意洗，而是没衣服可洗。林芬对衣服有她的原则，旧衣服属于旧房子，所以只带了一些季节穿的衣服搬过来，但那几件衣服不能天天洗呀。开头很难受，她手不能闲着，手闲着心就难受，会去想，想很多她认为不该想的事，手一忙起来她心就放回去了。但好在她马上有了一个新发现，这归功于她的天赋，她总是能看见别人看不见的脏东西，譬如掉在地板上的一根头发，角落里的一点灰尘。所以她很快就发现了大厅脏得让她几乎无法容忍。

过去有一则寓言，说有贫穷三兄弟，一次一个女神应许他们每个人许一个愿，期限是一百天。老大说想要金银财富；老二说想要大房子；老三说他要打一只苍蝇死一只苍蝇的本事。女神一一应许了他们。结果一百天后，老大得到了金银财富，老二得到了大房子，老三得到了一大堆死苍蝇。世上就是这样，东西很多，就看你看到什么，人看到的东西不一定一样，但看到什么你就得到什么。

所以没办法，林芬就生成了个能看到灰尘的眼睛。

这就有事可做了。林芬上街去买了两把扫帚，一把是鬃毛扫，用来扫庭院，一把是猪毛扫，用来扫地板，扫完地再拖一遍，这一扫一拖差不多一个上午就过去了。从房间开始，到大厅，每一根头发，每一个角落都不放过。

“用得着天天又扫又拖的吗？多辛苦呀。”娄开放看见林芳每天拖大厅，很奇怪，就问。

“辛苦吗？不辛苦，看地板脏更辛苦。”林芬说。

脏吗？娄开放奇怪那么干净的大厅，居然每天都能被林芬扫出一些头发和灰尘来。她有点过意不去，却又实在不觉得脏。偶尔出门碰到林芬刚好在打扫，她会轻描淡写地说上一句，“让我来吧。”但总是被林芬拒绝。“要不我们去叫个清洁工？”娄开放提议说。林芬当然不同意。久而久之，娄开放也就不说，听之任之，打扫大厅就自然而然变成林芬的事，娄开放最后连那一点点歉意也都没有了。

林芬一般不朝后厅看。有一次，打扫到二道门时，她偶然瞥了一眼后厅，发现后厅地板上散着好几根头发。林芬赶快把眼睛转开，扫到另一边去了。搬进光禄坊三号以后，她只在晚上进过一次后厅，跟冬梅也没打过照面。她怕碰见冬梅，倒不是怕什么，是怕碰到冬梅恶意的目光。上次在钟律师事务所，她被冬梅的目光吓着了。

可是那几根头发一整个下午就留在她头脑里了，搅得她心烦意乱，禁不住又去看了它们几眼，每看一次都要叹一口气，希望它们已经不在那里，但总是失望，最后她实在憋不住，拿着扫把走进后厅，把那几根头发扫进畚斗。没想到这下更糟，原来她看到的只是后厅的一个角落，一走进去就把后厅全看在眼里了。她发觉这地方脏得让她忍不下，不得已，只好把全厅都打扫一遍才算完事。

后厅的卫生一直是冬梅家的阿惠打扫的。搬进新家以后，龚心吕有提过打扫后厅的事，冬梅主动说就归他们家阿惠负责。龚心吕图方便，就每个月给阿惠一点小费，算是心意。阿惠眼睛的干净度比娄开放好不到哪里去，每天也打扫着，看到有灰尘的地方提着扫把这里那里蜻蜓点水似的扫一下，跟林芬哪里能比。冬梅和龚心吕不说她，她也就心安理得，觉得自己打扫得够干净了。

这人真是一个奇怪的东西，一处每天经过的地方，没看到的时候没事，一旦看到一次就再也没法不看到了，想不看到都做不到，像中了邪似的。林芬第二天没想去看后厅，可眼睛自然而然就转过去，马上又被她发现一点灰尘。她叹了口气，只得又进去扫了一遍。这她没有办法，看到脏东西不扫她心里过不去。

龚心吕的眼睛虽然不及林芬锐利，但比娄开放就好上好几倍，她从一开始就发现阿惠打扫过的地上总还留下些不干净的东西，只是没说而已。阿惠是冬梅的阿姨，冬梅不说轮不上她说，所以林芬打扫后没一两天后她就发现后厅干净多了，以为是阿惠打扫的，就在冬梅面前表扬了阿惠几句，说还是干净了人觉得清爽。阿惠只在旁边抿着嘴偷笑，也不多加解释。倒是冬梅听进去了，进出后厅时有意无意留意了几次地板，马上就发现问题了。因为看完后厅的眼睛，再看房间地板，就发觉房间比后厅脏多了。她就问阿惠是怎么回事。阿惠这才说出后厅的地板是林芬扫的。冬梅大大吃惊起来，大叫不可能，那女人怎么可能帮她们打扫，就吩咐阿惠下次看到林芬扫地时告诉她一声。到了第二天，林芬又扫到后厅，冬梅躲在门后偷偷看。林芬扫得那么仔细，每一个角落都扫过，碰到家具，都移动一下，等扫完了再放回去。冬梅突然很感动。她想起小时候看外婆扫地的情景，外婆就是这样扫地，整个心都在扫帚上的样子，那一刻，好像世界上就剩下扫地这件事了。外婆总是跟她说，“地上的灰尘在跟她说话。”其实她本来有林芬那样的眼睛，但嫁给沈一义以后，家里长期用阿姨，年轻的阿姨跟孩子玩得比较来，所以她用的阿姨都是年轻的，都没有林芬似的眼睛。开头她看不顺，会说她们，但怎么说也没用，她们就是做不来。沈一义看到她老是因为阿姨生气，就劝她睁一只眼闭一只眼，说：“有些事，你认真不得。”于是她慢慢也就习惯了，不妥协除非她自已动手去扫地拖地板。有了孩子，忙起来后，对脏东西也就视而不见了。

看了几次，冬梅觉得过意不去了，怎么能让林芬来扫后厅的地板呢？又不好对她直接说，跟阿惠说了几次，叫她跟林芬学，可阿惠就是改不过来。正犹豫该怎么办时，龚心吕又提起表扬阿惠扫地进步的事，冬梅就不好意思地说地板不是阿惠，是林芬扫的。她想叫阿惠向林芬学，但就是学不来。

“先练眼睛，眼睛能看到脏东西，这是一。二，让她偷看林芬怎么扫。从哪里开始，扫的程序。能看到脏东西，懂得程序，扫就不是问题了。”龚心吕说。

冬梅没想到一个扫地居然还有这么深奥的道理，更加服龚心吕，回去慢慢教阿惠去了。先叫她看房间里的地板，把掉在地板上的头发一根一根指给她看，又连着几天，只要有时间，她就叫阿惠躲在门后看林芬扫地。让她在房间里练习。好在阿惠听话，倒是全照着冬梅的吩咐做了，一个星期下来，进步了许多。

阿惠看林芬有几天不来后厅，以为是她找不到后厅地上的脏东西了。就叫冬梅来看她扫的地是不是很干净。冬梅看了说，“不错，可以打八十分。扫到九十分就给你加工资。”

那几天，龚心吕每次经过后厅，看到阿惠时都要笑嘻嘻地表扬她几句。

谁不爱听表扬话？阿惠心里甜滋滋的。也奇怪，跟冬梅看了几天地板后，她也变得神经质起来，起了好胜心，要让全院子的人刮目相看一下。本来，扫地在阿惠是件苦事，苦事才去敷衍，现在认真扫了，倒不觉苦了，反而越扫越带劲。

其实林芬这些天没到后厅是因为愁沈卓的婚事，肖姑娘差不多每天来看她，给她带各种点心。她知道肖姑娘的心事，但怎么跟沈卓说呢？

## 关于逝者短信的调查

娄开放越想越觉得最大的可能性是谁冒充沈一义发了封短信给冬梅。换一句话说，是谁用沈一义的手机往冬梅手机发了一封短信（冬梅手机上一定登录着沈一义的电话号码），更准确地说，谁用沈一义的电话号码往冬梅手机上发了一封短信。这就是说，沈一义的电话号码现在还有人在用着，虽然他人已经死了。事情很蹊跷。这个谁还有可能用沈一义的电话给许多不明真相的人发短信，不会发生什么事吧？连续几天，清晨醒来时浮现到头脑里的总是这件事，翻来覆去弄得她渐渐不安起来。到底是怎么回事呢？她决定去做一个小小的调查。

先查沈一义的手机。娄开放想。在过去搜集的工作名片中找到一张挂着电信局某某部门经理头衔，名叫董什的人。到底是男的还是女的，她已经完全想不起来了。她想试试看这个人能不能帮她忙。她在中午十二点半左右拨了个电话过去。刚吃饱饭，胃里有许多东西，血液集中到那里，头脑昏昏欲睡，这种时候人通常比较温和，不容易拒绝一个不太年轻的熟悉女人的要求。“我是闽都报社的娄开放。”她用坚定充满自信的职业女性的声音说。这种声音她已经多时不用了，但奇怪，一拿起电话声音马上就回到她嘴里来了，好像这种声音就存放在她身体哪个角落里似的。

“你好呀。看来今天是刮东南风。”对方是男的，声音听起来果然懒洋洋的，但似乎记得她是谁。这个声音使娄开放直觉他会帮忙，于是说话就方便了。

第二天下午，娄开放就坐到董什的办公室里了。一走进电信大楼她就想起来了，她因为一件小小的什么事情，过去采访过这个叫董什的人。四十多岁的帅气男人，很幽默，电信局一个部门的经理。

“能查到这个电话号码的详尽使用资料吗？”娄开放问，拿出写着沈一义电话号码的纸条。

董什接过纸条走出办公室，一会儿回来说：“你等一下，我叫人查了。”说着从抽屉里拿出一罐茶叶，“可惜上班不能请你喝酒，来一杯大红袍怎么样?”

娄开放点了点头。

“要不铁观音?龙井?普洱?我这里还有英国的红茶，这可是查尔斯王子喝的。”说着变戏法似的从抽屉里掏出形形色色的铁罐来。

娄开放笑了，问:“你是哪里人?”

“我吗?霞浦的。”

“霞浦不出茶吗?”

“霞浦出滩涂。”董什抬起头，看着娄开放的脸笑着说。

这时候一个年轻人走了进来，递给董什一张纸。董什看了一眼，“这电话号码还在用，用户名字也没有变。这是这几个月的用户详细资料。”就把那张纸递给娄开放。

果然，上个月的那一天下午四点，她们正在钟正明律师事务所时候，从沈一义的电话上往外发出过一封短信，对方可能就是那蝗虫。往前几天，还发过另一条短信，1892277456，这号码眼熟，娄开放掏出自己手机，把号码输进去，跳出来龚心吕三个字。这么说沈一义应该也给龚心吕发过短信。其他就没有了。最使娄开放吃惊的是，户头上存有一万多块钱。如果基本费用每个月按照三十块算，那么这部手机还可以用将近三十年。那时候，娄开放将近六十岁了。

“能知道电话用户一万块钱是什么时候放进去的吗?还有，他几个月前的电话费大概是每个月什么时候交的。”娄开放问董什。

“应该没问题。”董什说。

娄开放对这个董什印象越来越好，他不多问一句话，也不邀请她出去吃饭，虽然她看得出来，他对她印象很好。

一天以后董什从邮箱上传了一张表给娄开放。那一万块钱是在沈一义去世前一个月放进去的。这之前，沈一义的户头上基本只存有三千块的电话费，大致都是每个月月底放进去的。娄开放又把董什给她的那张手机资料拿出来看了看。在沈一义去世前，他每个月的电话费基本都在一千到二千左右。很明显，那一万块钱不是随意放进去，而是从一开头，沈一义就想死后继续使用这个手机，而且是长久使用。

这太奇怪了。

这手机现在在哪里呢？沈一义不可能把手机带到坟墓里去。这手机一定在这世界上，或许就在福州的某个角落。怎么找到它？谁拿着它？准是非常熟悉沈家的人。要不然不可能在关键时刻会出现那种短信的。但去哪儿找呢？

娄开放仔细考虑了两天，决定往那手机上发一条短信。她写了几行字：我知道你不是沈先生了，但我想你应该知道我是谁。你是谁？能给我回一封短信吗？娄开放。

等了三天也没有收到任何回信。娄开放知道对方不会给她回信了。但她又发了一封短信过去。她决定隔几天就发几个字过去，不管对方回不回信。或许哪天就回了，她想，反正没有其他更好的办法。

娄开放决定去找张竞询问沈一义手机的事。

娄开放甚至认为沈一义的手机或许就在张竞手里。除了张竞，谁还有可能得到沈一义的这种信任呢？

娄开放约张竞到五一广场边上先施大厦里的上岛咖啡厅。她决定直截了当问张竞。她知道不用跟张竞耍心眼，就是耍，也耍不过他。娄开放把冬梅那天在钟律师事务所接到沈一义短信的事从头到尾跟张竞说了一遍，最后问道："张总，你是最了解沈总的人了，你觉得沈总会把自己的手机放在谁手里呢？"

张竞默默地听娄开放说话，一句也没插嘴，脸上什么表情也没有。娄开放一直细心地观察他，但看不出来他在想什么，事先知道不知道这件事。

“这样的事，我是第一次听说。”张竞慢慢地说，“今天我算又长了一个见识。不愧是沈总呀，滴水不漏。你怎么想呢？你觉得沈总会把手机放在谁那里呢？”

娄开放直直看着张竞的眼睛说：“你是沈总最亲近的人……”

张竞笑了，说：“你大概想沈总会把手机放在我这里……不错，换了我也会这样想。”

娄开放没回答，只看着张竞。

“我现在怎么跟你解释沈总手机不在我这里，我想还是很难消除你的怀疑。你会想，那他可能放在谁那里呢？如果你说的这件事是真的，我们只能再找出一个跟沈总极其亲近，比我要亲近十倍的人来……”

“是真的。沈芯跟我说的。她亲眼看见过短信。你还可以直接去问她。”娄开放没有说出冬梅的名字。

“那倒不必。我相信你说的话。不过，你有没有可能把那封神秘的短信转过来让我看一看？”张竞问道。

“我试试看。”娄开放说。她不敢肯定这件事一定能办到。她根本没法跟冬梅说话，她只能通过沈芯去说，但怎么跟沈芯说这事呢？娄开放不愿意去打搅沈芯。她还是个孩子，而且那么爱她的父亲。沈芯如果知道她在追查这件事，会怎么想呢？

跟张竞的谈话没有什么结果，只是使娄开放陷入更深的疑惑中去。如果手机不在张竞手里，那真的像张竞讲的那样，得找出一个跟沈一义极其亲近的人来才行。可去哪里找这样的人呢？这个人是男人还是女人呢？

她想起光禄坊三号院里的三个女人。首先要排除冬梅，她没必要给自己发短信。娄开放头脑里出现那天在钟律师事务所里冬梅昏倒过去的样子，那不可能是装出来的。林芬也不太可能，且不说那天她一直在现场，没有发短信的时间，再说她也不是那种沈一义会放心把手机交到她手里的女人。她是个好妻子，但沈一义的手机会压垮她的。要有的话，只有龚心吕了。这是个什么样的女人呢？娄开放突然发觉她对龚心吕几乎什么也不知道。她到底跟沈一义是什么关系？当然不是一般关系。沈一义思虑极深，严谨而又缜密。他会让龚心吕住进光禄坊三号一定有他的深意。这是个非常神秘的女人。那次关于外婆的事娄开放已经强烈感觉到了这一点。不过，不知为什么，内心深处，娄开放相信龚心吕。沈一义一定也相信她。如果除了张竞，沈一义还有什么特别亲近的人，有可能就是她了，但沈一义往龚心吕的手机上发过短信呀……会不会那是有意的，只是个假象？

娄开放想了好几天，她不知道要怎么跟龚心吕提这件事。如果这是个秘密，龚心吕绝对不可能透露，那她问也是白问，但不问嘛，这个想问的念头又老是憋在心里。有一天，娄开放偶然看到日历，发现中秋节快到了，于是突然间就有了一个主意。黄昏，娄开放在房间里听音乐，房间门开着，她听见龚心吕走进大厅的声音，就赶紧追了出去。

“龚姐！”她叫道。

龚心吕回过头来。

“中秋节快到了。第一次在这院子里过节，我们大家要不要在一起吃个饭，庆祝一下？”娄开放问。

“说的也是，既然大家都住在一个院里，一起吃个饭也是应该的。”龚心吕笑着说。

等到那天，把张竞也请来，大家都在一起时，看看龚姐会怎么说。娄开放想。

## 慢慢接近曼丽姨婆

张竞通过熟人到居委会了解曼丽家的阿姨，知道了她叫阿桂，尚干人，今年四十二岁，就把她约出来谈了一次话。

阿桂十岁时母亲去世了，父亲是木匠，手很巧，很能赚钱，后来勾搭上村里一个开小杂货店的寡妇。这寡妇又高又胖，很凶的一个女人，有三个孩子，最大的只有四岁。不懂怎么阿桂父亲就看上她了。不久两个人就结了婚。寡妇带着三个孩子住到阿桂家。一进家门她就把阿桂父亲赚来的钱紧紧抓在手里，她爱喝酒，白天守在店里就开始喝，晚上回家就跟阿桂父亲一块喝，三个孩子都推给阿桂管。阿桂每天带孩子做饭给他们吃。到阿桂十六岁时后娘就给她找了一个邻村的男人，大阿桂十岁，因为出得起一万块钱的聘礼，就把她嫁了出去。阿桂不想在家里再待下去，就同意了这门亲事。阿桂老公有两个弟弟，还没有成家，都住在一起。老公倒是个老实人，就是什么都听他妈妈的，家里完全由婆婆做主。阿桂每天从早到晚要侍候婆婆，做饭，洗全家人的衣服，还要到地里帮忙，却一分钱也拿不到，买一件衣服都要向婆婆开口要钱。阿桂心里很不平衡。后来怀孕有了孩子，阿桂越发觉得手头发紧。孩子长到几岁时候，一次恰巧在集市上碰到小时候一起玩的姐妹。姐妹说起在福州当阿姨的种种新鲜事，阿桂就动了心，从家里逃出去到福州去找这个姐妹。到了保姆介绍所，先是在一家服装店老板家里干了一段，反应很好。后来曼丽找阿姨，条件很苛刻，年纪要四十岁以下的，人要长得端正，终年无休，但工资开的特别高，是一般阿姨的两倍，试用期一个月。好多人去试过，都不行，介绍所的人就推荐阿桂去。阿桂做事又干净又勤快，也不需要休息，结果没试几天曼丽就满意了。这也是缘分。阿桂就一直在曼丽婆婆家干了十几年，其间工资还增加了几次。现在阿桂一个月的工资有八千块，比一般大学老师还高出许多。开头阿桂婆婆意见很大，但家里翻修房子，给儿子找媳妇，钱都是阿桂出的，所以后来婆婆也就没声音了。

最近刚好出了一件让阿桂头疼的事，媳妇要分娩了，做月子要人侍候。儿子希望她能回家。这么多年下来，阿桂几乎没有请过假，她也想趁这个机会回去看看。可谁能顶替她呢？要能干又不能把她的位置占去的。她也到处托人找，正好这时，张竞找上门来，没有比这更凑巧的事了。

张竞给阿桂提了一个方案，她可以回家给媳妇做月子，工资照付，条件是介绍一个他推荐的人到曼丽家去顶替她，就一个月，等阿桂完事后这个位置就归还她。

“什么人呢？”阿桂问，“我得见一下，乱七八糟的可不行。”

“你放心，保证会做到让东家满意。”张竞说。张竞的想法是从公司找一个能干的女人，头脑里甚至都已经有了人选。

张竞约龚心吕在东街口的上岛咖啡厅见了个面，告诉龚心吕说他已经跟龚曼丽家的阿姨谈好了，合适的人选也有了，什么时候他安排龚心吕跟这个人选见一面，龚心吕可以把她的需要跟这个人好好谈一谈。

龚心吕没想到张竞真的能把事情办好，喜出望外，回家后就开始考虑她该怎样跟张竞找来准备顶替阿桂的人说。本来似乎很简单，一两句话就能解决的问题，但越想越觉得说不清楚。第一，她不愿意把妈妈那么隐秘的事情告诉一个毫不相干的人；第二，一个九十多岁老人的记忆，不通过许多旁枝末节的拐弯探询，一下逼近问题核心是不可能的。一个外人能有那么多的耐心和智慧吗？晚上，龚心吕边喝着冬梅送给她自家酿的青红酒，边看着挂在墙上的照片想。

恐怕只有自己去才行。龚心吕起了这个念头以后突然觉得问题变清晰了。对，就自己去！她也不是没做过侍候老人的事。在英国，她在老人院里整整工作了三年。她不讨厌老人，懂得怎样跟他们相处，照顾他们，帮他们洗澡。

想定了以后龚心吕就给张竞挂了个电话。

“这不合适吧。龚老师。”张竞吃了一惊，“你吃不消的。”

“我想过了，没有其他办法。有些事非我自己去问不行。”龚心吕说。

既然话说到这步，张竞就没有办法拒绝了。虽然他心里有些想法，怀疑为得到一些资料费这么大的心神是否值得，但又有些佩服龚心吕，再次觉得这个女人不那么简单。他见过许多下岗女工，宁愿缺吃少穿，也决不去帮佣，以为低人一等。他欣赏能破釜沉舟的人，觉得这种人能做大事。

他约了阿桂跟龚心吕在师大附近的豪客来见面。阿桂心直口快，说话没有遮挡，一见到龚心吕就摇头，说不行不行，年纪太大，干不了干不了。龚心吕听了什么也没说，光笑。这笑让阿桂心喜了。阿桂知道自己讲话得罪人，所以喜欢听了她的刻薄话会笑的人。张竞说又不是找媳妇，再说只有一个月，好歹混混就过去了。阿桂也就没有坚持，又扯了几句闲话，龚心吕本来想听听曼丽姨婆家的情况，但阿桂一句不提，龚心吕也就没问，只约了阿桂带龚心吕进曼丽姨婆家的时间，他们就散了。

分手的时候龚心吕看着阿桂远去的背影，想象自己进曼丽姨婆家的情景，不禁笑了，这不像林黛玉第一次进荣国府吗？等着她的会是什么呢？

## 沈芯离家出走

清晨，沈芯一走出家门就给沈卓挂了个电话，响了十几声没有人接。她穿过八一七北路朝五四路方向走去。沈卓的公司在五四路。

她没法去学校，她不想见所有人，除了沈卓。她不知道沈卓会怎样对她，也不知道找到沈卓以后要怎么办。她根本不去想这些，她只要见沈卓，好像见了沈卓一切问题都会解决。

吃早饭时，她低着头一边听沈卓送给她的音乐，一边吃饭，冬梅在旁边说了她几句什么。她没听清，就没回答。冬梅很生气，伸出手把她的耳机抓掉了。她突然听见冬梅尖叫的声音："我说话你从来都当耳边风，以后你不准去大姐碟片店了……"看见一张丑恶的脸裹在一个粉红色的睡帽下，下面是像水桶一样圆嘟嘟的粉红色睡衣。

"你偷看了我的日记！"沈芯跳了起来，对眼前这个红睡帽厌恶到极点，大声叫道，"我再也不要看到你这张脸了！"抓起书包就往门外冲去。

"你去呀。你去！有种你就不用回来！"冬梅的声音在她身后炸开了。

沈芯在沈卓公司大楼旁边站着，看看能不能等到沈卓。上班时间，街上很拥挤，很多男女匆匆而过，有的脸看似担负重大任务般严肃，有的脸睡意未消，有的脸松弛疲惫，但总之每个人都步伐坚定，目标明确的样子。

等了半天没有等到沈卓。她又按了一下手机重拨键，才响了两声就听到一个熟悉的声音，“喂，哪位？”

“我是沈芯。”她的心怦怦狂跳起来，“你还记得我吗？”

“当然记得。”沈卓笑了起来，“你这时候怎么有时间打电话，学校没课吗？”

“我现在在你公司楼下。”沈芯说。

顿了一下，没有回声。

沈芯觉得那一刻长极了。

“你等一下，我马上就来。”沈卓说。

“你早饭吃了吗？”一看到她沈卓就问。

“吃了一半。”沈芯说。

“走，我带你去吃点什么。”

沈卓带她走到附近的温泉饭店，进了餐厅，要了一份早餐。

“这里的油条特别好吃。绝对安全，不会是地沟油炸的。我想吃油条了就跑到这里来痛痛快快吃上几根。”沈卓轻松地说，若无其事的样子。

“你一次能吃好几根吗？”沈芯问。

“最多一次吃六根。”沈卓说。

沈芯马上想起爸爸，“爸爸也爱吃油条，一次能吃三根。”

“是吗？”沈卓声音变低了。

“你不知道吗？”沈芯觉得奇怪，“爸爸说他就爱吃端不上大餐的菜。”沈芯突然变得很想说话，很久以来，她没有机会跟谁说爸爸。她有好多话要说，从小，爸爸要是单独带她上街，就从来不去好餐馆，尽去街边小店。爸爸爱吃鼎边糊配海蛎饼、拌面配扁肉、牛杂配粉干、鱼丸配肉燕等等最市民化的福州小吃。妈妈嫌小店不干净，从来不去。爸爸病了以后，她就再也没有机会去吃那些东西了。

“你很爱爸爸，是吗？”沈卓静静地听沈芯说完，低声问了一句。

“呃。”沈芯点了点头，突然眼睛红了，眼泪涌了出来。

两个人好久没说一句话。

“下次你带我去吃庆城鼎边糊好不好？”沈卓说，这个念头是看着沈芯的眼睛突然涌上来的，他自己也吓了一跳。

沈芯点了点头。

“我先送你到学校？”看沈芯吃完，沈卓边说边站了起来。

“不。”

“要不，回家？”

“不。”沈芯的声音越来越低。

“你总不能一整天在大街上逛。”沈卓说。

沈芯一声不吭。

“要不，这样吧，你先到我家里待着，等我办完事就去接你，你带我去吃鼎边糊。”沈卓说。沈芯对父亲娓娓动听的叙说似乎挑破了沈卓内心一层膜，一股看不见的东西流了出来，流向这个同父异母的妹妹。

门嘭的一声关上，沈卓走了。沈芯坐在客厅沙发上，她发现了墙上挂着的那张全家福的照片。她一眼就看见了小时候的沈卓。

太神奇了！怎么跟她小时候长得一样，圆脸大眼，眼神是惊慌的，好像不知道怎样才能把这个世界收进眼帘。

原来她像沈卓！大家都说她像爸爸，没有人说她像沈卓。她也知道沈卓像爸爸，怎么就没想到也像自己呢！这世界上除了爸爸，还有一个人跟她长得一样，水滴似的相似。这个发现太重要了，好像瘪瘪的气球一下吹足了气，饱满了，强大了，不再孤单。

这个兴奋一直持续到跟沈卓一起去了鼎边糊店。

“爸爸说好吃的鼎边糊里一定要放虾干。”沈芯边吃边说。

沈卓笑了笑没回答。一走进鼎边糊店他就想起来，父亲过去带他来过这里，父亲过去一次能吃三碗鼎边糊，一勺一勺吃得很急，每次总是吃得满头大汗。他眼前浮现出父亲汗水淋淋的笑脸，仿佛昨天的事。他突然觉得很心酸。

“爸爸不会想到我们会一起来这里吃鼎边糊。他一定很高兴。”沈芯说。

从来没有人敢在沈卓面前这样频繁地讲父亲，只要一涉及父亲的话题沈卓的脸就像上了霜似的，但奇怪，沈卓却爱听沈芯说父亲。沈芯长得像父亲，沈芯的父亲是另一个父亲，女性的父亲，柔和亲切。沈卓既熟悉又陌生。

“我送你回去吧。”走出鼎边糊店，天已经黑了，沈卓说。

“不！我不回去！”沈芯死命摇头，态度很坚决。

“不好吧，你妈妈会担心的。”顿了一会，沈卓很委婉地说。

没想到沈芯激动了，叫起来：“她不会！她叫我出去！别回家！”一瞬间，想起上午出门前听到冬梅的话，眼泪涌上来，沈芯哭了。她没想哭，眼泪自己就流下来了。“她是个自私的女人！爸爸才死不到一个月，她就整天穿红戴绿。她把爸爸忘了！”沈芯憋了几个月的话想也没想一下子冲出口。

沈卓默默地听着，同情地看着沈芯，不知道该说什么好。他知道事情没那么简单了。

“要不这样，你先到我那儿歇着再说。”沈卓说，“快八点了，不管怎样，我们得告诉你妈妈，你在我这里。”

沈芯没吭气，手机响过至少十几次，她都没有接，不管是谁的，她都不想接。

沈卓给娄开放拨了个电话。他当然不会直接给冬梅挂电话。

## 冬梅的焦虑

没等沈芯的背影完全从家中消失，冬梅已经抓出手机，给老姐挂了个电话，不自觉地没有提日记的事。她是这样开头说的："气死我了，气死我了。我还算什么妈，她眼里哪有我？"她喘了一口粗粗的气，好像把脏东西吐掉了一样。

"你说谁呀？"老姐在电话里问。

"还有谁！阿芯！"冬梅的声音提高了。

对方没说话，笑了。

"你笑什么？"冬梅奇怪了。

"我不早跟你说过，你搞不定她的。"

"那也不能凭她来搞我。"

"她搞你什么啦？"冬梅一愣，也是，她没搞她什么，连话都没有能算搞吗！但就这最惹冬梅生气，明明觉得被搞了还说不出来。"算了算了，不说她了。"冬梅说。

"说真的，"老姐停了一下说，"你还是再去听听你那位怎么说。要不，怕没安静日子过。"

"我也想找，但他老不见我呀。"冬梅委屈地说。

"我看哪，"老姐放低了声音，"你是不是得罪他什么啦？"

"我又没做什么事……"冬梅说着声音也低了下来，头脑里闪出钟正明那双亮晶晶的眼睛。

一整个上午冬梅都坐立不安，老姐的话就在头脑里轰响着。莫非是老公发现了她跟钟正明的事？其实他们也没有什么，只不过钟迷上了她，多看了她几眼。老公不是说过他死后她跟谁都可以？难道只是说说而已？也奇怪，自从接到老公那个突如其来的短信后，这些日子，冬梅越来越觉得老公好像还存在在这个世界上的某个角落。都说人死了以后不会睡觉，二十四小时眼睛都睁开着，说不准老公偷偷看到钟正明心里正想着她，嫉妒了？要不，他生什么气呢？这一想，冬梅的心怦怦跳，像鼓捶打在鼓皮上，老往上蹦起，对沈芯的气就全消了，准确地说是全忘了。

当天下午冬梅就瞒着老姐，单独开车去长乐找神婆。神婆正在嗑着葵花子，瓜子皮吐得满地是，地都变白了。

“你怎么才来?”神婆一下就认出她来，笑了。

冬梅觉得神婆脸上爬满了蚯蚓，从地下刚钻出来似的，怕了，“我……我……”支吾了两声，不知该怎样往下说。

“没见过你这样大胆的，地上不怕地下的。”

冬梅听到这两句话，脸都绿了，结结巴巴地问：“那……那……要怎么办?”

“怎么办？赶紧找呀。”神婆说，眼睛死死盯住冬梅。

冬梅颤抖着手从包里掏出一百块钱来交给神婆。

神婆脸一拉说：“不烧个三百五百的，你想地下的能饶你吗?”

冬梅慌张着又掏出四张钞票来。

神婆这才松了口气说：“这回看看他气消了没有。我就替你多求三位神几句。”说着站起来，从旁边筐里拿出五沓纸钱，换上神服，点起香，闭上眼睛，嘴里念念有词。

冬梅傻傻站在一边，头脑一片空白。

“傻站着干什么。赶快烧呀！”神婆突然睁开眼睛说。

“烧什么？”

“纸钱呀。”

冬梅慌慌张张开始烧起纸钱来，一会，烟雾弥漫了整个房间。

折腾了半个多钟头，神婆睁开眼睛对冬梅说：“不巧不巧，这回差点就见着了。”

“差点？”冬梅不解地问。

“还是只看着背影，不过比起上次模糊。”神婆一脸的神秘，“直跟你说了吧，你什么事得罪着他了。”

“什么事？”冬梅问。

“你有个女儿吧。”神婆问。

冬梅点了点头。

“女儿跟地下的好着吧。”神婆又问。

冬梅又点点头。

“这就对了。你回去对女儿好点。他就高兴了。”

“我没对她不好呀。”冬梅冤枉地叫起来，一面又安下心来，想不是钟正明的事情就好。

神婆眼睛一瞪说：“地下的说不好，地上的能说好吗？反正你看着办。你敢得罪地下的你就得罪。”

冬梅慌慌地离开了神婆家。

临走时，神婆交代她过几天还得来，“地下的跟菜园子一样，要经常走，不走就荒芜了。他不理你你就更得来。”

回到家里已经天黑，沈申一个人在屋子里玩游戏。

“阿芯呢？”冬梅问。

沈申光顾着玩，头也不抬说："不知道。"

冬梅才想起清晨跟沈芯顶嘴时，说了重话，有点后悔，进厨房叫阿惠加煮一碗沈芯爱吃的鱼丸，回到客厅，给沈芯打了个电话，没人听，就打开电视，一边看电视一边等沈芯回来。等到快七点了还没见沈芯，冬梅有点生气，想这孩子一定又跟谁一起玩疯了，又打了一个电话，还是没有人听。阿惠进来问要不要等沈芯回来一起叫吃饭时，冬梅就说不要。倒是沈申问了声"姐呢?"冬梅也不理，就说你吃你的。吃完饭，折腾了一会，时间已经快八点，冬梅有点急了，一连给沈芯打了好几个电话，还是没人听，冬梅这才慌了。

## 龚心吕变成了阿五

龚心吕一踏进曼丽姨婆家就闻到一股轻微的尿臊味，接着就发现大厅里有两只猫，一只躺在钢琴上，一只躺在窗台上。一个老妇人坐在一张靠窗台的藤椅上，满是皱纹的脸上化着妆，额头留着少女般齐齐的一排刘海。眉毛是画的，弯弯黑黑的，又细又长，脸上擦着粉红的胭脂，涂得鲜红的嘴唇，看上去像个活生生的妖怪。她骨瘦如柴的两只手搁在扶手上，一边戴着玉镯，一边戴着金镯，身上盖着一条红色的毛毯，半闭着眼睛正在打盹。她身边摆着一个高脚花架，一盆兰花，细细的枝朝四边垂下来。

龚心吕吓了一跳，这跟她想象中的曼丽姨婆相差太远了。

"老师娘!"阿桂叫了一声。

龚心吕一愣，老师娘在福州是对老师妻子的尊称。姨婆不是没有结过婚吗？阿桂怎么叫她老师娘?

姨婆睁开眼，看了龚心吕一眼，目光浑浊，像是焦点集中不起来。

“我把阿五带来了。”

阿五这两个字似乎给姨婆带来一点刺激，她又把龚心吕从头到脚看了一遍。龚心吕发觉她的眼神居然渐渐变得清晰了。

阿五是阿桂给龚心吕起的新名字。龚心吕本来不愿意，因为她抱着或许哪一天可以在曼丽姨婆面前表明自己身份的想法，但阿桂坚决不同意用龚心吕这个名字。阿桂有阿桂的系统，在她那里，不管是谁，都得变成“阿什么”，世界上的人只能叫“阿”什么。比如上次村里来了个老外，名叫波得米拉，但阿桂执意把叫他做阿波。

“龚心吕？这是什么名字！”阿桂一听龚心吕的名字就摇头，“不行不行。我们乡里没有人叫这种名字。我早想好，就叫阿五算了。我已经说了新阿姨是我的五姐。”

说实话，不管在谁眼里，龚心吕都不像是阿桂的姐妹，但阿桂是个怎么想就怎么干的女人。龚心吕马上明白跟她是说不通的。

“你识字吗?”姨婆打量了龚心吕一会，问。

“识，识的。”龚心吕回答，心想这是个奇怪的问题。

“会写吗?”

“会。”

“阿桂，你带阿五到书房，把书橱里那本《梦生日记》给我拿过来。”姨婆说。

书房在楼上，房间很大，正面靠窗，家具是暗红色的，三面墙都摆着顶天立地的书橱，整整齐齐摆满了书。一半是英文的，还有一些杂志。龚心吕找了半天，阿桂都等得不耐烦了，还是没找到《梦生日记》。

“很抱歉，书橱里找不到《梦生日记》。”龚心吕回到大厅对姨婆说。

"没有吗？不可能。书皮是绿色的，脊背上写着白色的字。你把书橱里的书全部搬出来找一遍。叫阿桂帮你忙。不可能没有。"姨婆说。

龚心吕跟阿桂在书房里忙了半天，把所有的书都下了橱，一本一本看过去，结果还是阿桂找到了。不是书，是一本大大的绿色笔记本，脊背上有白色的字，差不多褪色了，平摊在书橱里，就摆在很显眼的位置。

"这不是绿色吗？是不是这本？"阿桂问。

"这不是书，是笔记本。"龚心吕摇了摇头说。

"你看还有白色的字。"阿桂把笔记本推到龚心吕面前，指着上面的字对龚心吕说。

"梦生日记一九四〇年"几个模糊的白字跳进眼帘，龚心吕吃了一惊。难道说"梦生日记"不是书，是本笔记吗？她接过笔记本，笔记本很厚，用一条绿色的丝带十字扎住，打不开。丝带很旧了，蒙着一层淡淡的黑色。其实，龚心吕的眼睛早在这本笔记本上晃过几次了，但因为不是书，就没有细看。

"就是它。"姨婆从阿桂手里接过笔记本，并不打开，放在膝盖上，只用手摸了摸。

"看到那只猫了吗？"走出大厅时，阿桂指着那只躺在窗台上的猫对龚心吕说，"它叫梦三，是老大，记住，把它侍候好了你就没事。它只吃黄花鱼，一天吃一只，一斤半重左右的。鱼要到程埔头菜市场老郑头家买才新鲜。你到菜市场一问大家都知道。我跟老郑头说过你是我家五姐。他会给你最鲜的鱼，还便宜。不能放糖煮，一点甜它都能闻出来，就不吃了。只能放老酱油，古龙牌的，要到超市去买，放别的酱油它也不吃。不吃你的事就大了。别想骗它，它嘴可刁。这个家里，猫比人大。”

“看到没有，这只躺在床上的，叫三一，是梦三的大老婆。”经过姨婆卧室门口时，阿桂说。

龚心吕笑了，“难道有二老婆吗？”

“当然有。刚才躺在钢琴上的那只就是梦三的二老婆。”

龚心吕呃了一声。

“记住了。大老婆她不吃黄花鱼，吃带鱼。不能用老酱油，它吃的带鱼得用泰国风味虾油（用小鱼小虾做的调味品）煮。这些王八蛋，全要吃新鲜鱼，当天新煮的。一放进冰箱它们就不吃了。二老婆叫三二，爱吃草鱼。”

“那老师娘吃什么？”龚心吕问。

“我正要说呢，你急什么。”阿桂白了龚心吕一眼接着说，“她呀，看似简单，只喝稀饭。但这稀饭讲究可大了。春夏秋冬全不一样。”阿桂顺口说了几十种东西，龚心吕一一用笔记本记下。这阿桂也是个奇人，不识字，却能把猫梦三跟它老婆连同姨婆的菜谱记下来。“当初有十来个人来试工，都做不下来，不是丢了这个，就是丢了那个。有六七个还是认字的，但最后老师娘就留下我。别看我不认字，我把厨房那些坛坛罐罐里面的东西都拿了一点出来，包在纸里，做上记号，拿到中药铺去问，他们一个个教我认的。”

“记住，猫一天早晚吃两顿，人一天早中晚吃三顿。”

好不容易阿桂说完话，交代完事，就高高兴兴走了。临到门口，龚心吕问：“你为什么叫她老师娘？”

“我开头也奇怪，附近人都传说她没有结过婚。也不知道，我看到屋里有几张男人的照片，同一个人，不懂是不是死了老公。不过，你一定得叫她老师娘，不叫，她就会生气，不理你。她精着呢，什么都懂，你别想骗她。”

到中午龚心吕侍候姨婆喝完阿桂熬的稀粥，帮她擦了身体，换上睡衣，就扶她上床睡了。睡衣雪白雪白，很新很讲究，边上还绣着花，跟床单一样摸上去非常柔软舒服。

在她做事的时候，姨婆没跟她说一句话，差不多时候都闭着眼睛，手里一直抱着那本《梦生日记一九四〇年》，睡时就把它压在枕头底下。到底里面记着什么？梦生是谁？为什么她刚一来姨婆就要把它拿出来守着，阿桂在的时候却一直放在书橱里呢？难道是因为她说了会识字，怕她看了？

“我看你不像做阿姨的。你没做过阿姨。”姨婆突然睁开眼睛，盯着龚心吕说。

龚心吕吓了一跳，回过神来。

“你是谁?”

“我，我是……阿五。”差一点奶奶的名字脱口而出。

## 娄开放、冬梅和沈卓

娄开放接到沈卓电话时瞬间傻了。让她去找冬梅？跟冬梅说？“我不去！”这话冲出口前收住了。听沈卓吞吞吐吐的口气她就明白他有多为难。有时候她都恨自己怎么立刻就能读懂藏在对方话语后面的意思，读懂了想不理都做不到。“那好吧。”她最后说，感觉到沈卓在电话那边松了一口气。

好久了她还是坐在椅子上一动不动，好不容易定下心给龚心吕拨了个电话，但不通，她只好站起来走出门。林芬房间的灯亮着，但她知道不能去找她。她走到后厅。冬梅房间的灯亮着，里面传出电视播音员的声音。她犹豫了一下，轻轻敲了一下门，还没反应过来，门啪的一声开了。冬梅的脸在昏暗的灯光下憔悴不堪。

“你到哪里……”只说了一半，话就卡在喉咙上了。

“沈芯现在在沈卓家。”娄开放说，听到自己的声音干干的，像蒙上了一层灰似的。

“沈芯在沈卓家？”冬梅反应不过来似的，把娄开放的话重复了一遍。

娄开放点了点头。冬梅脸上某种惊慌无助的神情使她说不出话来。

“在沈卓家……”冬梅又重复了一遍，突然伸手把娄开放一推，脚往外走去。

“你想去哪里？”娄开放闪到一边问。

“去沈卓家。”冬梅说。

“你不能去。”

“为什么我不能去？”冬梅说，停住了脚步，看着娄开放，眼睛一片茫然。

“你这要一过去硬把沈芯弄回来，就会有第二次、第三次离家出走。”娄开放想也没想就说。

“那我要怎么办？”冬梅眼睛一红，想起神婆的话，哭了，发出孩子似的呜呜的声音。

娄开放从口袋里掏出一张纸巾递给冬梅，心里涌上一股强烈的同情，“她现在在一个很安全的地方。你不要担心，很快她就会回来的。

让她自己回来。”

冬梅抬起头看着娄开放，满脸泪痕，“她真的会自己回来吗?”

“会的。我们一起想想办法吧。”娄开放轻轻地说。

“那我现在要做什么?”

娄开放想了一下说：“你收拾几件她的换洗衣服，我送到沈卓家去。”

“我一起去不行吗?”

“暂时你还是不要去吧。”娄开放说。

冬梅点点头答应了。

娄开放没想到冬梅对她的话一一听从，一种怜爱油然而生，她有点明白了沈一义为什么这么多年会一直跟冬梅这个女人在一起了。

娄开放进门时沈卓正一个人坐在客厅里等她。

“沈芯呢?”娄开放环顾了四周一下问。

“睡啦。”沈卓说，看着娄开放的脸，“你能来太好了。我明天要去出差。”

“那沈芯怎么办?你跟她说过了吗?”

“她说要跟我一起去。你劝劝她吧。”沈卓满脸苦相。

“你去哪里出差?”娄开放问。

“上海。”

“去多久?”

“时间倒不长，参加个会，两天吧，但我总不能让阿芯一个人待在旅馆里。”

娄开放听沈卓叫阿芯，就知道在这一天时间里，有许多事情变了。

“这样吧，我跟你们去，刚好上海有个画展，我正犹豫要不要去看呢。”

沈卓愣住了，呆呆看着娄开放，一句话也说不出来。

“怎么？不愿意我去？”

“不不不……太好了……我没想到……”沈卓结结巴巴的，没有一句话能说全，头脑里冒金星似的全是花样。

## 上海之行

娄开放出去买冰淇淋的时候，时间凹进去一个洞。

沈芯独自在画廊闲逛。画廊静悄悄的，零零星星有几个人，个个都像充分被艺术陶醉，表情神圣，脸上多了一点平日里没有的尊严与高贵，连说话声音都变小了。沈芯停在一幅油画前，画里的世界似曾相识，用冬梅的话，上辈子见过。

冬梅相信人比一辈子长，既有上一辈又有下一辈，甚至无限，像鸡生蛋或蛋生鸡，永远弄不清开头。这种话听多了，就给沈芯眼睛抹上一层神秘色彩，看东西就跟同辈人不一样，前面多出点什么，后面多出点什么，一个人长着三双眼睛似的。多数时候，这让沈芯困惑。

景物画。两栋房屋参差交叠，边缘模糊。房屋前面是棵大树，棕色调，树枝光秃，把房屋分裂成网状，顶天立地，仿佛整个世界就系在这几茬树枝上。一切都静止在那里。灵魂的。静止。

沈芯不知道她看到的东西是灵魂，很疑惑，仿佛看到一口黑洞洞的深井，不知该怎么办好。想看，却怕陷进去；不看，又做不到。

画下面题字：静。作者：墨脱。

墨脱？这不是地名吗。安妮宝贝小说中提到过。

沈芯进了初中后喜欢上安妮宝贝："这是一本以真实地点为背景的小说。既是小说，说明它完全来源于虚构。因为虚构，地点产生新的暗示。仿佛所写的此地，另有他方。它和真实的关系变得微妙。涉水而过，投奔岸的另一边。"

小说，指的是《莲花》。地点，指的是墨脱。

"一幅照片，赤脚的背夫背着货物走在森林之中，泥泞沼泽，树枝藤蔓潮湿交织……此地曾被称作莲花隐藏的圣地。如果不经历艰辛的路途，如何能够抵达美好的地方。神秘的象征。它所发生的意义，是一种指引。"

暗示和指引。

在画廊想起安妮宝贝是危险的。

慢慢地，她感觉到一双眼睛，在侧面几米外，回过头，看到一个戴黑色鸭舌帽的男人，年龄恍惚，二十多或三十多，脸色苍白，小眼睛，正盯着她看。一阵慌乱，她赶紧走开，以为他注意到她头上的帽子。帽子是上午刚买的。逛商店时，娄开放说帽子颜色太素，不适合少女，可沈芯喜欢。沈芯从没少女感觉。少女，日本漫画里眼睛超大穿短裙的平面人偶，她恰巧觉得她母亲、即冬梅是少女。

画展是三个从国外回来的画家联合办的。墨脱的画最少，只有五六张，都是景物画，房屋跟树，静止地并列在一起，没有人，天空总是绿色的，所有东西边界模糊。但每一张画沈芯都非常喜欢。

在展览馆里转了几圈后沈芯又回到"静"那张画前，发现那个男人这次就站在画前盯着画看。

"这是奥地利的一个小镇。"男人头也不回地说，好像知道她就在身边的样子，吐字非常慢，一个字一个字像咽饭似的。

"这就是你画的？"沈芯突然明白了，情不自禁叫起来。

男人回过头看沈芯，眼睛还停留在画上的感觉，“一月十五号，上午八点。我坐在家的院子里看出去。”

“很冷吗？树叶都掉光了。”沈芯说，福州的树连冬天都枝叶茂盛，小时候她读唐诗，就奇怪，为什么会说秋天落叶，福州的树明明是春天落叶。

男人嘴角微微往上翘了一下，似乎想笑，但脸上一丝笑意也没有，“还想看吗？”

“还有吗？”沈芯问，马上明白男人指的是他的其他画。

男人打开手机，低着头搜索了一会，把手机递给沈芯。一连串的画，沈芯的手在看到一张题为“浑浊的心脏”的画时停住了。画上是一个像梨子形状东西，颜色鲜红，倾斜着，漂浮在类似水的东西上。沈芯觉得一种类似羽毛轻飘飘的大毯，从遥远的地方飘过来把她裹住，身上暖和了起来。

“我想画你。”男人慢慢说，声音不容置疑，像鹅卵石落进溪流中似的从容。

沈芯抬起头看男人，惊异，混乱，好奇，头脑里响起马友友的大提琴旋律，“画我……就像这……画？”

娄开放回到画廊时看到男人跟沈芯面对面站着，中间相隔两米。沈芯脸色通红，男人脸色苍白。

“我们走吧。”娄开放眼睛不看男人对沈芯说，“沈卓在新天地等我们。”

出了画廊，走到街上，娄开放看到男人还跟在她们后面。“你有事吗？”娄开放停下脚步问。

“她答应让我画。”男人语速很慢，指着沈芯一字一字说。

娄开放看着沈芯。沈芯点点头。

"可是我们没有时间。"娄开放说，"请你不要再跟我们。"她们又开始往前走。男人还跟在她们后面。

"你再跟我就要叫警察了。"娄开放停下对男人说，口气并不严厉。男人苍白的脸上有种让她心动的东西。

"她答应让我画。"男人固执地说，"她叫我走我就走。"

娄开放问沈芯，"你叫他走吗？"

沈芯看着娄开放的眼睛，慢慢摇了摇头。

"你想让他画你？"

沈芯脸上的表情似是而非，头偏到一边，避开娄开放的眼睛。

"你叫什么？"娄开放问男人，不去看沈芯了。

"墨。"

"莫非的莫？"

"墨脱的墨。"

"哦，墨水的墨。"娄开放说，她想起在画展上看到这个署名的画，眼前浮起一片绿色，"那好吧，你跟我们走吧。"

## 龚心吕的日常工作

窗子前面可以看见一棵树，荔枝树。远远望过去，在树影中固定在藤椅上的姨婆像一尊塑像。她可以好长时间不动，眼睛半闭着，跟躺在她旁边的梦三一样，似看非看地停留在某一个地方，几个小时过去，脸上的表情永远不变，呆滞麻木，远离尘世的样子。

住进姨婆家的第一天，龚心吕就绝望了。她不可能问姨婆任何事。除了猫，吃饭睡觉洗澡这六个字，任何事姨婆都像听而不闻视而不见。时间在这里仿佛静止不动了。一切都静止不动，除了悄声无息在走路的猫。

姨婆有两个举动让龚心吕觉得怪异。第一，她整天抱着那本《梦生日记》不放手，连睡觉也放在枕头边，弄得龚心吕常常想去偷看。第二，她很少说话，要说也极其简短，而且多是关于猫食的。每次煮好猫食，她都要尝一尝，伸出右手食指在盘子里蘸一下，然后放进嘴里，发出简短的评价："太淡""太咸"，总之都不满意。开头龚心吕听得很认真，每次都拿进去重新上味，但结果还是一样。弄得龚心吕不知所措，就打电话问阿桂。阿桂一听就笑了，"是你管她还是你被她管，不能糊涂!"这句话倒是简单的真理，一下敲到龚心吕脑袋深处去了。阿桂对付姨婆的方法其实很简单，跟姨婆对着干。姨婆要是说太淡，她就回答不淡我看已经太咸了。姨婆要说太咸，她就回答说不咸我看已经太淡了。姨婆拿阿桂一点办法也没有。谁煮食？谁掌勺？就得听谁的。这是阿桂的道理。但姨婆绝不退让，坚持说了十几年，阿桂呢，也坚持反驳了十几年。到最后双方都麻木，说成了过场戏，一个不说不行，一个不反驳不行，但谁也不当真。

于是龚心吕知道该怎么做了。她不像阿桂那样硬去顶姨婆。这她不习惯，她从小就是一个听话的孩子。她把猫食让姨婆尝过以后，不管姨婆说什么，她都哼哼两声，说知道了，但照样端下去让猫吃。果然，姨婆也没再说什么。

几只猫中，姨婆就宠爱梦三，每次喝粥的时候，都会叫上梦三，把它放在膝盖上，就让它在勺子上舔。但梦三似乎不是太喜欢喝粥，总是象征性地舔上几口就跳下去，回到窗台上打瞌睡去了。姨婆看着梦三打瞌睡，也就闭上眼睛，开始瞌睡了。

有一天傍晚，外面下雷阵雨，她久久地看划过天空的闪电，突然，轰——巨响的一声雷，从天而降。

“赶快把窗户打开。他来了。”姨婆突然叫起来。

“谁来了？”

“梦生。快！赶快打开窗户！”

龚心吕把窗子打开，雨水马上泼了进来，打湿了窗台。

雨停后，姨婆瘫倒在椅子上。

“你不是识字吗，你给我念念。过去的事了，我看不见字……”姨婆用手指着《梦生日记》说。

她心怀激动，手颤颤地打开日记本。一看，愣了。日记本是空白的，上面一个字也没写，但每一页格子的下面印着一行《圣经》上的句子。“你怎么不念？念呀！”姨婆催促道。

“这，这，这里面没有字。”龚心吕结结巴巴地说。

“是吗？是吗？”姨婆接过笔记本，满脸狐疑，但看了一会突然笑了，“字都跟他飞走了，他带上我写的字走了。一定是他喜欢这些字。四十多年了，没想到也有这一天……”

“他是梦生的曾孙。”姨婆指着梦三说，“我接生的。他有兄弟姐妹四个，其余三个全死了。他爸爸叫梦二，死了十年了，梦生把他接走了。你信不信，他还要来接梦三走，我都看得见，但就是不接我走。他要我活着接生梦四，但不会有梦四了。梦三被我阉了，所以不会再有梦四了。”

“梦生是只猫吗？”龚心吕怯生生地问了一句。

“猫？什么猫？”姨婆仿佛生气了，提高了声音，但马上又低了下去，“梦生是徐志摩的同学，大家都叫他 John。我在剑桥见到他的……他眉毛中间有裂缝……你说他怎么老爱穿长衫呢？”

“也许他不喜欢穿西装。”龚心吕想起徐志摩的诗。

“我第一次见到他在 Party 上，我为什么要坐在他旁边？这些年我总在想，如果那一天我没有坐在他旁边，我现在也许就不会坐在这里了……”

“你知道我为什么每天坐在这窗户边上吗？”姨婆问。

“为什么？”龚心吕问。

“我坐在这里看得到梦生。”

“他在哪里？”

“你看不见吗？他就在那棵荔枝树下，我把他埋下去的。他本来说要把自己的骨灰撒在剑桥的河上。我答应他，却把他埋在这棵树下。他不能去剑桥了。我不能让他的灵魂再跟着那个女人去……”

“哪个女人？”龚心吕问。

“就是那个伊丽莎白……”

“哪个伊丽莎白？”

“那个女王伊丽莎白。”

“现在英国的女王吗？”

“还会有别的女王伊丽莎白吗？”

“难道说他爱上了女王？”

姨婆笑了。

“所以我只好让他爱。要是别的女人我一定不放过他，但我还是不让他灵魂再去英国。死了他就是我的了。”姨婆骄傲地说。

## 沈芯与墨脱

沈芯安静地坐在椅子上，眼睛看着窗外，让墨脱画。她已经知道，他有两个名字，一个叫墨，一个叫墨脱，但她喜欢叫他墨脱。她喜欢两个字的名字，像爸爸的名字，不像她自己的名字。

天空是灰色的，懒懒散散散乱着几团云朵。两个钟头过去了，沈芯很自在，头脑里漂浮过许多软绵绵的东西。这两天，她一次也没想起过冬梅，甚至父亲，她觉得她把这两副担子卸在墨脱肩上了，但他毫无感觉。或许因为他叫墨脱的缘故吧，她想。地名可以承载许多东西，这是她没有想过的。

“有没有人名叫中国呢?”沈芯问。她想一定没有人敢叫“中国”。

“有。盛中国。”墨脱哼了一声，脸上的表情一点没变。

“真有? 他是谁?”沈芯吃惊地问，居然真有。这是个什么样的人呢?

“拉小提琴的。”墨脱毫无热情地应了一声，丝毫没被中国这个名字吓到的样子。

两个人沉默了一会。

“你为什么叫墨脱? 自己起的吗?”沈芯看着墨脱又问。没有缘由，看着墨脱这张脸沈芯就是会想说话，好像他脸上带着文字。

“不。母亲起的。”墨脱眼睛在画布和沈芯身上来回移动，像要把沈芯身上的生气固定在画布上面。

“她去过墨脱吗?”

“没有。”

“我知道了，一定是她喜欢看安妮宝贝。”沈芯说。

“父亲死在墨脱。”墨脱听沈芯说完，冷冷地说了一句。

沈芯不吱声了。两个人又沉默了好久。

“这是什么呀?”娄开放看着画叫了起来，“说是牛是马不也可以吗?”

"这就是她。"墨脱固执地说。

墨脱画的沈芯一点不像，脸跟背景糊成一片，分不清哪里是脸的终结，哪里是背景的开始。但沈芯很喜欢，她喜欢墨脱画的颜色，说不清是红黄绿蓝，什么都不是，又什么都是，所有东西模模糊糊没有边界，混成一片。不懂为什么，她觉得自己就是这样。比如说她就跟爸爸连成一片，墨绿墨绿的一片，上面点缀着红，分不清哪里是爸爸，哪里是自己。

## 墙壁里面的画像

有一天，林芬在扫后厅地板的时候，她发现宅院后面高墙中央靠近墙根的上方，露出一截细细的绳子，不长，三公分左右，不仔细看是不会发现的。她以为是垃圾，就用扫帚扫了一下，扫不掉，扫了几下还是没扫掉，就蹲下去用手捡。奇怪，那绳子好像粘在墙上，捡不起来，一拉，居然长出一截，墙上的砖头仿佛动了一下。林芬以为自己眼睛看花了，正不知怎么办好时，听到龚心吕在身后叫她，就叫龚心吕一起过来看。

龚心吕蹲下去也用力拉了一下绳子，这次两个人都看见了，墙砖真的动了一下，但不管龚心吕使尽全身力气，也就两块砖动了动的样子，手一松，砖头马上又缩了进去。

"会不会里面有什么东西呀？"林芬问。

"嗯——有可能。"龚心吕说。

"我去找一根木棍来撬。"林芬说。

等林芬找到一根木棍回头时，看到龚心吕站着，脸几乎贴着墙在看着什么。

“我在看墙上有没有同样的绳头。”龚心吕说。

“有吗?”

“没有。”

林芬跟龚心吕两个人，一起捏住绳头往外拉，不行，试着用木棍，也不行，木棍根本伸不进墙里去。

“怎么办呢?”两个人愣在那里。

“把娄开放跟冬梅叫来，大家一起看看。”龚心吕说。

“咦——这是什么东西?”娄开放一看就叫了起来。

“不能硬拉，绳子拉断就麻烦了。”冬梅说。自从沈芯从上海回来以后，冬梅虽然还是没有主动找娄开放说什么话，但心里的疙瘩已经完全化解了。

“干脆往墙里打个洞吧。”娄开放说。

“那怎么行?”林芬说，“弄不好墙塌下来怎么办?”

“恐怕是老沈在考验我们四个人的智力吧。”龚心吕开玩笑说。

“对对对，只能这么解释。”娄开放马上赞成龚心吕的说法。

冬梅在这边墙敲敲，那边墙敲敲，这边贴上耳朵听听，那边贴上耳朵听听，最后说，“呃，这墙里面好像是空的……”

“空的?”娄开放吃惊了，“我也来听听……”

“听到了吗？听到了吗?”冬梅又敲敲墙。

“我听不来呀。”娄开放说。

“你到这边来听听。”冬梅跑到墙角敲了敲。

娄开放贴上耳朵，“嗯，好像声音真的有点不一样……”

“我也来听听……”林芬也把耳朵贴了上去。

龚心吕退到后厅中间，眯上眼睛看墙。一整面墙进入她的眼帘，她突然发现墙半当中吊着两个花盆，一边一个，中间距离有二米宽左右，绳子刚好在花盆的中间下方。

“你们过来看，会不会跟那两个花盆有什么关系?”龚心吕叫道。

“把花盆卸下来看看。”娄开放说。

“你们说墙里面会有些什么东西?”娄开放问。

“不会是金银财宝吧?”冬梅说。

“当然不会是。会不会是什么古董？族谱？芬姐你说呢?”

“我不知道……”林芬完全没有主意。

“我看呐，既然是老沈的主意，那里面的东西一定是我们想不到的……”龚心吕说。

花盆挂在四根竹钉上，不大，很轻，冬梅跟林芬两人一人一个把它们卸下来了。

冬梅随手拉了一下竹钉，竹钉仿佛动了一下，“你们看你们看，竹钉会动。”冬梅叫了起来。

娄开放也拉了一根竹钉，“真的会动。”

“来，我们一起用力拉。”娄开放对冬梅说。

两个人一起用力往外拉，墙动得更厉害了，但两个人手一松，墙又缩了回去了。

“干脆我们大家一起来。不是有四根竹钉吗？一人拉一根。”龚心吕说。

四个人一起双手抓住竹钉，娄开放叫：“一，二，三——”大家一齐用力，突然，墙慢慢开始移动，发出嘶的一声。

“来啦来啦。大家快，加把劲。”冬梅大声叫道。

“一，二，三——”娄开放再一次喊。

啪的一声，突然墙往她们身上倒了下来。

"顶住顶住。"冬梅喊。

"很轻很轻。"林芬也叫起来。

"好了好了。"娄开放叫道。

一个洞出现在她们面前。

原来那面墙是特制的，墙面上贴的是很薄的砖头，砖头紧紧粘在一块木板上。

四个人慢慢把墙板放倒在地上。

"什么也看不见……"冬梅叫道。

"没事没事，等会等会。"娄开放把头伸进洞里到处看，"你们看，这里有个开关……"说着，啪地按了一下。

洞里的灯突然亮了。

洞不深，一米左右，里面什么都没有，只正中央墙上挂着一幅画。画很大，有一米多长，七十公分左右宽，一个女人的半身肖像，穿着旧式衣服，头梳得很光溜，插着一根三叉钗。（注：旧时福州女子一种很别致的发钗。）

四个人默默地看着画像，很久没有一个人作声。

"这个女人是谁呀？"娄开放第一个说话了，"会不会是沈总的母亲？"

"不像不像，"林芬摇摇头说，迟疑地说，"不过也不好说，看久了还真觉得有一点像……"

"我看有点像龚姐……"冬梅突然说。

"怎么我看有点像我奶奶……不过，又有点像林芬……"龚心吕说，又往后退了两步，"但看久了也觉得像冬梅……"

"我看也有点像娄开放……"林芬说。

"那不是像我们每个人嘛，到底像谁呢？"冬梅问。

"我们四个人长得像吗?"林芬迟疑地问，看了看大家。

四个女人面面相觑，良久都笑了起来。

"谁也不敢说我们长得像。"娄开放说。

"那怎么在画上就像起来了呢?"冬梅问。

的确，看久了，每一个人都在画上找到了自己。娄开放说眼睛像林芬，冬梅说额头像龚心吕，林芬说嘴巴像冬梅，龚心吕说鼻子像娄开放，整个脸型像沈一义母亲，但气质整体感觉又像她奶奶。

越看真的越觉得像，四个女人不约而同想。

"让这个神秘的女人保佑我们这个院子吧。"冬梅说，马上回家去拿来一个香炉，点上一根香。林芬回家拿了一盆万年青，摆在头像底下。

娄开放龚心吕站在旁边，笑笑地看着那根香慢慢烧完了。

"就这么让门敞开着吗?"冬梅问。

"关上关上。还是关上的好。"娄开放说，"这个神秘的女人是属于我们四个人的。"

"我们有了一个共同的秘密啦。"冬梅开玩笑说。

"对对。秘密。我们四个人的秘密。"林芬说。

画里是个女人而不是个男人不知为什么使龚心吕安心了。

这幅女人画，或许，指的不仅是她们这四个女人，而是女人，所有的女人。龚心吕想。

为什么有许多女人不明白，在她们一生中，需要女人比需要男人的时间多得多呢?

四个人又一起把门拉起来关上，挂上花盆。

墙又恢复了原来的样子，从外面看，谁也想不到里面会有什么。

是呀，世界上许多事情都这样，从外面看，谁也不会想到里面有什么。

# 第三部

# 冬梅又开始想钟律师

转眼就到了十一月。一天，冬梅醒来看到墙上挂着的日历，搬进光禄坊家的第一天晚上，她在日历上做了个记号，距离沈一义遗嘱上说的一年只差几个月了。

这一看就把冬梅的心思全勾起来了。这使她很懊恼，前几天天下着蒙蒙雨，她又去长乐讨圣，想去问一下第三份遗嘱的事，看看沈一义会怎么说，可是车才开到白湖亭突然就出了点故障，雨刷不灵了，她能怎么想呢？当然只能认为这应当是老天的意思，不让她去长乐才故意把雨刷弄坏的，很郁闷，就不敢往前开，原路回家去了。

路上她一直想着钟律师，反正冬梅只要一想起遗嘱就会联想到钟律师，想这会不会也是沈一义的安排呢？要不怎么会找一个跟她年龄差不多的律师来处理遗嘱？想到最后头脑总是不自觉地停留在钟律师断七那天看她的目光上。一个死了丈夫身体健康的三十几岁妇人，怎么经得住倾慕男人那样的目光呢？狂热而专注，像是看到了维纳斯。从没人这样看过她。不是说没有男人看她。看她的男人多着呢，但都被冬梅称为邪恶的目光，毒一样的，想上床的。也不是说她就不想上床。但上床之前得有些别的什么，类似幻觉，浪漫，总之油盐柴米味不那么浓的东西。这都是看琼瑶小说看出来的。那种小说就让少女中毒，到三四十岁了还觉得自己只有十八岁，十八岁少女的期待和梦想。所以钟正明的眼光使她不自在，又高兴，心莫名其妙地发热，好像有什么东西被那目光勾发出来，蛇一样在她身上蠕动，开头只有一点，但越来越多，慢慢遍布全身。

她不去想他为什么那样看她，好像这是天经地义的事，他是男人，她是女人，不就说明一切了吗？她想他一定会给她打电话。她认为男人没有一个会只停留在那目光不往下走的，就等着。可是一天两天一个星期都过去了，电话还没有来。她担心起来，想他会不会病了。刚好有个姐妹家里房子出了点事想找律师咨询，她就热心地说可以带她去见律师。她很高兴有了个借口见他。先打了个电话，钟正明在电话里很客气，似乎跟第一次去他事务所时没什么两样。她很吃惊，他怎么啦？怎么变得这么冷淡，就想是因为旁边有人。人总是可以找到自己愿意找到的理由的。到了约定的那天，她特地打扮了一番，穿上一件她最喜欢的绿色连衣裙，带绣花镶边的，还去美容院做了头发。没想到钟正明见到她时还是很客气，说话时差不多只看她姐妹的脸，分手时也没有说要再见她的话。她很伤心，回到家里觉得浑身无力，躺在床上起不来了。凑巧龚心吕拿了一包朋友从新疆寄来的核桃过来，阿惠说她生病了。龚心吕就进屋去看她。

"生病啦？"龚心吕问。

冬梅背对着门躺着，听到脚步声，以为是阿惠，就不理，听到龚心吕的问话，才转过脸来。

"出什么事了？"龚心吕问，在床沿坐了下来。

"龚姐，我是不是很讨人嫌？"冬梅皱着眉头，心思颇重地问。

"你这样想吗？不会呀。看我，就很喜欢你。"龚心吕觉得冬梅就像沈一义留下来的一个孩子。

"可他讨厌我。"话突然冲口而出。龚心吕脸上那种关切的神情，唤起埋藏在冬梅心底深处的安宁感，或者说，在心底里她懂得无论说什么龚心吕都能接受她。

"谁讨厌你？"龚心吕问。

“钟律师。”

龚心吕不说话了，光看着冬梅，等她往下说。女人嘛，总有一些秘密想对着某张脸倾诉。龚心吕知道自己就是冬梅的这张脸。

冬梅倒说不下去了，憋在那里，不懂得怎么说。总不能说钟正明的眼睛。那双眼睛，是言语能说清楚的吗？

“不会吧。”龚心吕含糊地说。

“龚姐，”冬梅扭捏起来，“钟律师很尊重你，要不……要不你帮我问问他。”冬梅大胆地说，看着龚心吕的眼睛。那一刻，她觉得自己要不弄明白这个问题就会死了的样子。

“问他什么？问他讨厌不讨厌你吗？”龚心吕微笑了起来。

冬梅不好意思地笑了。不知为什么，这话从龚心吕嘴里说出来就显得特别可笑。

“我有一个女朋友，”龚心吕慢慢开始说，“她喜欢上了一个四十多岁的男人。她什么都不说，就是经常很自然地，出现在那男人身边，最后就变成了空气般的存在。有一天，偶然地，女人有事突然离开，男人变得不自在起来，被边上人一说，才发现那女人对他已经成了一种必需的存在。于是，他们走到一起就变成自然而然的了。水到渠成，一切都要水到渠成。她很聪明，当然知道男人闲置到四十几岁，靠几句话是很难打动他们的。”

冬梅模模糊糊地感觉到龚心吕的话是有所指的，但并没有听进去，更没有听明白，依然沉浸在自己的一厢情愿中，好在她身体健康，消化系统运行正常。龚心吕走后她睡了一觉醒来，听到肚子咕咕在叫，觉得饿了，就叫阿惠煮了一碗面，加上她爱吃的鱼丸和牛肉丸，热乎乎地吃了下去，暂时就把钟正明讨不讨厌她的事忘了。

# 钟正明的教育

钟正明在沈一义断七那天看见一个身穿黑色旗袍女子的背影，站在光禄坊路口。他一惊，脚像被钉在地上似的再也迈不开去。这是他第一次看到一个真实的、活泼泼的穿旗袍的女人，跟他妈妈穿同样颜色旗袍的女人。

黑色的衣料裹住姣好的身材，细长的脖子，婀娜的腰身，凸出的臀部，隐约而白润的小腿，从上到下，每一个细节都仿佛流淌着一种他熟悉的话语，只有他妈妈跟他听得懂的话语。他贪婪地看着她。

有种感应似的，突然，那女子转过身来，他看到一张充满微笑的柔和面容。

像被电击了似的，血冲上头脑，钟正明浑身微微颤抖起来。

女人！就是这个女人了！好像压了几十年的弹簧一下反弹上来时的冲力，钟正明一下把几十年的女人都看到了，或者说，几十年，他就只看到了这个女人。

然后，他就在沈一义家后厅看到了那个穿黑色旗袍的女人。女人正张着嘴说了什么，说什么他完全听不见。他全神贯注在她脸上。他突然觉得在哪里见过她，“你是谁?”他喃喃地在心里问。

“我是冬梅呀。”女人仿佛朝他说，笑着。

是有个叫冬梅的女人。他认识，却不是她。她是另一个女人，把自己叫作“冬梅”的女人。

就是坐下来吃东西以后，钟正明还是好久没有从半梦幻中清醒过来。

那天晚上半夜醒来，钟正明头脑里第一个浮现出来的就是冬梅穿黑色旗袍站在阳光下的背影。他感到口渴，坐起来，从冰箱里拿出一瓶冷水，咕嘟咕嘟一口气喝了大半瓶。但冬梅的背影还是固执地站在那里不走。他知道自己有什么东西错位了，害怕起来。

是沈一义把钟正明带进律师行当的。那时候他正在犹豫，是选择考会计师还是选择考律师。沈一义建议他考律师，并在他考上律师证以后出钱让他开了间事务所，请他吃了一餐饭，其间，郑重地告诫他当律师的三条禁忌，其中一条是：不要跟女顾客发生工作以外的关系。转行转得不容易，钟正明非常感激沈一义，对自己现在的位置非常在意，这么多年来，他一直守住戒规。他的事业蒸蒸日上。他把这归结为严格把关的结果：不该挣的钱不挣，不该做的事不做，信用就像书一样，是一张纸一张纸叠厚起来的。

钟正明是学历史专业出身的，很窄的一道门，世界史中的古希腊史，全中国对这感兴趣的人有没有千万分之一都不知道。他坐了十多年的冷板凳，眼看就要拿到博士学位时，突然放弃了。身边的朋友都很意外。他不抽烟不喝酒不喜交际，对物质没有欲望，偶像人物是钱锺书。他们都觉得他是一个天生的学者，前途光明，将来准是中国古希腊学的第一人者。那年头流行下海，“谁都可以想象，就是不能想象钟正明下海。”他们都说。只有他的导师态度异样，听说他决定下海后，一言不发，脸色阴沉，没有说一句挽留的话。钟正明对所有人的挽留都保持沉默，原因他没有说，说不清楚，但结论是清楚的，他必须离开，不离开他将来一定后悔。他知道自己，最大的特点是做事专一。他无法忍受做一个半途而废的人。他进入古希腊领域完全是个误会。导师也是个误会。导师的整个人生就是个误会。误会经常导致悲剧。他导师的人生就是一个悲剧，他看得很清楚。也正是由于看清了导师的人生，才使得他毅然决然地离开了。他不愿意成为导师人生的翻版。

整个事情是从他跟导师的一次谈话开始的。师母是福州人，每年中秋，只要他没有回老家福州，师母就会做一桌家乡菜邀请他到家里吃饭。通常都是三个同学一起去，但那一年其他两个同学有事，只剩下他一个人。导师酒喝多了就爱说话，他们两个人坐在书房里谈了很久。

“你还是出去吧。”导师突然说，“你跟我学不到东西。我没法教你。我知道你学术心纯正，在现在这很难得。每天对着你，我都很觉惭愧，我觉得我正在把你领向一条死胡同。”

他吓了一跳。导师平时话不多，但说的每一句话都像刀子一样扎在他心里。

“你看我出了好几本书吧，天天在讲台上说古希腊雅典，人们都以为我是古希腊专家。古希腊史当然很重要。整个西方文明奠定在雅典民主制和基督教之上。可实际上，这两者我一个都没懂。我自己清楚我是什么。不是我不想懂，到了美国以后，我知道我永远懂不了了。我懂得什么？我不过是井底之蛙。拉丁语希腊语就不用说，连英语也是结结巴巴地说不好，连语言系统都进不了的人，还有资格说什么！我在美国碰到这样一件事，一个朋友的儿子不做作业，被朋友打了，结果第二天朋友被警察局传讯。为什么？儿子上课被老师发现身上有青紫痕。民主是什么？就是你把对方当人也把你自己当人。我就一直想，我父母把我当作人过吗？我老师把我当作人过吗？同事朋友呢？上级领导呢？没有人把你当人过，你能把自己当人吗？我发觉我从来没把自己当人过。

“人是什么？为什么西方传统中强调人，强调独立人格，就因为他们有神。人是对神而言的。文艺复兴是什么？人从神那里分离出来，跟神粘得不那么紧密，独立了，看到自己了。中国几千年有说过人吗？不可能说。君君臣臣父父子子，我们只能说这个。这之上是无，这之下还是无。我们全都活在各种关系中。依赖各种关系认识我们自己。我们不信神。不信神的人跟西方说什么人！全是胡扯。

“连人都弄不清楚的人，怎么能教你们雅典？民主？我懂的全是皮毛。我可以讲，照本宣科。但讲的全是我的希腊，我的雅典。我讲了，你们就把这些皮毛当真东西用，以为你们懂民主懂西方。误人子弟呀！

“我们中国是另一套系统。跟西方风马牛不相及。能懂吗？光引进民主能行吗？早在光绪以前，都在说，那时知识精英的提倡是光要武器，抵制民主。现在提倡民主，但要紧的是与民主并列的基督教，没有基督教精神为基础，民主在西方能长成一棵大树吗？

“悲剧呀悲剧。我知道我没有资格教你们古希腊，可是我还得教，站在讲台上我还得讲，我还得装出很懂的样子，写许多连自己都不相信的狗屁文章，点评许多别人送审的论文。我没办法，我力不从心，我道貌岸然，摆出一副国内权威模样。一句话，我得吃饭，我想吃好饭，我得养家糊口，因为除了古希腊我什么也不懂，混不来饭吃。”

导师做过美国大学的访问学者，在美国待过一年。

临走时，导师递给他一本书让他回去看，“读读这本书你就知道为什么我叫你出去了。”

老师的一番怪论把他说蒙了，好多天他都不能理解当时的老师为什么会突发那番议论，为什么只对他一个人说。现在的学者，理论是理论，生活是生活，个个都安之若素。

老师给他的书是美国世界古希腊一流学者唐纳德·卡根的《古希

腊简史》。他读完后几天没睡好觉，精神几乎崩溃。他知道导师说的那番话的意思了。这十年他在干什么？他看了所有在国内能找到的有关古希腊的书。他被古希腊的伟大所迷惑，觉得整个西方文明就是从古希腊走出来的。但他不明白，为什么在那块土地上能长出那么茁壮的民主树来，为什么我们这块土地上就没有。他利用暑假特地自费去了一趟希腊。为了节省开支，住在青年旅社，跟十几个年轻人住一个房间，每天泡从国内带去的方便面。整整一个月，他用脚走遍了整个希腊。雅典、斯巴达、底比斯……他看到苏格拉底、柏拉图、亚里士多德……他以为自己虽然比不上导师，但至少已经是半个古希腊通了。从书本上从导师那里知道的古希腊仅仅是他的古希腊，井底之蛙的古希腊，跟真实的古希腊几乎没有关系。不仅他，导师也一样。他的研究他的著作，说的只是古希腊假象。说不如不说，说了就是误导。

要弄清古希腊，他得出去，到国外去待上个十来年，跟唐纳德·卡根，而不是跟现在的导师。当然他可以在课堂上堂而皇之地讲古希腊，可只要他不出去，那一切就将是废话。他一辈子只能做一个自欺欺人的学者。

但他，不想出国。班上那么多同学出去都无法打动他的心。他不能出去。这可能跟他的秘密有关。

于是他只好选择了放弃。

## 娄开放的爱情理论

娄开放在网上看到攻击杨振宁和翁帆的词句，很生气，就写了一段文字放上去。

好男人到哪里去了？

我跟翁帆一样，爱上了一个老头，比自己大几十岁的男人。为什么不能爱一个比我大几十岁的男人？在你们眼里他是老人，你们觉得年龄很重要，比什么都重要。可我不这么看，在我眼里，他不是老人，他是绅士，一个智慧男人。绅士不是一个孤立无助的字眼，他是一条从无数蜿蜒的上流汇聚成的，朝着大海奔腾而去的江河，多少代人的倾注和汇聚。放眼当今中国，我们能碰上几个这样的男人？碰上了，又怎能调头而去？

庸俗议论只能证明议论者的庸俗眼光。肮脏语言除了证明肮脏者再不能是别的。有人爱的是金钱，有人爱的是权力，有人爱的是肉体，可有些人，却可能爱品格和智慧。

人们都相信天下乌鸦一般黑，但我去过尼泊尔，我在那里看到过白乌鸦。乌鸦有白色的，走出中国就看到了。

后来娄开放告诉龚心吕，她去英国旅游时在一家青年旅馆里住了两个多月，遇到了好几拨人，日本的中国香港的中国台湾的，二十三十四十多岁的，全是女人，全都是独身，全都没有男朋友。英国政府有一种政策，允许某些国家的某些人来英国自由工作游荡一年。每个国家有一定名额，满了就要排队。她们中间大多数人都是利用这种签证来的。来了就打打零工，念点英语，玩玩。娄开放把她们叫做待嫁闺秀。

夜晚，那些女人们就坐在客厅的沙发上聊天，说的多是吃，去哪里玩了等等。谁也不聊绅士，不聊男人。但娄开放知道，她们是千里迢迢来这里找绅士的。

看来世界上有好多女人都在寻找绅士，都是好女人，都在追求灵魂的片刻与长久。

那段时间，最使娄开放感动的是泰坦尼克号上的绅士传说。没有哪一次有那么多好男人绅士聚集到一起，没有哪一次使人能更深刻地体验到什么是骨子里的绅士。威尔逊在书中对绅士的定义是娄开放最满意的；绅士就应当是虔诚的，道德服从的，勇敢而乐于助人的，敢讲真话的，如果面对灾难，那应该加上一条，敢于自我牺牲。

伊西·施特劳斯，梅西百货公司的创始人，“我绝不会在别的男人之前上救生艇。”夫妻两人在海难中一同赴死，他们的侍女艾伦·伯德在救生艇上生还。临走时，夫人把自己的皮毛大衣脱下来，披在艾伦身上说：我再也用不上它了。

泰坦尼克号总设计师托马斯·安德鲁斯最后被人看到时，是独自在一等舱吸烟室里。船员问他，你真的不想尝试求生吗？他没有回答。

许多妇女证实，她们的丈夫把她们送到救生船后，回到船的后部，然后吸雪茄烟，站成一圈，友好地交谈，而这时船正在下沉。

乐队在船下沉时依然安详地演奏。

为什么英国男士在灾难面前，能那么有风度地排队等候登上救生船。为什么船上英国人最多，而生还者很少。

因为他们是绅士，品格比生命更重要，这是人跟动物之间的一条界线。

娄开放就欣赏这种人。

“我不说他的品格，我没有资格说这个，我只能说他有底线，底线就是灵魂。我欣赏他的关注点，他的努力和成果，欣赏他的存在。”

娄开放对着电脑敲字，大喊大叫，好像在对全世界发出爱情宣言似的。

后来，娄开放对龚心吕说，她这些话是对她自己说的，说给自己听，暗示自己，坚定自己。爱是流动在身体里的一种激情，是发烧，需要喷发。

## 梦　三

龚心吕看梦三时老想起梦三是梦生子孙的话，就把梦三的眼睛看成是人的了，越看越像，越像就越想看，盯着看，像长出钩子，脱离不开。梦三的眼神诡秘高傲像个国王。这样，两双眼睛就对上了，人跟人似的。

后来龚心吕害怕了，躲着梦三。但梦三却不放过龚心吕了，他会从窗台上突然站起来，用眼睛看她，目光很神奇，亮亮的，像两道光，由不得龚心吕不去看他。

“你看什么?”才几次，就被曼丽姨婆注意到了。

“没什么，梦三该洗澡了。”龚心吕的话脱口而出。梦三背上的白毛像蒙上了一层灰，这个念头是突发的。

“是呀，该洗了。”曼丽姨婆眼睛在梦三身上停住了，口气松软下来。

龚心吕端了个洗澡盆摆在曼丽姨婆椅子旁边，把梦三抱进水里，手在他身上擦来擦去，不敢去看梦三的眼睛，洗完澡，用毛巾包住，抱在怀里轻轻揉搓，用吹风机吹，用梳子把身上的毛梳了一遍。梦三眼睛半闭，很舒服的样子。

“把他给我。”曼丽姨婆说。

龚心吕抱着梦三想递给曼丽姨婆，手刚一放，梦三腾的一下，从龚心吕手里跳下去，跑到后面房间不见了。

“这孩子……”曼丽姨婆嘀咕了一句。

“梦三，梦三……”龚心吕叫着追到后面去，哪里都找不到，跑到楼上，看见梦三蹲在自己床铺的正中央。

龚心吕眼睛都直了，吃惊到极点。“你怎么会在这里?”她的眼睛说。

“我喜欢。”梦三的眼睛又露出那种神情。

两双眼睛又对上了。

“曼丽姨婆想抱你。”龚心吕说。

“你抱。”梦三说。

龚心吕把梦三抱起来，想走，还没出房间，梦三就从她手上跳下，又坐到床上。

“你不想去?”龚心吕问。

“我要你抱。”梦三说。

龚心吕抱起梦三。她突然觉得很荒唐，但还是把梦三抱起来了，顿时，胸口热了起来，被一团暖暖的棉被捂着的感觉。她情不自禁地腾出一只手，在梦三头上摸了几下，梦三很舒服地闭上眼睛。

乖乖儿。她悄声地对他说。梦三的尾巴轻轻晃了几下。

这天晚上龚心吕半夜醒来，发现黑暗中有一双亮亮的眼睛在枕头旁边，吓了一跳，头脑一下清醒了，才知道是梦三。梦三在她鼻子上舔了一下，凉凉的。他的眼睛比白天更亮，发光的水晶似的。

“想跟我睡吗?”龚心吕问。

梦三又舔了她一下。龚心吕伸出手抱起梦三，把他放在肚子上。

梦三坐了下来，又是白天的那种感觉，肚子一下暖和了起来。她坐起来，低下头，用鼻子对着他的鼻子碰了一下。梦三的鼻子冰冰凉凉的，很舒服似的柔柔地叫了一声，然后她又躺下睡着了。

清晨，梦三把龚心吕舔醒了，朦胧中，龚心吕看到门开着，似乎有人站在门口。她一惊，醒了。

曼丽姨婆站在门口，一双眼睛亮亮的瞪着龚心吕和梦三。三一、三二，梦三的几个老婆围在她身边。

“你走。”曼丽姨婆一字一顿地说。

龚心吕从床上坐了起来，没弄懂曼丽姨婆的意思。梦三对着她的脸轻轻叫了一声，她俯下头摸了他一下。

“你马上离开这屋子。”曼丽姨婆的声音提高了一些，但还相当镇定，只是口气不容置疑。

龚心吕站了起来，但还是没有完全明白发生了什么事，又问了一句，“我不能明天再走吗?”

“你——走!”曼丽姨婆大声叫道，脸上的肌肉扭成一团，被针缝过似的，挥动起手杖，像要冲上来。龚心吕往后退缩了一步，突然，曼丽姨婆停住了，身子一歪，摇晃了几下扑通躺倒在地，昏过去了。

“姨婆姨婆!”龚心吕扑上去抱起曼丽，把她放在床上，俯下去听了听她的心脏，什么声音也听不到，心脏像是已经停止跳动。

龚心吕慌了，赶紧跑到楼下去打电话叫急救车。梦三跟这一切没关系似的，跟在龚心吕旁边跑着，龚心吕打电话时，他就在旁边静静待着。

救护车来的时候曼丽姨婆已经醒了，醒来后的第一句话就是“我再也不要看到你”。龚心吕只好打电话把阿桂叫来。

“发生了什么事?”阿桂问。

"什么事也没有。"龚心吕平淡地说。

阿桂第二天才能来，龚心吕只好又在曼丽姨婆家待了一天。曼丽姨婆看都不看她一眼，龚心吕端过去的茶水碰也不碰一下。龚心吕没办法，只好打电话向女友求救。女友是市二医院老护士，穿白大褂的人曼丽姨婆不至于不理吧。

果然，女友来了以后端茶送饭，照料姨婆休息。姨婆倒不拒绝，虽然气还没有完全消，但总算吃了一小碗皮蛋稀饭，到了晚上八点，照常上楼睡去了。

龚心吕一整天没有吃东西，坐在饭厅的椅子上发呆。

"你也吃点东西吧。"朋友说。

"吃不下。"龚心吕说。

"我都弄不懂了，你待在这里干什么？"朋友问。

"真没想到，人想的做的跟最后结果会这么不一样。记得海涅说过的话吗？我种下去的是龙种，收获的却是跳蚤。"龚心吕苦笑着脸说。

女友听得莫名其妙，不知道龚心吕想说什么，知道她经常会说一些疯话，就不去理会她，管自吃饭。龚心吕坐在她旁边看她吃。梦三蹲在龚心吕旁边的椅子上，头朝着龚心吕闭着眼睛打盹，什么事也没发生过的样子。

"这只猫怎么这么丑呀？"女友饭快吃完时，才注意到椅子上的梦三。

丑吗？龚心吕吓了一跳，梦三丑？她看了看女友的脸又看了看梦三，难道天下还有比梦三更漂亮的猫吗？

女友回去以后，龚心吕抱着梦三上楼回到房间，也不开灯，就蜷缩在圆椅里，一个晚上也没有动。梦三一直静静地待在她怀里，偶尔轻轻晃动一下尾巴。她什么也没想，闭上眼睛，好像身体跟头脑都麻木了似的，昏沉沉过去，感觉到他身上传过来的热气，像暖壶似的暖和着她的全身。

第二天上午天刚亮阿桂就来了。

曼丽姨婆又恢复了死气沉沉的样子，坐在客厅的沙发上一动不动，眼睛半闭着，就像什么也没发生过一样。阿桂一进屋就忙上忙下，跟龚心吕说话的口气一点没变，一副专家模样。对梦三没有坐在曼丽姨婆身边的窗台上，她似乎什么感觉也没有。大约在她，猫就是猫，人就是人，没干系的两个世界。只是梦三的老婆们吃上了龚心吕醋似的，看到龚心吕就发出发情似的声音，引来外面许多野猫，半夜绕着房子乱叫，有时好久都停不下来。

龚心吕抱着梦三走到门口停住了。她知道不能带梦三出这个门，她甚至不应该抱他，梦三是曼丽姨婆的命，她抱他似乎都是罪恶。她放纵了自己，这是罪恶，罪恶，她对自己说。一个晚上，虽然她头脑不动，什么也没有想，但清晨一睁开眼睛，第一个跳进她头脑里的字就是罪恶。梦三在她怀中躺着，半闭着眼睛，暖和着她的身体，她突然一狠心，把梦三塞到阿桂手里，逃也似的夺门而出。她只记得听见梦三轻轻叫了一声，其余就都不记得了，但这一叫声，回到光禄坊三号时还响在她耳边。

## 钟正明的秘密

钟正明有一个怪癖，这是把他绑在福州的最大原因。他无法想象长期离开福州他还能过跟现在同样的生活，他喜欢穿旗袍在镜子前面欣赏自己。

从小他就喜欢把妈妈的旗袍拿出来用手轻轻摸。十几岁时候，有一天灵机一动他就把旗袍穿上了。那时候他个子还小，旗袍刚刚好穿得进去。他在镜子前面看着自己，觉得不像自己，很美，女人似的，后来就泄精了。这样，只要一有时间，他就躲在房间里穿旗袍，每次一穿上，他就变成另一个人，女人，就兴奋就泄精。后来渐渐他的身体就长大了，妈妈的旗袍穿不了，他就到街上服装店去找旗袍。可是跑遍福州城就是找不到。那时福州服装店不卖旗袍，可他不穿旗袍不行，身体憋得慌。没法，他只好买了一块布，拿到裁缝店想叫师傅帮他做一件。跑了好多家师傅都不会做。后来有一个师傅看他可怜，就告诉他城里衣锦坊有个老师傅，是福州中华人民共和国成立前有名的做旗袍老手，但名字和住址都不知道。他先找到衣锦坊，在坊里转了一圈，有家小小的裁缝店，看师傅只有四十多岁模样，知道不是，但还是进去问了一下。四十多岁师傅是一九五几年房屋改造后才搬进衣锦坊的，根本不知道这个坊里还住着这么个大师傅。这下他蒙了，想了一下该怎么找。既然找不到过去的裁缝店，那就找过去穿旗袍的人问吧。这么长的一个坊，几十个宅院，总可以找到一个过去穿旗袍的人吧。他想过去穿旗袍的人大约总有点钱，就先挑保存得比较好的宅院问。但跑了十来个院落都没有问到。宅院的大门倒多是开着的，但里面大都很破烂，乱七八糟地搭盖了许多棚屋，进去以后有的不见人，就是碰到也都是一些看上去跟旗袍没有缘分的孩子和年轻妇女。他很沮丧，但还是不想放弃。老天不负苦心人，结果意外碰到一个上了年纪看上去气质很好的妇人，就穿着旗袍坐在大厅里看书，像在等着他来似的。她抬头跟他说话，面带微笑目光慈祥。他吃惊了，有一瞬间仿佛看到了母亲。

老妇人跟他说了好多话。他舍不得离开她，甚至想告诉她他有多么喜欢旗袍。

“你把我扶进屋去。”老妇人突然说。

钟正明这才发现老妇人的脚不能走路。屋里角落里放着几个大皮箱。老妇人让他把最上面的那个皮箱打开。他愣住了，皮箱里放的全是旗袍，蓝宝石般的缎面，银白花的老式湘绣，绛红色的细斑纹纱……

“要是喜欢，你可以全拿出来看。这些旗袍全是你要找的段师傅做的……”老妇人说。

他细细地看，每一件细细看过，越发爱不释手。这么美的衣服，为什么现在的女子就看不见了呢？

段师傅住在拐弯角一个红砖院子的破木屋里，快七十岁的样子。他好说歹说段师傅总算答应帮他做，叫他把穿旗袍的人领来量尺寸。他一听傻眼了，总不能说自己穿，就撒谎说是偷偷准备送给女朋友的生日礼物。

“那怎么量？没量怎么做？”段师傅问。

“就按我的身材做，女朋友身材跟我差不多。”

但段师傅坚决不肯。“天下哪有一样的人？我做了几十年旗袍，没见过两个尺寸一样的人。旗袍整个妙处就在按体裁衣，要不就不叫旗袍。”段师傅很固执，最终没有答应。

钟正明很生气，但有什么办法？最后只好自己做，没法，只有穿上旗袍他才兴奋得起来。好在他手很巧，买了几本裁缝的书，试了几次就知道做法了。他买了缝纫机，做的旗袍穿得很合身。后来福州的服装店就有旗袍卖了。他像妇人一样，时不时去津泰路逛逛，看到有喜欢的旗袍就买回来穿。去哪里出差，服装店也是必去不可的。现在他家里已经有几个箱子的旗袍了。除了去外地出差，只要在家，差不多每天晚上他都要穿旗袍。一件一件轮着穿过去，不重复的，他的旗袍差不多可以连续穿三个月。

他迷上了张曼玉主演的香港片《花样年华》，百看不厌。不是因为张曼玉的脸或婀娜多姿的体态，而是因为她穿着的旗袍。他数过，一共二十三件，件件令人眩目，每一件都不识人间烟火，像从天上飞下来的彩凤，密密实实包裹着一个下凡的冷香端庄的仙女。简直就可以说，不穿旗袍的女人就不是女人。

他从电脑上查到《花样年华》里的旗袍全是香港铜锣湾朗光时装的梁朗光师傅做的，为此他还特地跑到铜锣湾去找朗光时装店。没想到是一个老街旧楼的小作坊，裁缝是年近八十的老师傅。他大为感动。他不会讲广东话，用普通话跟梁师傅说了很多，也不懂对方听懂了没有，就当他听懂了。他跟梁师傅合拍了一张照片，买了一件旗袍做纪念。他很自豪，世界上最美的旗袍是男人做的，为女人做的。男人的手创造出极致的女人的美。还有比这更和谐动人的事吗?

空闲时，他喜欢在网上搜集有关旗袍的信息图片，有两件事很使他感动。

一是有关宋美龄衣橱内旗袍的传说。宋美龄旗袍件数之多恐怕天下第一。宋美龄的旗袍全是一个叫张瑞香的男师傅做的。他一年除了除夕，每天几乎都在为宋美龄赶工。大约两三天他就能做好一件旗袍。做好后，张瑞香就把新旗袍捧到宋美龄面前。宋美龄一般只大略看一眼，就命人放进衣橱保管，从来不去穿它们。宋美龄只穿同样的几件旗袍。但她的超大型衣柜，是世界上最大的旗袍储藏室。

另一件事是发现王映霞旗袍的报道。

蔡文青在抢救老上海的海派旗袍中，偶然遭遇到王映霞的旗袍，它收藏在当年王映霞的仰慕者章克标（金庸老师）夫人手里。它保存得很好，夫人在整理丈夫遗物时发现的。褐色的旗袍，前胸缀一朵红绿相间的绣花，高领，大襟，长袖。旗袍有点厚，为真丝夹棉。

这两件事让他既感动又绝望，都是他仰慕的女子，都属于上个时代，他只能仰望她们，却与她们无缘，与穿旗袍的女子无缘。

看来他只能待在他自己创造的旗袍世界里了。这让他怎么出国？他没法想象自己带着这几箱旗袍出国，也没法想象在那么多洋人的背景下自己穿旗袍的身影。

所以注定了他只能待在福州，待在他自己的家里。他知道自己只能跟穿旗袍的女子结婚。可这样的女子在哪里？这样就能理解钟正明那天看到冬梅穿旗袍时的激动了。

可是冬梅是他恩师的妻子，还是他的客户，跟客户不能越轨是他做律师第一天就定下的准则，他把它当做恩师的遗嘱。

钟正明不知他要怎么办了。

## 沈卓看娄开放日记

娄开放走后，沈卓打开电脑，调出她的日记。这是从她电脑上拷贝下来的。日记不多，零零星星的。当他看到几则关于A的日记时，他的心忽然不跳动了似的，浑身僵硬。A就是沈一义，只看几眼沈卓就知道了。他不想看，知道不应该看，像犯了罪似的。可越不该看就越要去看，越看就越觉得心痛，越心痛就越爱她。父亲跟娄开放的影子总是粘在一起浮现在他脑海里。

某月某日

上午跟阿七争论女人男人问题。阿七说十个男人九个色，其余一个是阳痿。阿七漂亮，阅历男人无数。可我不以为然，A 就不是。阿七的问题是她的眼光太专业，专业女人。专业女人看男人就是男人。跳不出来，男人就看不全了。

下午一点，我从玻璃窗上看到 A 的车开出公司大门时，又在门口保安前放慢了速度。保安说每次 A 开车经过门口时，总要放慢速度，把车窗放下来。

没什么可说的。绅士。英国的 G 告诉我真正绅士的举止是对所有人尊重且一视同仁。

某月某日

好久没去 A 的办公室了。今天我刚好有事去了。他不在，看见台子上还是只摆着那盆杜鹃花。奇怪，秘书室里倒成年摆着高贵的花，上次是百合，今天是蝴蝶兰。出去问秘书。秘书说 A 只喜欢杜鹃花。有人送其他花来时就摆在秘书室。

意外。

这说明什么呢？一个只喜欢杜鹃花的男人——

仅仅是不喜欢其他花吗？

某月某日

《福州晚报》上有一则关于严复老家记事。

顺手查了一下严家历史。

为什么 A 那么与众不同？绅士得有长出绅士的土壤呀。我怀疑他的祖宗。阿七说 A 是南台岛阳岐村人，跟严复同乡。会不会是严家的七亲八戚？反正我不相信一个绅士可以莫名其妙地从天上掉下来。

某月某日

中午在食堂里看到A。

他正在跟两个人说话，看到我，叫我过去一起吃饭。

面前几盘菜，他一碰不碰，只吃一碗线面。汤是红色的，不似一般鸭汤骨头汤。我问他是什么汤。A说是酒糟蹿子汤。我大吃一惊。不会吧。没听说有人吃酒糟蹿子汤泡线面。问A。A说小时候吃惯了。

蹿子是贱货。过去一分钱一斤。穷人家吃的。酒糟更甚，过去家家酿酒，可以讨来。

意味深长。

某月某日

最近我才发现A其实穿衣服很讲究。但又不显讲究。讲究在细节。比如扣子袖口衣边等等。不是什么牌子。或者说，不是牌子的牌子。

我喜欢。我不喜欢穿牌子的男人。

这是从那次开始的。A的大衣挂在办公室的衣架上。我特地上前去观察了一下。拽了一下扣子。反面线是竖起来的，一圈一圈特整齐，顶着扣子。一看就不是国内做的。

A总是穿没有特色的灰色和黑色的衣服。这或许跟他的低调有关系。

她怎么会那么关心他穿什么衣服呢？沈卓越看越觉得这些文字不顺眼，但越不顺眼就越想看，好像存心要跟自己过不去似的。到最后他几乎每天都看，跟抽大麻上了瘾似的，看了就想见娄开放，但又觉得自己不能见，每天下一次决心不见她。这几乎成了沈卓的日课。白天，谁也看不出沈卓心里在想什么。他表面跟内心是两个世界，表面，是风和日丽的一湾池水；内心，是每隔八小时就潮涨潮落的海滩。日子一久，他已经弄不清楚，他是在想娄开放还是在想父亲。他甚至怀疑是不是就因为娄开放是父亲的女人，才引起他这么大的好奇心，不，是好胜心。他要把父亲的女人抢过来，连心连身体，以示自己击败了父亲。这是他一辈子最想做的事。这使他厌恶自己，觉得自己十恶不赦，但又无法摆脱。每天晚上一回家，第一个跳进他眼帘的东西就是电脑，着了魔似的在诱惑他，刹那间，所有 A 字形连同后面七七八八的文字蜂拥而至，挡都挡不住。他几乎无法控制自己不去打开电脑。这简直像一场噩梦。他会边看边对自己说，到清算自己跟父亲关系的时候了，到时候了。但日子一天天过去，他就是跳不出来，四肢像被无形的桎梏紧紧绑住无法动弹。他对自己差不多要绝望了。

## 娄开放的荒唐想法

沈卓第一次进入娄开放的眼帘是那次她听他说到墨脱。

“你去过墨脱？”沈卓看到画时问墨脱。

墨脱摇摇头。

“这是墨脱。”沈卓说。

“墨脱?”娄开放反问道。

“墨脱。真正的墨脱。”沈卓说，想起墨脱。他出国前独自去了西藏。那一段时间他多次想到死。在拉萨第一次听人说到墨脱时，他动了心。他觉得那是一个可以让他死去的地方。他去了，没有死，拍了许多穿着肮脏衣服脸上浮着幸福笑脸的孩子，回来以后去了英国。第一次觉得，自己可以毫不踌躇地活下去了。

墨脱！这两个字像魔棒敲了一下娄开放的头脑，无数画面浮现出来，几乎能找到有关墨脱的书和照片她都看过了。她知道雅鲁藏布江大峡谷，七千七百五十六米的南迦巴瓦峰，女神多吉帕姆的仰卧图，博嵎白玛岗（隐藏着的莲花）……知道清兵首领刘赞廷说墨脱是世外桃源，知道英国植物学家金栋在白马狗熊看见丽日蓝天飞瀑蒸腾下无数的七色彩霞……她对墨脱心生向往，为此心驰，但也正因此而不敢前往，去了，一生就再也无处可去了的感觉。

“你去过墨脱?”娄开放问沈卓。

“嗯。怎么啦?”沈卓问。

“没什么。随便问问。”娄开放一瞬炫目，眼前这个人突然从黑白人变成彩色人，从沈一义的影子里剥离出来。娄开放用第一次才见到沈卓的眼睛看他，目光炯炯。沈卓强烈感觉到了，于是，同一瞬间，莫名其妙地，在他眼里，娄开放站了起来，跟躺在地上沈一义的影子脱开，像一只自由的云雀落在他身边。

墨脱的瀑布，墨脱的河流，墨脱的草地……墨脱的感觉又一次在他心里苏醒。沈卓颤抖起来，差不多感动得热泪盈眶。不知道感动什么，只是感动，那浩瀚的大自然，那在大自然里既渺小又伟大的感觉……爱吧，爱，他不能不爱。

沈卓第一次明确感到，他必须爱娄开放。他已经不可救药地爱她。

会不会沈一义还活着？后来回到上海旅馆的房间，喝了一些酒，头脑漂浮在波浪上，娄开放突然冒出这个念头，那一瞬，长久以来积在心里的所有疑问都似乎烟消云散，一切都来得放松自然，像猫的四肢从高处轻轻落在毛毯上一样。

“人也许真有灵魂。”娄开放站在巨大的玻璃窗前，两只手掌贴着冷冰冰的玻璃，眼睛看着摊在夜空下面灯光闪闪的大上海，自言自语说。

“据说有人发现，所有人死了以后都会比自己生前的重量轻三克。那么，这三克，就被解释为是灵魂的重量。”沈卓说。他站在娄开放旁边，闻到到她头发发出一股清淡的香味。

“你不觉得你爸爸的灵魂就在这房间里吗？”娄开放放低声音，没听到沈卓话似的，转过身来，环视房间四周，她觉得头晕。

一盏落地灯，被罩在伞下似的，发出一圈黄色的光。

沈卓想笑，但笑不出来，好像心上压着一块东西。

“你不爱你爸爸。我在说你爸爸的灵魂，你无动于衷。”娄开放把目光转向沈卓。

话滚进沈卓心里，咯噔了一下，

“不爱父亲的人不懂得爱。你的爱会是片面的，畸形的，就像你现在的脸，一边在灯光下，亮的，一边在阴影里，暗的。你自己却看不到。”

“人看不到自己的脸。”沈卓像在辩解。他听见自己的声音，飘在半空中，不像是真的。

“你不学会爱你父亲你以后就不会爱一个女人。”娄开放说。

“爱需要学习吗?”

“当然需要。其实很简单，你每天看着你父亲的照片，用你的手摸着他的脸，说十遍我爱你，我保证，不要一年，你就会爱上他了。”

“可他已经死了。”

“你还来得及，可怜的人。”娄开放突然伸出手摸沈卓的脸，她的手发烫，沈卓一动不敢动，像被电击了一样。

“不过，我没有资格可怜你。我比你还可怜。”

“为什么?”

“我是女人。你知道我爱他……”娄开放说，“我不能一辈子只摸他的照片。”

“你，你爱他什么?”沈卓问，身体开始发抖，脚颤动着，几乎站不住，

“你怎么啦?”娄开放问，“脸色这么苍白，不舒服了吗?”

沈卓摇摇头，坐下，手放在膝盖上，像两只扭曲的螃蟹。

“你想听吗?”

沈卓瞪大眼睛看着娄开放。他想听，又不想听，说不出想听，也说不出不想听。

“你父亲是一个绅士。就这么简单。”娄开放的声音有点僵硬，像刀卡在石缝上似的。

“还有其他绅士，为什么偏偏是他。”沈卓问，声音很低，几乎快听不见。

“我也不知道。我见他第一眼一切就决定了。我后来也想过，为什么是他？一个老人？你觉得滑稽吧。跟一个老人怎么能有爱?”

“我不知道……”沈卓的声音颤抖了。

“纯粹的爱，没有肉体参与的爱，纯精神的，你不懂。年轻男人

不懂这些爱。你们被肉体控制，等你们老了，身体不再说话，你们才会听得到另一种声音。我相信你父亲懂得我。从他眼睛里我看得出来……”她的声音在昏暗的空间里一圈一圈回绕着。她想起他的眼睛，觉得他正看着她，眼神里充满了期待之光，突然一个崭新的想法冒了出来，“他没死……会不会他没死？”沈一义的一双眼睛亮晶晶地浮现在娄开放眼前，“我听到的只不过是假象。要不，他怎么能给那女人发短信？是，一定是这样。”

“你知道你在说什么吗？”沈卓急了，“不是的不是的。开放，你怎么啦？我亲眼看到他断气的。在医院里，就在我面前。”沈卓说。

“那也不一定就是真的呀！会不会躺在病床上的那个人，根本就不是他，而是另一个什么人，是替身，那一切都是做给世人看的。”娄开放热烈地辩解说。她为自己的想法陶醉了。

“他为什么要这样做呢？”

“我也不知道，一定有他的理由……”娄开放抬起头看着沈卓，眼睛发亮。

“你一定是累了，想多了。”沈卓避开她的眼睛说。

“有一次，”娄开放没理他，继续往下说，“他跟我说起他小时候的事，说他晚上睡觉闭上眼睛时，他就觉得有一双眼睛从天上哪里在看着他，目光柔和温暖，像把他裹住一样。每一次，只要他一做错事，那双眼睛就变浑浊，模糊起来，他就知道自己不对了。你有这样一双眼睛吗？”

沈卓摇摇头。

“你不像他。别人都说你们像，但我觉得不像。你的眼睛里没有他那种光。有时我也在想，他眼睛里的那种光是从哪里来的？为什么我在其他人眼睛里就看不到？最近我想明白了……”

“为什么?”父亲的眼睛?!沈卓竭力从记忆中搜寻，但什么也想不起来。

他没有感觉。

“那是天上的光留在他眼睛里了。种进去了，他天天看呀看呀，那种光就种进去了。你感觉到你父亲眼睛里的光吗?”

“没有。”

“所以我早说过你不懂得他。我现在就感觉到他的眼睛，在哪里看着我。我想他没有死时，眼睛就是亮的，当我怀疑时，眼睛就变浑浊了。我历来相信直觉，直觉告诉我他还活着。”

## 林芬用计

林芬很迟才想到娄开放那时是跟沈卓一起去上海的。其实，当然，她知道娄开放去了上海，也知道儿子去了上海，但就是没有把两个人连在一起想。人总是这样，经常看不见自己不愿意看到的东西，但那天，突然，也不知是什么事触动了她，她突然就明白了儿子那天是跟娄开放一起去上海的，他们还住在同一家旅馆。

顿时，林芬心脏像裂开了口子，血稀里哗啦地直往外淌，马上联想到龙王爷，宋婆婆说的天条。

“天条七七四十九条，犯一条在地下就要下一次油锅。”宋婆婆对她说。

“什么是天条呢?”她问，觉得下油锅可怕极了。

宋婆婆给她讲金角大王银角大王的故事、白龙马的故事、碗子山波月洞黄袍怪的故事、黑风山的故事、白骨精的故事、孙悟空猪八戒沙和尚的故事，她越听越害怕，也越听越爱听。她后来想，善人都是怕出来的。宋婆婆那么慈爱的脸，就因为她头脑里有那么多的怕。这几乎成了后来她跟人交往的一个原则，她从不跟什么也不怕的人接触。

第一次见到沈一义，林芬就问他，“你怕什么吗?”

沈一义很奇怪地看了她一眼，说他怕她。

“怕我?”她吃惊了。

“这么说吧，是怕女人。”沈一义又说。

她似乎懂了，一下安心了。其实她一点也不懂沈一义说的怕是怎么样的怕，而后来一辈子也没发现沈一义怕过任何一个女人。但这句话，刻在她心里了。

她开始观察儿子，发现儿子看娄开放的眼神奇亮，点上灯似的，跟沈一义当年看她一样。这不是心里有虫在跳吗？男人是看女人看出事的。过去宋婆婆经常这样劝老公在外面拈花惹草的女人。

林芬的胃开始痛，吃了几口饭胃就发堵，被气胀的。娄开放是沈一义的女人，儿子跟她，岂有此理。乱伦。大逆不道。这不逼着她去上吊吗！叫她怎么接受?

当天晚上她觉得宋婆婆的眼睛在天上盯着她，一合上眼，头脑里就全是娄开放跟沈一义，还好她没有看过现代裸体照，头脑里映出的不是裸体男女。要不，她恐怕得发疯。她不知道该怎么办？搬到光禄坊三号以后，遇到点事情她都要找娄开放商量。她想了又想，断定是娄开放在诱惑儿子，怎么看儿子怎么无辜。林芬是那种永远觉得儿子在性上无比单纯的母亲。他不知道这个女人跟父亲的关系。她要告诉他。

想归想，但她说不出口，话堵在嘴里，想说，但一看着儿子的脸嘴张了几次说出来的都是别的话。儿子在她面前很严肃，话很少，一本正经的，很无辜，怎么也不像个伤天害理的人。说错了怎么办？儿子会怎么想她？除了穿衣吃饭，林芬从来就不习惯跟儿子谈正经事。

踌躇了几天，有一天，她在扫地时头脑里突然浮现出肖姑娘的影子。呵，自己怎么这么傻，不现成有个好女子吗？俗话说，男找女，没处摸，女找男，没处躲。这里有大智慧呀。她把肖姑娘往日的举动一一回想了一遍，她那么主动，看起来很喜欢沈卓……就这么定了。她当即做出个决定，自己觉得很不错，直接找肖姑娘说。不说沈卓，就说自己非常希望肖姑娘能成为自己的媳妇。电话一打就通了。林芬一说想见一下肖姑娘，肖姑娘马上心领神会，一口答应，当天下了班就往光禄坊三号来了。

也奇怪，林芬跟肖姑娘讲话就一点障碍也没有，嘶嘶嘶话就全出来了，一边说一边还拉着肖姑娘的手，下意识学宋婆婆的。那一刻不知怎么就想起宋婆婆摸她脚的事了。肖姑娘一听很高兴，说她早就喜欢沈卓，只是不知沈卓怎么想，好像对她一点感觉也没有的样子。

"或许他喜欢隔壁的娄开放吧?"肖姑娘说。

林芬急忙摇头，说娄开放跟沈卓不可能。这里头的原因嘛，她不好说，叫肖姑娘也不要问，反正打死她也不会同意他们两个的。

肖姑娘早就觉得娄开放是干扰天线上的乌鸦，满口答应帮林芬除害，孙悟空棒打铁扇公主似的。

林芬有几天不理娄开放了。娄开放开头不明白出了什么事，叫了几次芬姐，见林芬态度冷淡，就知道问题大了。一想，明白是因为沈卓跟她去上海的事，又不好解释，知道解释了也没用，就忍着，想总有一天事情会弄清楚的。沈卓来光禄坊三号时，她就躲进房间，关上灯，尽量不出声，显出房间里面没人的样子。沈卓给娄开放打了几次电话，她也没接。沈卓以为她又跑到哪里玩去了，好在沈卓觉得娄开放就是这样的人，不跑到哪里还不像她的样子，也就没有太在意。每次沈卓来，娄开放都听得到肖姑娘的说笑声，林芬总做了许多好吃的菜。娄开放彻底明白了，干脆买了张动车票，跑到绍兴去了。

只有沈卓蒙在鼓里。看母亲胃疼，他就隔三岔五往光禄坊三号跑。肖姑娘使尽浑身解数让沈卓把目光集中在她身上，也是个聪明姑娘，马上就知道用电脑问题来靠拢沈卓。沈卓本来对肖姑娘也没什么坏印象，只是不注意她罢了，见她对电脑那么热心，就把着手一一教她。没想到肖姑娘聪明，什么都一学就会，没过几天两个人就你一言我一语谈得很开心。林芬看在眼里，胃也就不那么疼了，但火候还没有到，她还不能说，沈卓看肖姑娘的眼睛还没有发亮，所以她还得装着，就怕她胃一好沈卓就不来了。

这期间，沈卓打过几次电话给娄开放，都是忙音，一天总算接到娄开放的短信，说她在绍兴，正在逛鲁迅故居，也就安下心来了。

## 林芬、沈卓与娄开放

傍晚，娄开放从绍兴回到家时，林芬、沈卓、肖姑娘正在大厅里吃饭。娄开放笑笑没事似的跟他们打了个招呼，就走进自己房间，也不开灯，靠在沙发上，听起音乐来了。人的烦恼，一半从眼睛来，一半从耳朵来。音乐能纯净许多东西，闭上眼睛戴上耳机，屏蔽俗世，进入音乐隧道。娄开放听的是肖邦的夜想曲。这曲子最适合在黑暗里听，就像你一只手按在肖邦身上，那细微的一声声颤抖，细腻的叹息，转折，悬念，慢慢把她带进另一处没有人间烟火的地方。

刚才虽只一瞥，但她已经把一切全收进眼底：林芬的冷漠和警惕、沈卓的惊喜和肖姑娘先是惊愕后是肌肉僵持的强笑。她什么都想到了，就是没想到沈卓爱她。

第二天清晨，娄开放准备出门时，在大厅里碰到林芬。她主动叫了声芬姐，笑笑说恭喜，问林芬肖姑娘跟沈卓准备什么时候结婚。林芬见娄开放这么坦然大方，倒不好意思起来，说肖姑娘的意思她倒是知道，只是不知道沈卓心里是怎么想的，不过看这几天的样子，应该有点意思了。娄开放开玩笑说，要不要我去帮着问问呀。她是要让林芬明白自己跟沈卓是一清二白的。林芬这些天正愁着不知跟儿子怎么说好，一想，也好，这层纸让娄开放去捅破或许更好些，搬到光禄坊的事，不也是因为娄开放说了沈卓才同意的吗？这样一想，对娄开放的神情就好了许多。

娄开放给沈卓挂了个电话。沈卓很高兴。两个人就在温泉公园附近的两岸咖啡馆碰了个面。沈卓提议的，说那里的咖啡很好，环境也不错，距离他公司也近。见了面，沈卓要了一杯蓝山，娄开放要了一杯摩卡。沈卓很高兴，这是他第一次跟娄开放单独出来喝咖啡。一见到娄开放的脸，对她那么多含有铅块的杂念一下子就卸掉，心情立刻好了起来。

“你妈妈最近很高兴呢。”娄开放看着沈卓开门见山地说。沈卓眼睛发光，这让她有点意外，头脑里闪过沈一义的眼睛。从上海回来以后，这是她第一次距离他这么近。

“是呀。前一段她身体不好。”沈卓心不在焉地说，眼睛一直在娄开放脸上，她瘦了，脸显得尖了，多了一点女人的妩媚。

娄开放笑了。

“你笑什么？”沈卓有点诧异。

“难怪人家说女孩子是妈妈的贴身棉袄。”

“那男孩子呢？”沈卓也笑了。

“大约是皮衣吧。打上去都不痛。你真的不懂吗？你妈妈高兴的是你终于找到一个好媳妇了。”娄开放说。

沈卓几乎要从椅子上跳起来，“媳妇？不会吧。你弄错了。我对肖没有什么。她是妈妈朋友的女儿，我从小就认得她。”

娄开放直看着沈卓的眼睛笑，什么话也不说。

“看来人家说知儿莫如娘的话是错的。不过，当然，也不好说。或许你妈看到了十年以后的你才这么想的。”

“反正我没那意思。”沈卓转了个话题，“你不是说要去找父亲吗？有线索了吗？”其实沈卓不想跟娄开放说父亲。从上海回来以后，沈卓差不多可以做到想起娄开放时不附带上沈一义了，但偶尔，还会旧事重游，一游，就心口发闷，气憋不上来的感觉。但奇怪，他硬硬地把话顶过去时，嘴里蹦出来的竟然是“父亲”这两个字。

“还没有呢。”这回轮到娄开放心情低落了。

“为什么你不去找龚阿姨问问？她好像跟爸爸的关系很深。”从上海回来以后，沈卓对光禄坊几个女人跟父亲的关系想了很多，越想越感到龚心吕的神秘。他承认，那个女人身上有一种特殊的魅力，难道她就是父亲理想中的女人吗？

娄开放摇了摇头，说她知道问也是白问。

“我想要有机会了去看看她。”沈卓想了一下说。这个念头是突然冒出来的，父亲理想中的女人是什么样的女人呢？

跟沈卓分手后，娄开放回到家，把沈卓的意思跟林芬说了。林芬一听就急了，问那他说为什么看不上肖姑娘了吗。娄开放赶紧解释说倒也没有说不喜欢，或许还在犹豫中吧。那就好那就好。林芬嘴里虽这么跟娄开放说，但心里终归七上八下，一整天就没有心思，到点了也忘了去做饭，想不行，既然娄开放把话挑明了，干脆趁热打铁，直问儿子算了。考虑清楚，第二天给儿子挂了个电话，叫他晚上下班后来家一趟。

沈卓已经猜到母亲要说什么，知道推辞不掉，迟早的事，一见到林芬就说他不可能爱上肖姑娘。林芬问为什么？沈卓说没感觉。林芬说我开头对你爸爸也没有感觉。

林芬没说通儿子，也奇怪，对这件事像着魔了似的，三天两头给沈卓挂电话叫他回家。沈卓每次回家都看到肖姑娘，脸上就挂上地毯。肖姑娘和林芬像没看到。终于有一天，沈卓忍不住，给肖姑娘打了个电话，说自己不值得她浪费时间。肖姑娘是第一次接到沈卓电话，听到沈卓说这些，心里很懊恼，但口气倒还冷静，问沈卓是不是已经有心上人了。沈卓说是。肖姑娘问是谁。沈卓没回答。肖姑娘问，那我认识她吗。沈卓还是没回答。肖姑娘马上猜到是娄开放，立刻给林芬挂了电话，说她不会再去光禄坊三号了，因为沈卓亲口说他喜欢娄开放。

林芬咬牙切齿给沈卓挂电话说，如果他喜欢的真是娄开放，那她再也不要认他做儿子了。当天林芬就躺床病倒，晚饭也没吃。沈卓赶到光禄坊三号，林芬面朝墙躺着，连看也不看儿子一眼。沈卓没办法，只好一直坐在林芬床前，两个人都一夜没合眼。到凌晨三点，沈卓听到林芬抽泣声，赶忙递过纸巾，叫了几声妈。

林芬转过身来问沈卓："你知道娄开放是你父亲的什么人吗？"

沈卓僵住了，极勉强地点了点头。他没想到林芬会这样问他。这话，他不愿意听，更不愿意从母亲嘴里听到。他的双腿开始颤抖，站到了悬崖边，下面是深渊的感觉。

“那你为什么还要跟她？”林芬的心隐隐作痛，儿子呀儿子，世界上那么多女子，哪一个不好，为什么偏偏是她？

“我也不知道。”沈卓说。

“那是乱伦呀。你怎么能跟你父亲的女人！”

“我没办法。我就是喜欢她。”沈卓低着头，眼睛不看林芬，硬邦邦地说。母亲的眼睛里有刀，会劈山断水，那一瞬，就是地狱，他也会跳下去。

“你走吧。我不要见你。你不是我儿子。”林芬转过身去，再也不理儿子。第二天也躺在床上不起来，连水也不喝一口。沈卓怎么说也没用。沈卓急得不成样子，打电话去请了假，就在家陪着林芬。

## 由梦三而来的感悟

走出曼丽姨婆家小巷，龚心吕一眼就看到路边的西友小站。一家新开不久的咖啡店，二层红砖旧洋楼，坐落在一个宽敞的庭院里。庭院里到处凌乱放着各种杂物，散种着一些绿色植物，有一丛杜鹃正开着花，散散乱乱的枝叶中点缀着几十朵紫色的花。龚心吕不由地走了进去。小时候妈妈带她去扫墓的时候总是可以看到山上开着的杜鹃花，她总要摘几朵带回家里去。经常还没等她回到家花都已经失神，但她还是把它们插在玻璃瓶里，常常一放就是一年。妈妈从来不会去动她的花，她呢，从来就没想过要把干枯了的花丢掉，听之任之，有时候看到它，有时候看不到它。久而久之，这就成了一种习惯，每年，总要等她去扫墓带回新的花时，才会把旧花换掉。干枯的花也有味道，她觉得，她真的能够闻到。

她登上台阶，走进二楼的咖啡店。一个年轻小伙站在柜台里看书，店里一个客人也没有。她挑了一个看得到院子的座位坐下来，要了一杯咖啡。

梦三的眼睛又浮了上来。她喝了一口咖啡，把背靠着椅背，闭上眼睛发起呆来。必须把梦三忘掉，她对自己说。她知道许多忘却的方法，这是她对许多人说过的。她跟梦三相处了二十多天，但真正走进她心里十天不到，这就意味着，她只要用一个来月的时间就可以把梦三忘记。她站起来从书架上抓了一本杂志，一页一页随手翻过去。头脑要建立另一个兴奋点才容易忘却。她要接受这个现实，头脑需要用半个月的时间才能建立另一个兴奋点。

一本时尚杂志，上面尽是些年轻模特时装手表皮包，她心不在焉地翻了一会，梦三这时候在干什么呢？它又回到曼丽姨婆边上窗台上躺着了吗？她头脑里浮现出第一次看到梦三时的情景。圆乎乎的脸，冷漠的表情，躺着，对她的不理不睬。她苦笑了一下，真没想到，她走进曼丽姨婆家时，希望的是听到曼丽姨婆证实她有关妈妈的疑惑，但走出来时，那一切对她已经变得不重要了，已经有好多天，她一次也没有想起自己的初衷，几乎完全把它忘记了。

一对情侣手牵着手走进店里，顿时，整个店的气氛变了，连空气都跳跃起来的感觉。他们也挑了靠窗的座位，在龚心吕附近坐了下来。

“你想喝什么？”女的问。龚心吕看得到她的侧影，光亮的额头。

“不知道，你帮我挑好了，我从来没喝过咖啡。”男的说。

女的诡秘地笑了笑说，“你要做好准备，很苦的，我第一次喝感觉像喝药。”

“那你为什么以后还想喝呢？”男的问。

“就因为苦才喝呀。生活中哪有这种味道，喝着喝着就不觉苦了，就更想喝了。人也怪，开头因为苦想喝，现在因为不苦想喝……”

龚心吕站了起来，走出咖啡店。她不能容忍这时候有声音进入她头脑，让头脑充满梦三好了，这一个月她的生命是属于梦三的。她想。

她顺着公园路往马厂街走去，经过旧德国领事馆，一路枯叶散落在地，许多春绿在旧绿的簇拥中从围墙里探出头来。春天到了，福州的三月，路上静悄悄的，几乎没有行人。

说是街，其实马厂街是条小巷，弯弯曲曲的，围墙里面都是些旧时代遗留下来的小洋房。有些围墙上贴着一张大纸，说某某某曾经在这里住过。龚心吕的眼睛在林徽因这名字上停留了一下，但马上晃了过去，什么也没看进去，她甚至不明白为什么林徽因的名字会出现在这个小院落外破旧的砖墙上。

龚心吕傍晚回到光禄坊三号，开了锁，走进房间，烧水泡茶，倒进杯子后，就一直坐在沙发上发呆。她觉得非常累，一动也不想动。梦三的眼睛郁郁地一直竖在她脑里，好像他在对她说什么似的。他这时候在干什么？吃了什么？阿桂会懂得他习惯在楼上睡了吗？

天完全黑了下去，似乎有种气体弥漫在屋里，使她感到晕眩，她站起来，泡了一点麦片，什么感觉也没有地吞了下去。

这天晚上龚心吕连灯也没开就躺到床上去了。

为什么会一直放不下梦三呢？只不过她喂他吃，把他抱到水池边让他喝水，只不过抱着梦三睡了几个夜晚，只不过梦三依着她粘着她嗅着她的气味舍不得离开。黑暗中，她睁着眼睛想了又想。她知道自己不是个多情的人，可是，梦三是猫。难道猫就不同吗？梦三的眼睛千变万化，白天眼当中眯成一条线，夜晚就放大了，在黑暗中常常会闪光。他总是不出声地看她，那么长久，总使她禁不住伸手去摸他，而他，总是泰然自若地接受她的爱抚，让她感觉是他怜悯她，他才是真正的主人。

最先来看她的是冬梅，她来探望，唠唠叨叨对龚心吕说了许多话，沈芯离家出走的事啦，娄开放帮忙的事啦，总之先前自己很傻，把娄开放当作敌人，现在她已经不气，不再去想她是不是沈一义女人的事了。“人都死了，说这些又有什么意思，再说，都住在一个屋檐下了……”

“这就好。就好。”龚心吕说，模模糊糊想起冬梅在钟律师事务所昏倒的情形，像是发生在上一个世纪事情。

过两天娄开放也来看她，对她说沈一义的事，问了她几个犀利古怪的问题，龚心吕听得莫名其妙，但也没去深想，娄开放一走她也就把那些话忘记了。

林芬一直没来，照往常龚心吕一定会觉察到，但这次，她什么也没感觉。隐隐约约四周好像发生了很大的变化，但对这一切，龚心吕都无动于衷，跟她没关系似的。

过了一个星期，龚心吕怎么想怎么放不下梦三，就又去了仓山公园路一趟。阿桂开的门。龚心吕一进门就看见梦三坐在二楼石栏杆上打盹。她叫了一声“梦三”。梦三听见了，睁开眼睛。龚心吕急急穿过院子朝梦三走去。梦三从二楼的石阶上慢慢走下来，一步一步眼睛盯着龚心吕。龚心吕很高兴地张开双手迎上去。没想到梦三走到距离她几步远的地方，一下朝她扑上来，狠狠在她手上咬了一口。血流了出来，龚心吕轻轻呵了一声，甚至都不感觉到痛。阿桂伸手去抓梦三，梦三回头去吓阿桂。

“你还不走？快走呀。”阿桂大叫。

龚心吕边看着梦三边退出大门，砰的一声把门关上。一直走到拐弯口还听见梦三大叫的声音。

回到光禄坊三号，龚心吕就病了，成天躺在床上昏睡，身体似乎还在曼丽姨婆家，头脑里全是梦三，总是他朝她慢慢走来和扑向她的那一瞬间。她好几次听见梦三叫她的声音。

她不怪梦三咬她，是她对不起梦三。她离开他，把他抛弃了。她很想做些什么来弥补，但不知道该怎么做。她无数遍地想象梦三在她离开曼丽姨婆家后对她的盼望。她对所有的事情都不感兴趣，连挂在墙上的全家福，过去那么勾住她心怀的照片也引不起她的注意，甚至任它布满灰尘。什么曼丽姨婆、母亲到底是不是外婆的亲生女等等这些年最让她牵挂的问题，都好像变得虚无缥缈，毫无意义了。

日子一天天往下过。有一天，龚心吕到东街口去买东西，路上经过一个幼儿园，许多孩子正在操场上跑来跑去，嘴里发出叽叽喳喳的声音，她停在那里，看着那些脸上红扑扑的孩子，突然热泪盈眶，她终于明白了。原来，梦三是她的孩子呀，她爱他。她的孩子是只猫，沉睡了几十年的母性，原来她以为自己根本没有的东西，突然，就有了，铺天盖地地有，原来梦三只不过勾出了她身上本来就有的东西。

这些爱溢出龚心吕的心田，那一刻，她的心柔情似水，她想起光禄坊三号里的女人和孩子，所有的她们看上去都像在阳光里，散发出一片温意。

她向光禄坊三号走去。

她觉得街道很开阔，天也很开阔，而心则是安宁的。这种感觉，自从老公过世后，她第一次体验到。

## 林芬的忧虑

第一个发现林芬躺床的人是冬梅。那天阿惠熬了一大锅番鸭槟榔芋头汤，冬梅给光禄坊的每家住户送去一缸。先端到林芬家，见沈卓出来开门，有点吃惊，就问："今天休假呀？"

沈卓摇摇头，脸上有种尴尬神情。

冬梅又问："你妈呢？"

沈卓说："她生病了。"

"什么病呀？"冬梅杂七杂八问了几句，把鸭汤递给沈卓，说了几句安慰话就离开了。

端到娄开放家时，冬梅就说了林芬生病的事。娄开放一听大惊，说一点都不知道，冬梅就把从沈卓那里听到的一一转述。娄开放急了，想马上过去问问，转了个念头，等冬梅走后，就去敲龚心吕的门。正碰上冬梅端着鸭汤站在门口，娄开放也不回避，就当着冬梅的面说不好了，林芬对她生气了，说得语无伦次，龚心吕和冬梅都听得糊里糊涂。龚心吕马上就发觉娄开放的样子跟她外婆出事那次一样，就把娄开放拉进房间，按她坐下，泡了一杯茶给她。冷静下来，娄开放把跟沈卓带沈芯去上海的事全说了一遍。

龚心吕心里就有点明白了，对娄开放说："怕是她担心你跟沈卓的事了。"

"我跟沈卓什么也没有。"娄开放委屈地说。

"那沈卓对你呢？"龚心吕问。

"他也没有。都是芬姐误会。"

龚心吕不吱声，想了想对娄开放跟冬梅说，“我过去看看再说。”说着就出门去，两个人就坐在龚心吕家里等她回来。

沈卓开的门，一看到龚心吕的脸就要说什么，龚心吕给他打了个手势，意思等下再说，就进屋去了。“我听冬梅说你生病了。”龚心吕说，在林芬床沿坐了下来。

听到龚心吕声音，林芬才转过身来，眼睛红红的。

“上次朋友从美国回来，送给我一点西洋参，沈卓，去给你妈泡一杯参茶。”龚心吕说着，从包里掏出一个小盒递给沈卓。

沈卓接过茶从房间出去了。龚心吕看着沈卓的背影说：“林芬你好福气，生病有儿子陪你。”又说了一通，人有孩子跟没孩子还是不一样，有孩子就是好的话。

一番话说得林芬心渐渐松弛了。“龚姐，你替我劝劝沈卓，我已经没办法了，他一点都不听我的。他想跟那女人好。”

“你说的那女人是谁呀？”龚心吕问。

林芬扭扭捏捏说出娄开放的名字，然后就把沈卓说的话跟龚心吕说了。

龚心吕很认真地听林芬说，最后问了一句：“你对娄开放很反感吗？”

“倒也不是，可她是他爸爸的女人呀。那怎么行！”林芬急了。

“娄开放亲口对你说的吗？”龚心吕问。

林芬摇摇头。

“你问过她吗？”龚心吕问。

林芬又摇摇头。

“依我看，你还是亲口问问她。那孩子可能有很多毛病，但她不撒谎。如果她是，她会对你承认的。”

林芬不吭声。

龚心吕见状马上回屋去把娄开放叫到林芬面前，对她说："这样做当然对你有点不公平，但既然碰到了，也是你的命。你能告诉芬姐你跟沈一义到底是什么关系吗?"

"你们一定是想知道我到底跟沈一义有没有什么。很遗憾我只能说没有。我很爱他，但他不爱我，他把我看作晚辈，我不知道他为什么让我住进这里，我至今没有想通这个问题。"娄开放说。

看着娄开放的脸，林芬不能不感觉到她说的是真话，但娄开放和龚心吕一走，她又开始怀疑起来，她都承认自己爱沈了，男人看到这样的女人能不动心吗？沈一义是这样的人吗？越想越糊涂，既然沈一义会抛下她，那抛下冬梅跟娄开放也是合情合理的事。但龚心吕的话还是在她心里起了点作用，她开始觉得饿了，就起床喝了一碗冬梅端来的鸭汤，只是依旧不理沈卓，任沈卓给她端茶递水，就是不跟他说话。

倒是龚心吕回家后想开事了，是呀，为什么沈一义让娄开放住进光禄坊三号？他到底在想什么呢？这一想倒是让她暂时把梦三的事放下了。好像原来她被关在一个洞里，洞口被石头堵住，现在石头被搬开，一缕强烈的阳光照进洞里，风把外面树的味道，花的味道全送进来了。

又过了几天，表面看，生活恢复了平静，但林芬心里还是平静不下来。沈卓每天都来看她，吃饭时两个人就沉默着，谁也不提娄开放的事。后来一天晚上，林芬梦到了宋婆婆。她又变成了个孩子，坐在宋婆婆昏暗的房间里听着她念经。

"我该怎么办呢?"她问宋婆婆，但没有发出声音。

宋婆婆一脸慈祥，没有回答她，但她却似乎听到了她的声音。第二天一早，她就去了福大旁边的西禅寺。宋婆婆的骨灰就安放在那里。

西禅寺里很安静，一个人也没有。她把宋婆婆的骨灰盒抱出来，用一块洁白的布细心地擦干净，从包里掏出两枝花，分插在两个小花瓶上，然后默默地闭眼合掌，好久以后才离开。

从西禅寺出来，她拐到沃尔玛超市买了点卤货和冷菜，回到家，又炒了一两盘菜，叫龚心吕一起来吃饭。

“你今天气色好多了。”龚心吕说。

“我去了西禅寺。”林芬说。她没有跟龚心吕说宋婆婆。她从来不跟人说宋婆婆，说了，就有漏命的感觉。龚心吕一听西禅寺，就想林芬大约是去那里烧香了。西禅寺香火特别旺，许多人有了疑问就上那去找答案，也就没再问下去，两个人闲聊了几句，说的都是零碎的话。突然，林芬的手机响了，一看号码林芬脸色大变，半张着嘴巴一句话也说不出来。

“是沈一义的吗?”龚心吕盯着林芬的脸，轻声问。

林芬点点头。

信很短，只有一句话：芬，开放是个干净的孩子。

“这是什么意思?”林芬满脸惊惧。

“未知的事物引导我们!”龚心吕情不自禁地说。

林芬脸上的惊惧没有消失，又添了疑惑。龚心吕马上觉得自己“失言”了，笑了一下说：

“老沈祝福沈卓跟娄开放。”

林芬呆住了。

## 张竞上鼓岭

转眼就快清明节了，张竞开车到鼓岭，在山上住了一个晚上，专门上山来拿土鸡。

鼓岭在鼓山景区里，本来只住着些荒山村民，跟福州也两不相干，但一八八六年，有个外国牧师，熬不住福州酷热，坐着两个人抬的竹轿沿古石道登山千多米找到鼓岭避暑。以后，这里就成了西洋人夏天避暑胜地，石块洋楼纷纷建起。郁达夫称它是华南避暑中心区域。但中华人民共和国成立后洋人被赶跑，人去楼空，加上革命人不怕热，避暑几乎等于反革命，所以一直到前二十多年，鼓岭还是一片死寂，堕入原生态状态。后来来了个美国人，加州的物理教授，他曾在鼓岭度过快乐童年，老年得了失忆症，夫人听他经常念叨鼓岭，就带他回福州鼓岭怀旧。教授见到了当年的小伙伴。

这典故使鼓岭又一次获得新生，大兴土木，游人不断，现在连福州大熊猫每年都会被送到鼓岭来避暑。

沈一义在鼓岭恢复热闹前就来了。有一年夏天，福州酷暑，沈一义带朋友上鼓山玩。朋友是福州通，说起距离涌泉寺不远的鼓岭有旧洋人遗留下的别墅群，那天刚好沈一义兴致很高，就说去看。车在山上转，没想到，转了几圈后居然吹来凉爽之风。沈一义心情大爽，看到碧绿柳杉王（一株径围十米的树王，寿命一千三百多年，可算宋太祖的祖宗）时，沈一义兴致更高了，当即决定就地找一块地，仿照洋人修一栋别墅。

几个朋友听沈一义说起这事，都是些崇洋媚外之客，纷纷决定入股。沈一义找到跟当地政府熟悉的朋友，签了张合同，包了一大块山地，大约有几十亩，包括一座小山、一片果园，一条小溪从山后面流过去。他们把山围起来，顺着山坡南面盖了几座别墅，环绕着别墅的小路，种了些花花草草取名“宋庄”。别墅修好以后，这些商业精英平日忙于应酬经营，有心放羊却无时间休养，所以别墅基本上空着，人影不见一个。平日由一个当地农民替他们管理山庄。农民姓宋，当初沈一义听张竞一说姓宋，立马就决定雇他。老宋在山上空地上种了些青菜，养了一群小鸡。小鸡是老宋家母鸡孵出来的，跟其他农民养的土鸡不同。这些小鸡从小放养在山里，吃山里的小虫草籽长大的。老宋独身，爱鸡，把鸡当作女人养。他不喜欢公鸡，听不得公鸡叫早。公鸡一长到叫早他就把它杀了，只留下一只最强壮的做种。所以张竞他们吃到的土鸡全是公鸡。母鸡他就养着，下蛋，孵小鸡。他喜欢看母鸡领着一群小鸡在山里跑。他用木头特地为它们做了个很漂亮的鸡舍，天天打扫。管理别墅平日里闲着，老宋开些地种菜，任他的鸡在菜地里乱跑。所以他种的菜大半没等长大就都送到鸡嘴里去了。他的鸡在山里在菜地上成天奔来跑去，浑身都是肌肉，加上一半吃虫吃草，一半喂糙米，别墅住的人们有时熬剩的人参汤渣，老宋全都切成碎末拌在饲料里给鸡吃。“吃人参的鸡跑得快。”还叫张竞收集人参渣从福州带到山里给他。老宋对自己养的鸡很自豪：“我的鸡第一遗传好，前三代就在山上跑。第二比别的鸡多运动。鸡跟人一样，运动了多吃，多吃了多运动。多运动吸收就好。吸收好味道自然就好了。”

福州人都说刚会叫早的小公鸡最补身体，所以沈一义活着的时候差不多一个月都要叫张竞山上拿一只鸡。有一次，小公鸡吃没了，老宋不肯杀小母鸡，对张竞说鸡没了。

“那不是满山在跑着吗?”张竞指着母鸡和小母鸡不解地说。

“那是鸡吗？谁说那是鸡？那是菩萨。”老宋说。

张竞傻了，争不过老宋，最终没提到鸡回去。汇报沈一义。沈一义一听笑了，说难为他菩萨心肠，叫张竞以后上山去提鸡前先打个电话询问，确认有鸡了再上去提。

“我们不能吃菩萨，对吧！”沈一义说。

奇怪的是老宋自己不吃鸡肉，小公鸡也不吃。母鸡死了老宋就更不让别人吃，埋在山里。有一次，被一个偶然上山的人士看见，老宋刚一转身他就把鸡从地里偷挖出来，回去煮了吃，说是那味道如仙丹妙药，不是人间鸡禽。

“你以后有鸡就卖给我好了，卖多少钱都可以。”那人士说。

老宋只用眼睛白了他一眼，转身就走。从此老宋对鸡看得就更紧了，连埋鸡都趁天黑。他生怕出名。“出名没好事。现在人心不如鸡心。”除了张竞，他再不把鸡让给任何人。他交代张竞不能对任何人说这鸡是从哪里提到的。张竞很遵守跟老宋的诺言。每次小公鸡长成时，老宋就会叫张竞上山来提鸡。张竞提了鸡就直接开车到华侨新村十五号。张竞为沈一义开土鸡宴选中华侨新村十五号餐馆是费过一番周折的。先是沈一义看中了华侨新村这块地方，想在僻静优雅的私家园林里招待私人朋友。张竞先筛选出三家口碑好的私房菜馆，提着宰好的土鸡上门，指定老板娘珠除清炖土鸡外任意加四个炒盘做一桌菜。鸡是数好块数的。鸡炖出来，张竞用筷子在锅里一搅，尝过一口汤就心中有数。一家短斤少两，另一家滥竽充数，只有十五号规规矩矩，一块不少，且味道纯正。

加之张竞欣赏老板娘珠的开朗爽快。老板娘珠是印尼归侨，父亲老家福清，自小跟祖父在印尼经商。一九六〇年印尼排华时举家返国，买下华侨新村十五号院，本想在福州度过余生，没料“文革”开始，全部学校停课，父亲为孩子学业，又举家搬迁香港。但长女珠当时已与工厂师傅坠入爱河，留在大陆不肯离去。以后风风雨雨，珠下岗后做过服装生意开过酒楼，子女出国自立后，六十五岁的珠回到华侨新村开了个私家菜馆，庭院收拾得漂漂亮亮，主菜老公亲自下厨，只雇个打下手的，不贪多，讲究货真价实，每天只做两单生意。本来只打算做两三年退休，没想到生意越做越火，竟停不下来了。

从此沈一义就在那里开土鸡宴招待他的好友，但从不招待客人。他说不能让客人吃这种天鸡，要吃上瘾了他去哪里弄，反倒把客人得罪了。由于吃过的人每一个都情不自禁赞不绝口，沈一义的土鸡宴也就慢慢地在圈子里出名了，但是出名归出名，土鸡宴永远限制在一个很小的圈子里。

张竞吩咐老宋明天一早杀一只刚刚啼早的小公鸡，再准备晚上夏亭跟他的晚饭，就提着几包茶叶，到夏亭家去聊天了。

夏亭是唯一长住在宋庄的住户，独身，画家，四十多岁，头发留得比女人还长。当然他不是宋庄的原始住户，他是沈一义从英国捡回来的。每次喝醉的时候，他都要絮絮叨叨跟张竞重复一遍他跟沈一义的认识经过。那是某年夏天，那时富一代还在创业，还没有富二代这一流行语。伦敦夏天晚上很迟才天黑，最迟的几天快到十点了天才刚刚开始昏暗。夏亭在广场路边给行人画人头肖像。生意不错，广场路边画人头肖像的画家有好几个，夏亭是画得最好的一个。别的画家可能没有生意，但夏亭一定有。他披着长长的头发，留着一小撮胡子，穿着皱巴巴的大花衬衫。那天沈一义没什么事，一个人在伦敦大街上逛荡，想去尝尝中华街一家新开张料理店的四川菜。经过广场时，看到几个人排着队正在等夏亭画画。时间还早，沈一义肚子也还不饿，他就停了下来，津津有味地看夏亭给一个二十来岁卷发男孩画头像。

他喜欢绘画，水墨画油画都喜欢，每到一个城市都会到美术馆去逛逛。看了一会，他叫夏亭也给他画了一张。夏亭画的时候，他们聊了起来。一聊，发现夏亭也是福州人，讲起来，两个人的家还离得不是太远。

“你什么时候画完？”他拿着夏亭给他画的头像边看边问。

“什么时候都可以完，现在就可以完。”夏亭说着，扔掉手中的画笔，站了起来。

沈一义很高兴，就拉着夏亭一起去中华街喝酒。夏亭一喝酒话就多，把自己的经历三下五除二都说给沈一义听。

夏亭原来是中央美院高才生，学油画的，本来想到英国以后大干一番，可是，“要吃饭。你能想到吗？为了吃上饭，我居然画起人头像来了。”

“你是想赚了钱以后画油画吗？”沈一义问。

夏亭看着他，“我想画。每天都想画。想等攒够一万英镑的时候我就开始画，可是不行。我一个英镑都攒不下来。”

“我看你收入不错嘛。我算了一下，平均一天下来，你至少可以攒这么多英镑。”沈一义伸出一个巴掌。不知怎么，他很喜欢眼前这个醉眼惺忪的大孩子。

“你想不到钱到哪里去了吧？”夏亭笑笑地问沈一义。

沈一义没吱声，想了一下说，“我知道了。”

“你不会知道。”夏亭说。

沈一义说，“你把钱送给赌场了。”

夏亭很惊奇，问“你怎么知道的？”

沈一义笑笑不回答他的问题，只叫夏亭带他去赌场看看。

夏亭很热心，马上就带沈一义上他一直去的那家赌场，就在广场附近。一进赌场夏亭整个人就变了，你可以想象陀思妥耶夫斯基《赌徒》里的那个主角，他把今天赚来的钱都输光后，又向沈一义借了五十英镑。赌到两点沈一义把夏亭拉出赌场，“带我到你家里看看。”沈一义说。

“我完了。完了。”夏亭一路上嘟嘟囔囔，把沈一义带到自己住处。于是沈一义看到了夏亭堆在小小阁楼里的画，一大堆，像垃圾一样堆在墙角。

“这张画你要卖多少钱?”沈一义随手捡起一张画问。

“你喜欢就拿去好了。”夏亭说。

“这些画我都要了。但有一个条件，你还得为我画一百幅画，在福州画。材料我准备，钱照付。”

夏亭眼睛瞪大了，酒醒了一半。“你说的当真?”

“当然。君子一言，快马一鞭。”沈一义认真地说。

过一个星期，夏亭跟着沈一义一起从英国回到福州，住到鼓岭的宋庄。他甚至连家也不回。家里人以为他还在英国。有几年了，他都没有跟家里人联系。他不喜欢喧闹的城市，半年了也不会下山一次。没有一个客人来拜访他。除了画画，有时间，他就散步到三里外的寺庙，听和尚念经。

“需要什么吗?”每次上山前，张竞都会打电话问他需要什么。夏亭总是说不需要。但张竞都会给夏亭带几袋庆城路的鱼丸来。夏亭喜欢吃鱼丸，张竞认为庆城路的鱼丸最好吃，每次上山前都特地拐到庆城路去买上几袋。

夏亭不在，门没锁，客厅正面台桌上摆着一只香炉，插着一根香，正冒着烟，发出张竞很喜欢的香味。台桌前面的一张大台子上，摆着笔墨，摊着一张水墨画：一个老人坐在寺庙的空地上打坐，背景是山和树。边上题着几个字：故人依稀见松竹。

张竞没见过夏亭画水墨画，倒觉挺新鲜的。看了一会，听见门响，夏亭手里拿着一根树苗回来了。

“画起山水了？”张竞抬头笑道。

夏亭暧昧地笑了笑没回答张竞，只说一句：“来啦！”

“这是什么？”张竞问。

“山里挖的，也不懂叫什么。”夏亭用铲子在门前空地上挖了一个坑，把树苗种下去，浇上水。张竞这才发现靠墙根新种着一些杂树，有一棵还开着小小黄色的花。什么时候夏亭喜欢起园艺来了，张竞觉得很稀奇，但也不问，两个人坐下泡茶。张竞照例从包里掏出一盒茶叶，这回是“正山小种”。最近流行喝红茶，正山小种是有名的牌子之一。

“今天不喝你的。”夏亭说，走上二楼拿出一个小盒，打开盖子，“你闻闻。”把小盒递给张竞。

张竞接过小盒一闻，气味很奇特，粉状，纸箱颜色，不是一般茶叶。“这是什么？”张竞问。

“树根。郁金。前面村子农民自家产的。我最近喝这个。”

“养身？”张竞笑了。

“哪有那种讲究，闻起来舒服。”说着拿过小盒深深闻了几下，才烧水泡上。

张竞尝了一口，味道苦苦的，像药似的，“最近怎么样？”

“山里能怎么样？不过……”夏亭抬头看了张竞一眼。

“怎么啦？”夏亭眼睛里有种东西让张竞感觉奇怪。

“你今天急着走？”夏亭问。

“不急。说吧，有什么。”

“我想带你去看一个人。”

“谁?”

“去了你就知道了。”夏亭不紧不慢地说。

张竞知道夏亭脾气，话不多，不想说的话下狠劲也掏不出来，就不问下去，只随他性子去。

他们又喝了几盅茶才出门，夏亭穿着拖鞋邋里邋遢走在前面，张竞离他两三步远跟在后面。夏亭跟人在一起时就是不说话也一点不慌，好在张竞跟夏亭在一起不说话也不觉紧张。走了十几分钟前面出现一座寺庙，三面是水田，背后是山，山上长满竹子，张竞莫名其妙地想起潇湘院来。寺庙很破旧，里面静悄悄的，一个四十几岁的和尚在打扫院子。两根很高的石柱坑坑洼洼，上面刻着两行字：

见了便做，做了便放下，了了有何不了

慧生于觉，觉生于自在，生生还是无生

他们绕到正堂后面，边厢门掩着，里面坐着一个老和尚，闭着眼睛手里数着念珠。

等了一会，夏亭对张竞打了一个不要说话的手势，轻轻推开厢房的门，两个人悄悄进去，坐在和尚对面的椅子上。老和尚双膝盘坐在一把破椅子上，正在打坐，双目微闭，神态极为安详。和尚穿着灰色的海青，看上去很破旧。但和尚端端正正地坐着，这破旧的海青反而显得很得体，自有一种古僧的风范。张竞一下子安静下来，呼吸刹那间均匀了，不自觉地也坐得很端正。

夏亭一会儿看看和尚，一会儿看看张竞，看得张竞有点莫名其妙，询问似的看着夏亭，夏亭笑笑，大概是鉴于和尚正在打坐，没有吭声。

房间里很安静，张竞看着老和尚，有一会儿觉得老和尚好像睡着了，有一会儿，又觉得老和尚好像不在房间里了，看得张竞茫然若失起来，也不懂过了多久，张竞自已竟然睡着了，恍惚中看到龚心吕站在自己面前，手里牵着一只小狗，仔细一看，她手里牵着的不是一只狗，而是一只猫，而那只猫正冲他笑呢。正奇怪间，夏亭推了他一把，他一惊，醒过来，看见老和尚正在活动身体，而夏亭正对着他笑，大概笑他竟然坐着睡着了。

活动起来的老和尚让张竞觉得有点面熟。

夏亭站起来，毕恭毕敬双手合十对老和尚鞠了一个躬，张竞慌慌张张也跟着站起来鞠躬，碰了一下椅子，发出咣当空寂的声音。

老和尚不说话，也对他们合了合掌。

“我带来一个朋友张竞。”夏亭轻声说。

老和尚没有回答，看着张竞，说：“施主刚才做梦了？”

张竞愣了一下，因为经老和尚点醒，他才发现刚才自己做了一梦，竟然梦到龚心吕。

夏亭很好奇地问：“师父可知他做了什么梦？”看来夏亭跟老和尚已经有点熟了。

老和尚又看了一眼张竞没有回答夏亭的问题，而是看着张竞，眼睛眯着，嘴角微微上翘，说：“你这位朋友不是常人。”

夏亭一听，嗤嗤地笑了，又问：“是怎样的人？”

张竞则是头皮一炸，这老和尚的笑让他觉得似曾相识。

老和尚说：“妄中知妄即非妄。”

这一次夏亭没笑。张竞则更是糊涂。

出了寺庙，两个人默默走了几十步，张竞问夏亭，“这师父是从哪里来的?”

夏亭摇了摇头说：“不知道。”

“你什么时候见到他?”

“有几个月了吧。”夏亭沉默了一下说，“这老和尚有点神，过午不食，夜不倒单。自从这个老和尚来到这里，寺里已经发生了几件奇怪的事，最奇怪的是寺里有一棵百年荔枝树早已枯死多年，今年竟然从树心里发了新芽。还有，是我亲见，我跟他在寺外山路上散步，突然下起了雨，我跟他赶忙走回寺院，我浑身都淋湿了，他身上竟然没有一滴水。”

张竞看着夏亭说：“不可能吧?”

夏亭说：“得道的和尚有神通，只是秘不示人，除非为一大因缘。”

张竞说：“有这么神奇?”一边问，一边身上起了鸡皮疙瘩，想起和尚说的话，好像都是家常话，谁睡着了做个梦不是正常的啊，至于说他不是“常人”，那用在谁身上也都行……但是如果老和尚再说清楚点——难道老和尚知道他也不愿意说清楚?

“那会是什么因缘?”张竞无心地问道。

“你看老和尚是不是觉得有点眼熟?”夏亭说。

张竞一下子站住了，看着夏亭。

夏亭说：“这就是我要带你来看看的原因。”

张竞摸着自己的头，舌头舔着嘴唇，扭着头，半晌回不过味来，浑身又起了一层鸡皮疙瘩。

山里静得不得了，黑漆漆的一片，抬头，意外看见天空上的星星，仿佛带着神秘之光在闪烁着。

# 曼丽跟龚心吕

龚心吕离开曼丽姨婆家几天后，张竞打电话给龚心吕，不通，就拨给阿桂。阿桂告诉他龚心吕已经离开几天了。

“比约定的时间早了。”张竞说。

“没办法，老师娘催我回来。说是龚老师把梦三弄傻了。”阿桂说。

“梦三?”

“猫，猫呀。”

张竞愣了一下，怎么突然会冒出宠物来，直觉有什么事情不对了。

“说是给它吃了什么不好东西，弄得连主人都不认得了。老师娘气得两眼倒翻白。”阿桂得意地说，很满足于这种对离了她地球就转不动的感觉。

“龚老师没说什么吗?”张竞问。

“还能说什么?她把梦三得罪了。梦三把她恨得呀，一见她就扑上去咬。”

放下电话后张竞越想越不安，就开车去了光禄坊三号，但龚心吕不在，碰到林芬，闲聊了几句，有意无意问了几句龚心吕的情况，没发觉有什么事，略微安心，回去后也就没有给龚心吕挂电话，内心深处还是有点畏惧，不知道龚心吕对他跟阿桂通上话这件事会怎么想。他盼望龚心吕听林芬说他来过以后，会想起给他挂电话，毕竟是他介绍她到曼丽姨婆家去的。等了几天没有接到龚心吕电话，心快迟钝了的时候，却意外接到阿桂的电话，说老师娘快不行了，想见龚心吕，叫她马上来一趟。

曼丽姨婆躺在卧室床上睡着，身上盖着雪白的床单，戴着有花边粉红色的睡帽，只露出一张脸来，瘦得皮包骨头，脸色憔悴灰暗。龚心吕在她床前的小板凳上坐了下来，看着她的脸，几乎听不到她的呼吸声，但还是感觉有一丝生命在这张脸上游走。四周静悄悄的，空气似乎跟着这微弱生命的呼吸一起轻轻颤动着。龚心吕心口发堵，很难过。

“你扶我坐起来。”不懂过了多久，曼丽姨婆醒过来，看了一会儿龚心吕的脸说，声音非常小。龚心吕弯下腰，把耳朵对准她的嘴巴才能听清。

龚心吕站起来，弯下腰，把曼丽姨婆扶着坐起来，在她背上垫上一个枕头，让她半躺在上面。

“帮我把柜子上的那面镜子拿过来。”曼丽姨婆喘息了半天，等气平稳下来了又说。

柜子上放着一面镶有金边的镜子，书本大小，挺沉的。龚心吕把镜子拿过来，握在手上，举起来让曼丽姨婆照。

镜子里映出一个骷髅般的脸。曼丽姨婆细细看了好久，又说，抽屉里面有个盒子，拿出来。

银的化妆盒，里面整整齐齐摆着一些化妆用品，三寸来长的眉笔，发黄的扑粉团，口红胭脂盒粉盒等等。

“给我胭脂。”曼丽姨婆说。

龚心吕拿出胭脂盒，打开，蘸好，递给曼丽姨婆，一边手端着镜子，看着曼丽姨婆用微微颤抖的手，把胭脂一点一点慢慢地往脸上搽，搽完胭脂，又涂口红，但曼丽姨婆的手抖着，总有一两点口红从嘴唇边凸出来，曼丽姨婆总不满意擦掉重新画。

龚心吕说："要不让我来帮你吧。"

曼丽姨婆不要，坚持自己来。画到眉毛时就更难了，有几次曼丽姨婆气都喘不上来，只好停下来休息，画画停停，停停画画，折腾了不下十次，龚心吕举着镜子都感到手酸，她不懂曼丽姨婆哪来的力气。

最后总算画好，扑上粉，曼丽姨婆对着镜子看了好久，自言自语说，"到头了。你。还好，总还算个女人。"

龚心吕怎么也没想到曼丽姨婆说出的竟然是这样一句话。

歇了一会，吃了一点东西，曼丽姨婆精神突然大好起来。

"看来梦三的命比我长，"曼丽对龚心吕说，"我要走了，过不了今天晚上，你就在这陪着我吧。我知道你是谁，你是谁的孙女。我们见过面。你有什么要问我的吗？你不会平白来我家当阿姨的。"

龚心吕脸红了，吞吞吐吐地说起她想知道妈妈到底是不是奶奶的亲生女儿。

"我不知道，我没听亲戚说过你妈妈的家事，但我可以明确告诉你，就是听说了我也不会告诉你。

"你失望了吧？不过，你真的想弄清楚你妈妈的事情吗？要是你妈妈想让你知道，她应该早就告诉你了。她没有告诉你，一是根本就没这事，二是她自己也弄不懂，三是她觉得你不知道更好。

"既然你妈妈都不想跟你说，那就让这件事过去吧。这是天意。

"有些事，不懂比懂好。我一辈子不懂得梦生是不是真爱伊丽莎白，是不是为了她一辈子不结婚。开头我一直想弄懂，我追问他，死命追问他。但他不说，什么也不说，后来就躲着我，再后来就养起猫，连话也不肯跟我，只对猫说了。他死了以后我才想，我怎么那么傻，我为什么要懂得他爱不爱伊丽莎白，这跟我又有什么关系？我用他爱不爱伊丽莎白这个问题把他推远了，推到不爱我的远处了，弄得他看到我就想起伊丽莎白。或许他正是不愿意想起伊丽莎白才躲着我的。我怎么那么傻！可我懂得这一点时他已经不在了，永远也不可能爱我了。我也永远失去了我的最爱。

“所以我只能住在这里，跟他的猫住在一起。

“梦一是梦生养的一只猫。他从街上捡回来的。他跟我说过，那天下雨，梦一蜷缩在门洞里，缩成一团，看上去像婴儿一样。

“这里本来是梦生的家，梦生死了以后我把它从梦生侄儿那里买了下来。谁也不想跟那么多只猫住在一起。梦生给梦一讨了八个老婆。我知道梦一不想离开这个家。梦生是我见过唯一的男人。你会笑，是不是，世界上男人那么多，为什么非梦生不可。我自己也奇怪，问自己，世界上男人那么多，为什么非他不可。

“我眼睛很好，现在还是很好，什么东西，见过一次，就记住了。你长得很像你奶奶，第一天我就认出来了，只是不敢相信，世界上长得像的人不是没有。后来看到梦三那么喜欢你，我就想一定是你奶奶把你送来了。你奶奶从来就是我的福星。

“我一辈子就坏在记住太多不该记住的东西。所以，梦生活着跟死去都差不多，我还是看得见他。前不久我还在电视上看见伊丽莎白。梦生很傻瓜，但他也没有办法，他就是忘不掉那个女人，可又够不到，够不到就更加想够，最终就在头脑里够着了。头脑总是能够到所有东西，我够到梦生，梦生够到伊丽莎白。

“好在这一切都会在梦三那里结束。梦三离不开你。我走了梦三就跟你。他咬你是因为他爱你，他不咬他不爱的人。梦生也被梦一咬过，但他从来不咬我。梦一跟梦二也不咬我，没办法，这也是我跟他们的缘分。

“我把律师叫来了。你出去签个字，从明天起，梦三就归你了。”

龚心吕回到客厅。

律师是个上了年纪的男人，穿一套笔挺的西装，拿出一沓纸让龚心吕看，说，“只要签了字，这房子和梦三就都归你。”

龚心吕呆住了，身体开始发抖。

## 光禄坊三号宴会

四个女人住到光禄坊眼看到一年了，也就是说距离第三份遗嘱宣读的日子不远了，本来娄开放想在去年中秋节办宴会的事一直拖到这会，她们想在宣读第三份遗嘱之前办一次。她们邀请三个男人来光禄坊吃饭。

钟律师已经在考虑宣读沈一义第三份遗嘱的日子，张竞建议把宣读遗嘱的地点放在光禄坊三号，四个女人都同意，但是钟律师犹豫了一下还是否决了，关键的时候显示出了一个法律工作者的严谨。

这天傍晚，三个男人各自携带礼物聚到光禄坊三号来了。张竞提着一只杀好了的土鸡、两盒凡是女人都爱吃的百饼园的芋泥酥和香芋蛋黄酥；钟正明刚刚从武夷山出差回来，带来一袋山农家留给自己喝的无农药大红袍；沈卓拎着几只从平潭渔民手上买到的野生螃蟹和海胆。四个女人呢，也从一大早开始各忙各的。林芬花了很长时间从里到外把三号院仔细地打扫了一遍，然后就走路去南后街的同利店买了肉燕跟木金店的肉丸。冬梅叫阿惠煮了几碗熟食，又买了糕点水果摆上，点上香供沈一义，自己先对着沈一义遗像磕了三个响头，拉上沈芯、沈申让他们也跟着磕，完事以后开车去上渡湾边买了一只巨大的白刀鱼。娄开放中午回外婆家陪她吃了一顿团圆饭。外婆还特地做了一些娄开放爱吃的糯米点心，拿了一大罐乡下亲戚自家酿的青红酒让娄开放带回光禄坊三号去。龚心吕从中午起就在厨房里忙碌，亲自下厨准备晚宴，阿惠给她打下手，加上冬梅，三个人变花样似的做了一桌福州菜：油煎肉丸、炒双脆、南煎肝和杂烩汤，蒸河鱼、加上土鸡汤和一大盘冷菜。

“先立一个规矩，今晚谁也不许看手机。”娄开放大声说。

众人纷纷赞成，各自把手机关了。只有沈芯躲到一边悄悄给爸爸发了条短信：最亲爱的爸爸，你知道吗，今天我们全家，谁也料不到这个家居然变得非常大，非常多人，聚在一起吃饭。我知道这是你希望看到的。哥哥和开放姐带我去过上海，墨脱给我画了一张画，你要是看到了一定会说那不是我，可是我喜欢。我发现自己是个没有边界的人，像空气，可以弥漫。这样我就可以跟你，跟哥哥，跟我喜欢的人在一起。这使我很快乐。妈妈和弟弟都很好。我现在可以飞到半空中看他们。我们大家都爱你。女儿芯。信居然发出去了。沈芯又惊奇又高兴。

干杯的时候，娄开放建议每个人说一句祝词。林芬说我不会。龚心吕说那就说一个词吧，什么都可以。

张竞说繁荣，钟正明说和谐。娄开放说清风不断。林芬说细水长流。冬梅说天上地下同庆。龚心吕说饮水思源。每个人说完，大家议论一番，喝几口酒。沈芯跟沈申绕着桌子追来追去，叫声不断。

都是福州吃货，但张竞的土鸡还是让大家大开眼界。钟正明不用说，就算吃精的龚心吕也不得不承认，这是她吃过最好的土鸡了。特别是那鸡汤，色浓黄，味道极为鲜美，一瞬她竟然认为它胜过所有美食。

“里面放了什么东西吗？”龚心吕问。

“盐。只放盐。盐。鸡好，用盐就把它本来的味道调出来了。”

她想问张竞这鸡是从哪里买来的，但犹豫了一下没有问。这如同天鸡的鸡绝非凡人能养，也绝非凡人能吃到。既然吃到那就不能再求多得了。求多得就是贪了。鲁迅说人生得一知己足矣。美味如此。天底下凡极品均如此。

饭毕，又闹了一阵，不开灯，后厅里只点着几根蜡烛，昏暗朦胧，一轮圆月的清光刚好挂在高高的墙头上。几个男人散坐在靠墙的太师椅上，不太言语，各想各的心思。钟正明盯着穿黑旗袍的冬梅看，目光放肆，以为没有人注意他，谁知道呢，或许这辈子只有看女人的命了。张竞手里捧着一杯茶，眼睛看着龚心吕，内心浮动，没想到这个女人炒得一手好菜，那碗炒双脆比起聚春园厨师的都不差。沈卓看着朦胧中女人们的姿影，暗暗感到神奇——他现在越来越以成人的身份来感受父亲了——觉得父亲怎么会想到把她们弄到一起来住呢？而且会奇迹似的出现这样一个局面？

“我想给这院落起个名字。”娄开放站起来大声说。大家一下安静下来，“叫‘女院’，没有男人的宅院。”

“不好不好。”冬梅叫起来，“那沈申怎么办？”

“他还是个孩子呢。”娄开放说，“唯妇女跟小子难养也。”

大家都笑了。

“我已经不想离开光禄坊三号了。这里多好，大家多好。我想写一篇文章，就用这个题目，《女院》，各种各样没有血缘关系的女人住在一起，把男人都赶出去。”娄开放半开玩笑说。

“那男人怎么办呢？”林芬担心地问。

“走婚呀。”娄开放说。她是认真的。男人一搅到女人中间，一切就麻烦了。

“那不回到母系社会去了吗？”冬梅吃惊地问。

“不一样，那是高一层次的现代母系社会。历史都是在循环走的。未来社会家庭模式的走向。”娄开放说。

“你心爱的男人也让他走婚吗？”冬梅问。

“为什么不行？正因为心爱才更需要走婚，才更不要时时刻刻粘在一起。要想爱得长久，非得若即若离。”娄开放说。

“是呀。是不错。本来嘛，男人只需要女人一下子，女人却需要男人一辈子。一走婚，这矛盾全解决了。”龚心吕揶揄道。

冬梅听得愣愣的，想，这可为难了，谁叫她是衷情女子呢，现在这样是不错，但假定她真跟了钟律师，她是希望他走婚还是希望天天跟他在一起呢……他会腻她吗？

她脉脉含情地瞥了钟律师一眼，没想到正遇上钟正明的目光。

“是呀是呀。我觉得这样不错。距离产生美。”钟正明说。

张竞没说话，微微笑着，看着龚心吕。这类问题跟他没关系，他想起在庙里做的那个怪梦，也想起老和尚说的那句话，妄中知妄即非妄，他略略有点懂。沈卓看着娄开放的脸，似乎在确认她讲这句话是不是认真的。

“开放你就当了沈家的媳妇吧，用不着回到母系社会就可以在这里永远住下去了。”龚心吕半认真地说。

一下大家都紧张起来。冬梅看着林芬，沈卓看着娄开放，林芬看着沈卓，娄开放看着龚心吕。

“开放姐，你就接了这话吧。我让墨脱给你画一张画。”沈芯叫起来。

“沈芯，你就饶了我吧。你哥哥不把我吃了。”娄开放看着沈卓笑。

“我哥哥早就爱上你了。我看到他偷偷给你写了好多信。哥哥，我有没有说错?”沈芯看了看沈卓，认真地说。

娄开放不说话了，很吃惊地看着沈卓。

大家眼睛都朝沈卓看去。

沈卓脸涨得通红，憋了半天说不出一句话，脸一阵青一阵紫的，还好在黑暗中谁也没看清楚。

“我来给大家念一首词。”张竞突然站了起来，用眼睛环顾了一下四周，手一举，做了个朝天举杯姿势，气壮山河似的，突然冲出一句：“明月几时有，把酒问青天，不知天上宫阙，今夕是何年……”

因为念的是福州话，大家不由一愣，一下被镇住，觉得新鲜，滑稽，接着开怀大笑，娄开放的笑声最大，其次是沈芯，再其次是龚心吕，冬梅，林芬……

“……我欲乘风归去，又恐琼楼玉宇，高处不胜寒。起舞弄清影，何似在人间……”

大家都是第一次听到用福州话念古词，意外地入味，感动，一时无语。

“真没想到福州话还能出这种韵味。”娄开放最先打破了沉默。

“普通话就四个声，福州话有八个声，翻一倍。”龚心吕说。

“怎么个八声法?”冬梅问。

“比如说声这个字，普通话是声，绳，省，盛。福州话除了声绳省盛外，还有四个声，但在普通话里找不出相对的字来。”钟正明说。

冬梅崇拜地看着钟正明。

“我怎么听起来像在骂人呀。”林芬说。

大家都笑了。

等大家笑完了，张竞又说："我有一件事……"他卖了个关子，大家都看着他。然后，他才又接着说，"我昨天上鼓岭拿土鸡，听说一件事，非常神奇。"

冬梅说："什么神奇的事？"

张竞看了一眼龚心吕说："鼓岭上有座破败的寺庙，寺里有一棵百年荔枝树，已经枯死多年了，今年突然从树心里长出了新芽。你们说神奇不神奇？"

娄开放听了，好像不怎么感到神奇说："也许是落到树心里的其他树种子吧？"

张竞愣了一下，没想到娄开放有这一说，他毕竟是听夏亭说的，没有亲见。再说，福州这地方，一棵树上长出其他树芽乃是常见之事。

林芬接话说："我倒是听说了，有传呢，说那个庙里来了高人。"

张竞说："啊，沈太太知道啊？"

冬梅看了一眼张竞，张竞没有注意。

娄开放说："你昨天去了鼓岭，那山上的杜鹃开了没有？"

张竞说："杜鹃？杜鹃开了吧，这正是杜鹃开放的时候啊。"

娄开放快言快语地说："哦，我提议咱们集体春游一次吧，到山上去看杜鹃花。说实话，想到遗嘱的事我还有点紧张呢，咱们去放松一下，顺便到庙里烧个香……"

没想到冬梅第一个表示同意，并且说："钟律师也一起去吧？"

龚心吕也赞成，看着林芬。林芬听到杜鹃花这个词，心里一动，也跟着点头说："老沈生前最喜欢杜鹃花。"

钟律师拒绝了，推脱自己有工作要办。沈卓也不去。

冬梅见钟律师不去，有点动摇了，但听林芬这样一讲，就不好意思打退堂鼓了。

## 雪山寺

清明节前两天，吃过午饭，天气确实好，张竞就开车带着四个女子上了鼓岭。

张竞查过，那个山村野寺本来叫雪山寺，明末就有了，民国时曾经兴旺过一阵，一九四九年以后不知怎么就衰败下去，“文革”期间寺里剩下的几个和尚都走了，只留下一个半残废老头带着孙儿住在寺里。老头死后，孙儿也已经四十，还住在寺里，虽说剃着光头，但平日从不念经，干农活上山打柴，跟村里的农民没什么两样。

小车开到半山腰，就没有车路了。他们下车步行往山上走，因为不是周末，山上人不多。杜鹃花真是正在开放。张竞奇怪前两天来的时候怎么没有注意到。杜鹃花有红色的，有紫色的，远看比近看更好看，一片一片的，像鲜艳的颜料泼在了山上。

很快，几个人就走到了张竞说的那座破庙前。

没想到的是庙里很热闹，很多人在烧香，拜菩萨，根本不像张竞说的那么荒凉。张竞也觉得奇怪，怀疑自己走错了地方，待看到那两根石柱子，看到石柱子上写的那两行字，方才确定没错。

见了便做，做了便放下，了了有何不了

慧生于觉，觉生于自在，生生还是无生

龚心吕停在字前看，冬梅她们也跟着停下看。字是楷体，写得工工整整，冬梅都认识，但是写在一起是什么意思却是一点也不懂。娄开放对“放下”还是能明白一些的，但是“生生还是无生”是什么意思也完全搞不懂。龚心吕也不懂，但是看了觉得心里很舒坦。

“也许是快到清明的缘故吧？”林芬说。

张竞点点头说：“对对对。”

一进正院，他们就看到了那棵枯死的所谓百年荔枝树，在靠院子的西边。那棵树很醒目，因为枯树枝上系了很多红绸子。他们凑过来看，枯树心里真的长出了细枝，不是一枝两枝，而是一丛。

张竞暗暗称奇，觉得夏亭说得不虚，老和尚确实有道行。

绕过正殿，来到寺院后面的院子里。里面的人还要多一些，慢慢地她们发现这些人都是等在一间厢房的外面。她们凑过去，看到房间里一个女子正在礼拜和尚，礼拜完了，开始跟和尚说话。那女子面带戚色，好像有什么重大的问题求和尚帮助。

那女子说着说着，激动起来，用手抹起眼睛来。

老和尚突然缓缓站起来，朝女子双手合十鞠了一躬，女子愣住，慌了，也赶紧双手合十朝和尚鞠躬，情绪慢慢平静下来。老和尚重新又坐下。

他们四个人凑过去看。冬梅看了一眼，往后缩了一下，回头看了一眼张竞，说：“这老和尚怎么长得有点像老沈啊？”

其他几个人听冬梅这样说，不由得仔细看了一眼，脸上有点疑惑，但是没有冬梅的观感。

张竞说：“沈太太也这样觉得吗？”

“你觉得他像是沈一义吗？”娄开放悄声问龚心吕。

“呃——”龚心吕支吾了一下，“有点？”

“你见过?”娄开放问张竞。

张竞说：“就是前几天，我来鼓岭拿土鸡，夏亭带我来见过。”

旁边一个阿婆突然接上话说：“你们也是来拜菩萨的吧?”

“老人家，您知道这位师父?”娄开放问。

老人家摇摇头说：“阿弥陀佛，不知道。我也是听说的，这个不知道哪里来的和尚是个菩萨呢，过午不食，夜不倒单，这是很高的修行呢。阿弥陀佛。”

“啥叫不倒单?”娄开放很好奇。

“就是晚上不睡觉，晚上也打坐念佛。阿弥陀佛。很厉害的。”老人家说，“我一念佛就困，不行咧。”

林芬想起了常年念佛念经的宋婆婆。

老婆婆很热情地说：“有人说这师父前世在这里做过住持，现在看到寺庙破败，要来重振香火呢。就是师父来了，庙里枯死多年的荔枝树才发了新枝，这是菩萨显灵了。”

他们几个人交换了一下眼神。

“来了就拜一拜，结缘，有什么烦恼，师父都能帮着化掉。阿弥陀佛，阿弥陀佛。”老婆婆唯恐她们错过良机一样，急得念起佛来为她们鼓劲。

龚心吕笑了，对老婆婆点点头，又看着其他几位，都没意见。

事情就这样定了。张竞走到一边逛去了。四个女人在大院里站了好久，直到人差不多走光，厢房里走出最后一个人来。

“我先进去。”娄开放深深吸了一口气，走进厢房。

厢房比外面看起来大很多，空荡荡的，摆着几张椅子。她有点紧张，先朝老和尚双手合十行了个礼，然后在一把木椅子上坐下。老和尚坐在她对面一米多远的木头椅子上，也朝她双手合十，然后就垂目坐着。她看见桌子上一个白色花瓶里插着一枝紫色的杜鹃花，吃了一惊，呆呆看着老和尚，一句话也说不出来。

那时候，办公室里，差不多永远摆着杜鹃花。一个圆圆黑色大花瓶里，满满插着二三十枝花。这花冬天怎么会开，娄开放觉得奇怪，就问秘书。现在的冬天会走。秘书说，从福州走到昆明，从中国到印度，从印度到印尼，从印尼到澳洲，什么时候都有冬天，什么时候都没有冬天。秘书说，花是从澳洲空运来的。

花瓣有点甜甜的味道，带着田野的味道。他怎么会喜欢这种花？这么微不足道普通的花，娄开放觉得很意外，甚至有点失望。他应该喜欢更有特色的花，或者干脆就不喜欢花。

以后娄开放就把杜鹃花忘了。她无法解释为什么一个不普通的男人会喜欢这么普通的一种花。她不想疑惑男人，她只能忘记。

娄开放看着老和尚的眼睛。杜鹃花使她惊慌失措。她什么话也说不出来了，在头脑里盘旋了那么久的问题就是问不出来，不，是没想起要问，没有问的冲动，没话跳进脑袋，进屋时想说的话变没了，惊喜激动沸腾全被倒空，头脑进入另一个时空。

老和尚垂目坐了一会儿，见没有什么动静就抬了抬眼皮，正好和娄开放四目相对。老和尚眼睛里，宁静祥和，带着声响，像一只桨，一大片湖面，绿色的，就一只桨，轻轻点进水里，发出寂静空荡的回声。这是一种很奇怪的感觉，娄开放觉得自己身体变大了，变轻了，好像可以飘起来。她不自主地站起来冲老和尚合掌鞠了个躬，就走了出来。转身的一瞬间，她感觉到老和尚眼睛眯起来，两个嘴角往上翘了一下，露出笑容。

她极力压抑着自己没有回头看。

冬梅低着头走进厢房。她不敢抬头看老和尚，她第一眼看老和尚就觉得像沈一义。这种感觉怪怪的，有一刻，她甚至想难怪她到神婆那里请沈一义请不来，原来他转世成了和尚。但是又立刻觉得不妥，觉得这样想是对老和尚的不敬。所以，她不敢看老和尚，她想走到老和尚面前跪下去，拜三拜就出来，但是等她拜完起身看到桌上的杜鹃花，一下子蒙住了。

杜鹃花是老公唯一喜欢的花。他们刚结婚时，家里的花瓶总是插着杜鹃花。但冬梅不喜欢杜鹃花，既不喜欢花的样子也不喜欢花的味道，觉得土气。她就把杜鹃花换成百合。她那时以为老公只是随意插上杜鹃花的。

“你很喜欢百合吗？”老公问。

“也不，今天花店老板娘推荐的。”冬梅说。冬梅并不那么在意花，她只喜欢衣服。

老公哼了一声就没再说下去。等百合谢了以后，家里又插上了杜鹃花。这样反复了几次，冬梅才明白了原来老公喜欢杜鹃花，除了杜鹃花他什么花也不喜欢。老公也明白了冬梅除了杜鹃花什么花都喜欢。结果从此家里再没有花。什么花都没有。

冬梅站在那里，觉得自己快要晕倒了。她什么也不敢想，恐惧自己想错，但是又有很多想法在脑海里涌动。她出来的时候，眼睛里滚动着泪珠，但是她自己一点也不觉得，样子像受到了委屈的孩子。

林芬走进老和尚时眼泪不自觉地流了下来。和尚的面相让她想起宋婆婆，和尚的念珠、和尚念念有词的嘴巴，都让她想起宋婆婆，她叩拜的时候，突然觉得自己回到了小孩子的时候，好像正待在宋婆婆的房间里，宋婆婆伸出一只手，抚摸着她的头。站起来，宋婆婆不见了，老和尚端坐在椅子上，和尚旁边的桌子上插着一枝紫色的杜鹃花。

龚心吕没有进去，她在心里朝老和尚双手合十了一下。她以为这是一个礼节性的动作，但是，当她真的在心里行这个礼时，肩膀不由得感到一松，心也唰一下往下落了落。她心里暗暗感叹，原来平时觉得自己什么都放下的时候，其实还是很紧张的，脸上则浮现出淡淡的笑意。

四个女人下山了，好像每个人都有很多话想说，但是谁也没说什么，张竞在门口等她们，见她们出来，也不说话，只是转身往回走，彼此心照不宣。

太阳已经落山了，但是天空还很明亮，远处的杜鹃花，红色的一片紫色的一片，颜色更加浓郁。他们不由得驻足观看。

良久，林芬说："你们知道老沈为什么喜欢杜鹃花吗？老沈的妈妈很喜欢，一年到头养着杜鹃花，自己给它施肥，浇水，有春杜鹃、夏杜鹃，可以开几个月。婆婆病逝那年，刚好快到杜鹃花开花季节，婆婆每天会问花开没有。可是可能是疏于照顾，到季节了硬硬的花蕾也不见绽放。看母亲一天天虚弱下去，沈一义很着急。后来，已经过了开花季节，有一天我走进婆婆房间，突然看见几盆杜鹃花竟然摆在台子上，满枝子的花。没过两天婆婆就断气了。我们就忙，没人关心花，过了一个多月，忙完了，有一天我突然发现那杜鹃花居然还开着，就觉得奇怪，上前一看，才发现花是假的，是纸花。"

林芬说完笑了。

大家听了，都唏嘘起来。

山风吹过来，虽然有点凉，但是春风的感觉很明显，柔和又开阔。为了照顾林芬和龚心吕，他们慢慢地往下走，快走到停车处的时候，突然，叮当叮当，短信铃声响了好几下，娄开放率先拿出手机，点开看是一条短信：

娄开放女士/先生：沈一义先生第三份遗嘱宣读时间定在四月八号上午十点。地点：信融大厦五楼律师事务所。请您务必届时参加。钟正明律师敬告

2017 年 3 月<br>于福州仓山兰庭